식물들의 사생활

문 학 동 네
한국문학전집

0 0 7

이승우
장편소설

식물들의 사생활

문학동네

1

왜 웃어요? 하고, 은색의 루주를 입술에 바른 거리의 여자가 눈을 동그랗게 뜨고 물어왔을 때 나는 조금 엉뚱한 생각에 사로잡혀 있었다. 몸에 착 달라붙는 반바지 차림의 여자는 기분이 별로 좋지 않아 보였다. 그녀가 나를 까다로운 손님으로 간주하고 있다는 표시가 찌푸린 얼굴에 그대로 나타났다. 그러나 물론 나는 여자의 기분을 헤아리고 있었던 것은 아니었다. 여자의 루주 색깔이 그런 부류의 여자들로서는 꽤 이례적이라는 생각을 잠깐 했던 것 같기는 하지만 거기서 더 나아가지는 않았다.

나는 운전석에 앉아 있었고, 여자는 반쯤 열어젖힌 내 차의 유리창 안으로 얼굴을 집어넣고 서 있었다. 그녀는 무릎을 굽히지 않고 엉덩이 뒤쪽으로 쭉 내미는 자세를 취했다. 그러나 내 쪽에서 여자의 엉덩이를 감상할 수는 없었다. 그 대신 그녀의 헐렁한 티셔츠 속으로 큼지막한 젖무덤이 들여다보였다. 나는 굳이 눈을 피해야 한다고 생각하지 않았으므로 그녀의 티셔츠 속을 들여다보며 이야기를 했다. 여자가 자신의 가슴에 대해 상당한 자부심을 가지고 있으며, 나에게 그곳을 보여주려고 일부러 그런 자세를 취하고 있을 거라는 생각이 들었고, 사실이 그렇다면 그녀의 기대를 저버리는 것은 옳은 일이 아니라는 생각이 연속적으로 들었다. 나는 키가 몇이냐고 물었고, 몇 살이냐고 물었고, 화장을 지울 수 있느냐고 물었고, 뒤를 돌아보라고 했고, 열 걸음만 걸어보라고 요구했다. 그녀는 백육십 센티미터라고 대답했고, 스물두 살이라고 대답했고, 화장을 왜 지우라는 건지 모르겠지만 이불 속에서야 마다할 이유도 없다고 경망스럽게 웃으며 대답했고, 뒤를 돌아보는 대신 이 아저씨가 지금, 새끼 잘 낳는 암말을 고르러 왔나? 하고 받았고, 열 걸음만 걸어보라는 요구는 아예 묵살했다. 할 거예요, 말 거예요? 하고 대들 때는 표정과 음색에 짜증이 역력했다.

내 머릿속으로 어떤 장면이 떠오른 것은 그 어느 순간이었다. 그것은 확실히 좀 엉뚱한 연상이었으므로 나는 나도 모르게 피식 웃었다. 내 웃음은 채 형태를 갖추지 못한 채 일그러졌다.

그 영화를 어디서 보았던가. 집을 나와 떠돌던 지난 몇 년 동안 하룻밤의 잠자리를 해결하기 위해 가끔씩 드나들곤 했던 변두리

심야극장 가운데 하나가 아니었을까. 꽤 이름이 알려진 이란 감독의 영화였다. 아바스 키아로스타미라는 괴상한 이름은 나중에 알았다. 처음부터 영화를 보기 위해 극장에 들어간 것이 아니었으므로 영화의 내용에는 관심이 없었다. 상당히 수준 있는 작품이라는 평가를 들었지만, 그렇다고 수준 있는 사람만 그런 영화를 보라는 뜻은 아닐 것이다. 예컨대 나 같은 놈도 그 영화의 관객이었던 것이다. 솔직히 말하면 나는 사람들이 그 영화의 무엇을 보고 훌륭하다고 난리들인지 전혀 이해하지 못하는 편이다. 나는 어두운 객석에 앉자마자 몸을 누이며 잠을 청할 생각부터 했었다. 하지만 여러 가지 잡다한 생각이 뒤엉켜 공연히 심각해지기를 요청하는 밤이 있게 마련인데, 아마도 그날이 그랬던 것 같다. 쉽게 잠이 오지 않았으므로 건성이긴 했지만 나는 꽤 오랫동안 스크린에 눈을 두고 있었다.

활극도 긴장도 농담도 없는 영화였다. 활극도 긴장도 농담도 없었으므로 내게는 당연히 지루한 영화였다. 그렇긴 해도 아무 인상도 남기지 못할 정도로 형편없는 맹탕은 아니었던 모양인가. 내 무성의한 심상에 무언가가 찍혔던가보았다. 그때 내 심상에 찍힌 무언가가 내 기억의 어느 주거층엔가에 몸을 웅크리고 있다가 그 엉뚱한 자리에서 불쑥 떠올라줄 줄 누가 알았겠는가.

자신의 몸 위에 흙을 덮어줄 사람을 물색하고 다니는 낡은 승용차 속의 남자의 시선은 집요하고 끈질겼다. 여자가 내 창문 안으로

할 거예요, 말 거예요? 하고 짜증 섞인 음성을 집어넣었을 때 문 득 내가 그 영화 속의 남자와 다르지 않다는 생각이 스쳤고, 그래 서 피식 웃었다. 그 남자처럼 나도 아주 천천히 차를 몰며(보는 이 에 따라서는 드라이브라도 하는 것으로 생각할 수 있었으리라) 누 군가를 찾아다닌다. 그 남자도 나도 도움을 청할 누군가가 필요하 다. 아마 그 남자는 하루종일 그랬을 것이다. 어쩌면 여러 날째였 는지도 모른다. 나는 그 정도가 아니다. 해 질 무렵 집에서 나왔으 니까 두 시간쯤 된 셈이다. 이 거리에 도착한 것은 사십 분 전이다. 그동안 내가 한 일은 운전석의 창문을 반쯤 열고 느리게 차를 몰면 서 나를 스쳐지나가거나 가로등에 비스듬히 기대서 있는 여자들 을 유심히 살피고 그들에게 말을 붙이고 한 것이 전부였다.

그런데 왜 그 남자는 비관적으로 보이지 않았지? 하고 나는 나 에게 물었다. 어쩌나 침착하고 신중하던지 이 세상을 버리려고 작 정한 사람이라기보다는 몸담고 있는 회사를 위해 중요한 임무를 수행하고 있는 성실한 직장인처럼 보이지 않던가. 나도 그렇게 보 일까. 나도 다른 사람 눈에 제 역할을 성실하게 수행하는 책임 있 는 회사원처럼 보일까.

그 순간의 형태를 채 갖추지 못한 웃음은 그런 질문에 대한 긍 정도 부정도 아닌, 긍정도 부정도 할 필요가 없는 내 대답이었다. 나는 내가 비관적이어야 할 이유가 없다는 걸 알고 있었지만, 그렇 다고 자랑스러워할 입장 역시 아니라는 걸 잘 알고 있었다. 하지만 여자는 내 의중을 헤아릴 리 없고, 나는 내 웃음의 뜻을 충실하게 전달해줄 필요를 느끼지 않았다. 그것은 불필요한 일이기도 했고 불가능한 일이기도 했다.

"내가 뭘 원하는 것 같아?" 나는 웃음을 입에 문 채 물었다. 여자는 황당하다는 얼굴로 질문자인 나를 빤히 쳐다보았다. 무언가를 알아내려는 의지가 잠깐 표정에 나타났다가 곧 얼굴 안쪽으로 사라지면서 짜증으로 바뀌었다.

"할 거예요, 말 거예요?" 여자는 벌써 세번째 같은 질문을 하고 있다. 할 것인가, 말 것인가. 그것이 그녀의 문제였다. 세상에는 오직 그 두 가지 선택만이 존재한다는 듯이, 하거나 하지 않거나 둘 중 하나이지, 그 외의 선택은 있지도 않다는 듯이 그녀는 나를 재촉했다. 하기야 누구에겐들 그것 말고 다른 문제가 있겠는가. 세상을 복잡하게 만드는 것이 취미인 극소수의 소피스트들을 제외하면 대부분의 사람들에게 세상은 한없이 간명하다. 고뇌하는 자의 표본으로 곧장 인용되는 햄릿은 실은 삶을 극단적으로 단순화시켜서 생각했던 대가大家였다. 그는, 사느냐, 죽느냐, 하고 묻는다. 그것이 문제다? 그것만이? 어찌 그렇게 간단할 수 있단 말인가?

〈체리 향기〉(내가 본 영화의 제목이 체리 향기였다) 속의 남자에게 자살을 해야겠다는 결심이 얼마나 확고했는지 나로서는 의문이다. 할 것인가, 말 것인가? 그자는 단지 그 결단을 내신해줄 누군가가 필요했던 것이 아니었을까? 그래서 자살 보조자를 찾으러 다닌 것이 아니었던가? 그가 사람을 구하는 데 그렇게 신중을 기울인 까닭도 단순한 삽질이 아니라 자신의 운명을 맡길 사람을 찾는 중이었기 때문이라고 해석하면 이해가 간다. 그가 찾아다닌 것은 삽질을 잘하는 자살 보조자가 아니라 제 운명의 판관이었던 것이다. 그 판관이 흙을 덮으면 죽고 덮지 않으면 산다. 영화 속의 남자가 비관적인 표정을 짓지 않은 것은 죽음에 대한 확률이 오십 퍼센트이거나 그보다 더 적기 때문이었는지 모른다. 그리고 어쩌면 영화를 만든 감독은 그것을 통해 이 세상에서 죽을 결심을 하는 사람이 따로 정해져 있지 않다는 암시를 던지고 있는지 모른다.

그렇다면 내가 비관을 치장할 이유는 더욱 없다. 나는 내 운명을 심판해줄 판관을 찾고 있는 것도 아니지 않은가. 기껏해야 몸속의 욕정을 배출할 상대를 고르는 것에 지나지 않는다. 그나마 내 욕정도 아니다. 비관적이거나 심각한 것은 내 캐릭터와 맞지 않는다. 그럴 필요가 없다.

"타." 나는 비로소 어려운 결단을 한 사람처럼 턱짓으로 내 옆자리를 가리켰다. 야릇한 웃음을 지으며 여자가 내 차에 올라탔다. 그러면 그렇지, 하는 표정이 여자의 얼굴에 가득했다. 여자의 천박함이 불쾌감을 불러일으켰다. 그렇지만 나는 그것이 여자의 자긍심이라는 걸 이해했다. 무의식적이지만 그것은 그녀의 직업 의식과 관련되어 있었다. 그녀의 직업적 자긍심을 건드리는 것은 도리가 아니었다. 나는 차창을 올리고 말없이 운전을 했다. 양쪽에 늘어선 상가의 불빛들이 유성처럼 빠르게 스쳐갔다.

번화한 거리를 빠져나오자 여자가 갑자기 수다를 떨기 시작했다. 남자들은 웃겨, 속이 다 들여다보이는 수작을 왜 부리고 그러지요? 하고 그녀는 말을 시작했다. 그녀의 한쪽 다리가 다른 쪽 다리 위로 올라갔다. 그 바람에 그녀의 짧은 반바지가 위로 더 밀려 올라갔고, 통통한 허벅지가 한눈에 들어왔다. 그녀는 하이힐을 신고 있었고, 하이힐에는 흙이 묻어 있었다. 나는 그녀의 하이힐에 묻은 흙이 내 차를 더럽히는 게 신경쓰였지만 개의치 않기로 했다. 여자의 투덜거림이 계속되었다. "어차피 그거 생각이 나서 나왔으면서 고상한 척 빼기는. 왜 솔직하게 보다 노골적으로 덤비지 못하는 거지요? 아저씨만 그렇다는 게 아니고요, 열 명이면 여덟은 그래요. 우리가 붙드니까 마지못해 끌려간다는 식인데, 그게 웃기는 짓이 아니고 뭐예요? 그러면 좀 덜 짐승 같아지나? 아니, 짐승 같을 건 또 뭐예요?" 거기까지 말하고 그녀는 나를 힐끗 쳐다보았다. 맞장구를 쳐주기를 바랐겠지만 나는 아무 대꾸도 하지 않았다. 그러자 그녀는 짐승 같으면 또 어떻고요, 사람이 짐승이지 뭐 별거예요? 하고 제 스스로 결론을 내렸다.

"역겨운 소리 그만하고 그 두꺼운 화장이나 지워." 나는 낮은 목소리로 으르렁거렸다. 나도 왜 그랬는지 잘은 모르겠으나 그녀가 입에 올린 짐승이라는 말이 마음을 불편하게 했던 게 아닌가 싶다. 여자는 예상하지 못한 일격에 움찔 놀란 듯 잠깐 동안 곁눈질로 내 눈치를 살피고는, 그러나 그 정도로 기가 눌리지 않는다는 걸 시위라도 하려는 듯 퉁명스럽게 반문했다. "화장은 왜 지우라고 그래요?" 나는 자꾸만 말을 하게 만드는 여자에게 약간 짜증이 났다. "지우라면 지워, 그 싸구려 귀고리도 떼어내고."

내 위협조의 말투 속에서 그녀는 짜증을 읽었을 것이다. 여자는, 되게 웃기네, 내가 아저씨 애인이라도 되는 줄 알아요, 하고 되물었다. 나도 애인 할 생각은 없으니까 그런 걱정은 하지 말라고 받아쳤다. "근데 왜 그렇게 애인처럼 구질구질 요구가 많아요?" 여자가 위에 올려진 다리를 간당거리며 톡 쏘았다. 글쎄, 나는 어째서 그렇게 구질구질 요구가 많았던 것일까?

내 머릿속에 한 여자가 들어와 있었다. 그 거리를 배회할 때, 아니, 여자를 구하러 가야 한다고 생각했을 때부터 한 여자가 내 머릿속을 온통 지배했고, 그 때문에 내 정신은 별수없이 상기되어 있었다. 그녀가 그 점을 지적한 것은 아닐 텐데도 나는 공연히 머쓱해졌다.

"나는 한 시간 동안 차를 몰고 그 거리를 헤매다녔어. 물론 여자를 찾으려고 그랬지. 여자는 많았어. 너보다 예쁜 여자들이 그 거리에 한 명도 없었으리라고는 생각하지 마. 그런데 내가 어째서 너를 골랐을 것 같아?" 내 질문은 위악의 냄새를 피워댔지만 다행인지 불행인지 그녀의 감정을 건드리지는 못했다. "그야 뭐 내가 아저씨 마음에 들었겠지요. 혹시 이 가슴에 뿅 간 거 아녜요?" 여자

14

는 그렇게 말하면서 바보같이 웃었다. 그러면서 내 쪽으로 큰 가슴을 내밀었다. 나는 웃지 않았고 고개도 돌리지 않았다. 어느 정도는 그녀의 말이 사실일지 모른다. 여자는 큰 가슴과 매력적인 몸매를 지니고 있었다. 하지만 그녀를 선택할 때 내가 염두에 둔 것은 결코 나의 취향이 아니었다. 내가 가슴이 큰 여자를 좋아하느냐 좋아하지 않느냐는 다른 문제였다.

나는 잠바 주머니에 넣어가지고 온 돈봉투를 여자에게 던졌다. "이거 다 주는 거예요?" 심드렁한 표정으로 봉투를 받아든 여자가 안을 들여다보고는 약간 감동한 것 같은 목소리를 냈다. 나는 그녀의 감동에 동조할 의사도 없었고 그럴 준비도 되어 있지 않았다. 나는, 화장을 지우고 귀고리를 떼어내라고 다시 명령했다. 이어서 내가 그녀를 샀다는 사실을 상기시켰고, 그 말의 뜻을 모르진 않을 거 아니냐고 덧붙였다. "알지요. 그게 뭐 어렵겠어요." 여자는 귀고리를 떼어내서 돈봉투와 함께 손가방 안에 넣고, 거즈로 얼굴을 문지르기 시작했다. 나는 돈의 위력을 반추하며 흰색의 가면이 벗겨져나가는 여자의 얼굴을 훔쳐보았다.

그녀가 화장을 다 지우기 전에 내 차는 목적지에 도착했다. 이십오 분쯤 달려왔던 것 같다. 도심의 상가들이 내쏘는 형형색색의 불빛들이 사라진 거리는 캄캄하고 한가했다. 차들이 속도를 내며 지나갈 뿐 왕래하는 사람들도 거의 보이지 않았다. 차에서 내리기 전인데도 공기중에 풀냄새가 감돌았다. 고작 이십오 분밖에 달리지 않았는데 도시를 벗어난 것이다. 도시와 시골은 그렇게 맞닿아 있었다.

수증기가 모락모락 피어오르는 목욕탕 표시와 함께 '에덴'이라는 글자가 공중에 둥둥 떠 있는 모습이 보였다. 그 을씨년스런 모양새가 내 눈에는 공포영화에 등장하는 유령의 섬처럼 보였는데 여자에게는 그렇지 않은 모양이었다. 어쨌거나 그것은 다행스런 일이었다. 그녀는 자신이 매우 단순한 여자이며, 단순한 만큼 맹한 여자임을 스스로 고백하고 있었다. "자기 멋쟁이……" 여자가 코맹맹이 소리를 내며 내 팔을 붙들었다. 나는 그녀의 팔을 뿌리치고 김이 모락모락 피어오르는 건물을 향해 걸어갔다. 여자가 한 발짝 뒤에서 따라왔다. 아마도 여자는 내가 수줍음을 탄다고 생각하는 것 같았다. 푸푹 내쏘는, 가소롭다는 듯한 그녀의 웃음소리가 그 증거였다. 그녀는 오해했다. 그러나 나는 모른 체했다.

나는 프런트에서 열쇠를 받았다.

2

여자는 흥분해서 씩씩거렸다. 그러나 나는 전혀 죄책감을 느끼지 않았다. 그녀는 내가 자기를 기만했다고 대들었지만 그것은 사실이 아니었다. 나는 그녀를 기만한 적이 없었다. 나는 그녀와 잘 거라고 말한 적이 없다. 그녀를 선택한 건 나지만 그렇기 때문에 반드시 내가 그녀와 어쩌고저쩌고 해야 하는 건 아니었다. 그녀가 오해한 사실에 대해서까지 내가 책임감을 느껴야 한다고는 생각하지 않는다. 그녀는 나를 파렴치하다고 비난할 수도 없다. 돈을 주지 않았다면 모를까, 나는 그녀가 감동할 만한 액수의 화대를 이미 선불로 지급한 터였다. 그녀는 자신이 몹시 억울한 경우를 당한 것처럼(흡사 사기라도 당했다는 꼴이 아닌가!) 떠들어댔지만, 정작 억울한 것은 사기꾼으로 몰린 내 쪽이었다.

그러니까 투덜거리며 뛰쳐나오는 여자의 머리채를 잡고 사정없이 뺨을 후려갈긴 뒤 다시 방안으로 집어넣은 것은 나로서는 너무나 정상적인 행동이었다. 내 행동이 조금 난폭했는지는 모르지만 근본적인 잘못이 나에게 있다고는 생각하지 않는다. 들어가자마자 문을 열고 뛰쳐나오다니! 약속을 지키지 않은 것은 그녀가 아닌가. 그녀는 내가 문 앞에서 지키고 있을 줄 몰랐고, 또 자신을 향해 난폭하게 주먹을 날릴 줄도 몰랐으리라. 그녀는 황당해했고, 곧 내 눈초리에 겁을 먹었다. 어딘지도 모르는 한적한 변두리 여관에서 누군지도 모르는 남자에게 무슨 일을 당하게 될지 모른다는 불안이 그제야 그녀의 마음을 졸아들게 하는 모양이었다.

"약속이 틀리잖아요." 여자는 아까보다는 현저하게 풀이 죽은 목소리로, 자기 뺨을 어루만지며 말했다. 그녀의 목소리에는 항의 대신 동정심을 유발하려는 의도가 더 많이 묻어 있었다. 그럼에도 불구하고 나는 전혀 동정심을 느끼지 않았다. "내가 너에게 무슨 약속을 했는데 안 지켰다는 거야?" 나는 바닥에 쓰러져 있는 여자의 머리채를 붙잡고 물었다. 여자는 울 것 같은 목소리로, 다른 사람이라고 말하지 않았잖아요, 하고 대답했다. 나는 코웃음을 쳤다. "내가 너하고 잘 거라고 했니? 잘 생각해봐. 그랬어?" 두려움에 사로잡힌 여자는 이미 전의를 상실한 뒤였다. 그건 그렇지만…… 하고 말꼬리를 흐릴 때 그녀는 거의 애원하는 듯한 표정을 짓고 있었다.

"잔말 말고 들어가. 너도 다리병신이 되고 싶지 않으면." 그녀는 내가 협박을 하는 것으로 받아들였고, 그것은 사실이었다. 나는 내 협박의 효과를 확신했고, 그대로 되었다. 나는 그녀가 단순하고, 단순한 만큼 맹하고, 단순하고 맹한 만큼 겁이 많고, 단순하고 맹하고 겁이 많은 만큼 순종적일 거라고 단정했고, 내 생각은 틀리지 않았다. 그녀는 아직 펴지지 않고 있는 내 주먹을 두려움이 가득찬 얼굴로 힐끔 쳐다보고는 우물우물 알아먹기 힘든 혼잣말을 하며 방안으로 들어갔다.

형의 다리가 잘려나간 것은 오 년 전이었다. 나는 그때 집에 있지 않았다. 집이 아니라면 어디든 상관없다는 심사가 밖으로만 나돌아다니게 했고, 그리고 마침내 집을 나가게 했다. 다리가 잘려나간 형의 몸을 내가 본 것은 일 년 전이었다. 그때 나는 집에 눌러앉을 마음으로 돌아온 것이 아니었다. 추석 명절날이었는데, 빈 사무실에 혼자 멍하니 앉아 있다가 불현듯 치솟는 낯선 감상을 이기지 못하고 집이 있는 마을까지 온 것이 문제라면 문제였다. 나는 좀 외로웠던 것 같고, 외롭다고 생각하자 그동안 억누르고 있던 추억의 부스러기들이 들고일어나 걷잡을 길이 없어졌던 것 같고, 그러자 버석거리는 식구들이, 그래도 가족이라고, 보고 싶어졌던 것 같다. 그렇긴 해도 마을 입구에서 어머니가 다니는 교회의 목사를 만나지 않았더라면, 그 목사로부터 형 이야기를 듣지 않았더라면 집 안으로 들어가지는 않았을지 모른다. 그리고 다리가 없어진 형의 모습을 내 눈으로 직접 보지 않았더라면, 없어진 형의 다리가 지난날의 내 굴욕의 기억을 불러일으키지 않았더라면, 없어진 형의 다리가 내 꿈속에 나타나고, 형이 이 다리가 네 다리냐? 하고 묻는 일이 없었다면 다시 집을 떠나는 일을 포기하지 않았을 것이다.

그 꿈을 꾼 것은 집으로 돌아오고 사흘째 되는 날 밤이었다. 꿈속에서 나는 어둠 속으로 들어가고 있었다. 어둠은 깊어서 한 치 앞도 분간할 수 없었고, 한 걸음씩 내디딜 때마다 다리가 푹푹 빠지는 것 같았다. 성글고 엷게 보이던 어둠은 걸음을 옮길수록 점차 촘촘하고 끈적끈적해졌다. 안개 속을 걷는 것 같다가 진흙탕 속을 걷는 것 같다가 뻘 속으로 들어가는 것같이 되었다. 당연히 걸음을 옮겨딛기가 점점 어려워졌다. 나중에는 아교질 속에 갇힌 것 같아졌다. 한쪽 발을 겨우 뜯어내면 다른 쪽 발이 그 끈끈한 어둠에 꼼짝없이 붙들렸다. 돌아갈 길이 있나 하고 뒤돌아보았지만 길은 보이지 않고 끈끈하고 짙은 어둠뿐이었다. "누구 없어요?" 나는 절망에 사로잡혀서 소리쳤다. 당연히 아무도 대답하는 사람이 없었다. 그리고 더욱 절망스런 일이 벌어졌다. 끈끈한 아교질의 어둠 속에서 겨우 한쪽 발을 들어올리는데, 어쩐 일일까, 허벅지 아래가 허전했다. 차가운 기운이 뒤통수를 훑고 지나갔다. 내 다리가 사라지고 없었다. 얼른 다른 쪽 다리를 살폈다. 그 다리도 마찬가지였다. 나는 두려움과 공포에 질려서 비명을 질렀다. 비명소리가 어찌나 크고 요란했는지 내 목소리는 거의 꿈 밖으로 튕겨져나가는 듯했다. 그러자 잠시 후 얼굴이 보이지 않는 한 사람이 어둠 속에서 불쑥 모습을 드러내며 말을 걸었는데, 그 사람도 꿈 바깥에서 들어온 것처럼 생각되었다. "이것이 네 다리냐?" 그의 손에는 한 쌍의 다리가 들려 있었다. 근육과 털이 보기 좋게 어우러진, 튼튼하고 아름다운 다리였다. 어떤 정신의 작용이었는지는 모르겠으나, 그 순간 나는 곧바로 그 다리가 형의 다리라는 걸 알아보았다. 형의 다리를 들고 있는, 얼굴이 보이지 않는 남자가 형이라는 확신도 같이 왔다. 그 확신과 함께 그 확신을 보증하듯 곧 형의 얼굴이 보였다. 형의 얼굴이 보이는 것과 동시에 이번에는 형의 다리가 사라지고 보이지 않았다. 나는 다시금 비명을 질렀다. 내 비명은 꿈 밖으로 뛰쳐나갔다. 그리고 잠이 깼다.

잠이 깨서 맨 먼저 한 일은 내 다리를 만져본 것이었고, 그다음으로 한 일은 형의 방에 들어가 잠든 형 옆에 누운 것이었다. 잠든 형 옆에 누워서 나는 내가 형을 떠나지 못하리라는 걸 예감했다.

3

그렇다고 내가 형을 위해 남은 인생을 살겠다는 식의 희생적인 결단을 했다는 뜻은 아니다. 자랑스럽게 내세울 일도 아니고, 부끄러워할 일도 아니지만 나는 그 정도의 위인이 못 된다. 죄책감이라는 이름으로 더 많이 불리는 과거의 상처에 대한 어떤 기억과 자식들을 향한 기대를 송두리째 접어버린 듯한, 그럴 수밖에 없게 된 부모님(어머니는 밖으로만 나돌았고, 아버지는 하루종일 말이 없었다. 정원에 가득한 나무와 풀 들에게 물을 뿌리는 것이 아버지가 하는 일의 전부였다. 나는 아버지가 말하는 걸 거의 들은 적이 없다. 어머니는 형이 저렇게 되고 난 후 아버지가 말을 잃어버렸다고, 실어증에 걸린 모양이라고 탄식처럼 내뱉은 적이 있다)에 대한 일종의 연민이 내 발목을 잡았었다. 형만큼 할 수 있겠다는 것도 아니었고, 형의 역할을 대신할 수 있겠다는 것도 아니었다. 엄습한 현기증이 나를 주저앉혔고 뒤이은 무기력증이 다시 일어서지 못하게 했을 뿐이었다.

더군다나 그의 동물적인 욕정 처리를 위한 보조역을 담당하리라는 구상은 어디에도 없었다. 그것은 참 슬프고 역겨운 일이었다. 불구가 된 채로도 여전히 남아 있는 그의 생리적인 욕구가 역겹고, 생리적인 욕구에 악마적으로 작용하는 그의 비뚤어진 정신이 원망스럽고, 다리 없는 아들을 들쳐업고 사창가를 헤매다니는 모정이 슬펐다. 나는 그 역겨움과 슬픔을 모른 체할 수 없었다. 보지 않았다면 모를까, 두 눈으로 그 장면을 또렷이 목격해버린 다음에는 그럴 수가 없었다. 나는 대상이 뚜렷하지 않은 분노에 사로잡혀서 그렇게 살 바에는 차라리 죽어버리라고 형을 향해 소리질렀고, 어머니를 붙들고는 엉엉 울었다.

어느 날 저녁이었다. 식사가 끝난 후 텔레비전 앞에 앉아 빈둥거리고 있는데 어머니가 형을 업고 나왔다. 당신의 방에 들어간 아버지는 혼자서 바둑판에 바둑알을 놓고 있었다. 귀를 기울이면 딱딱, 바둑알 놓는 소리가 거실까지 새어나왔다. 가끔씩은 귀를 기울이지 않아도 들렸다. 어느 정도는 바둑판 앞에 앉아 있는 아버지와 아버지가 두는 바둑알 소리에 길들여진 내 귀가 알아서 들었다.

어머니 등에 업힌 형은 글쎄, 싫다니까 그래요, 하고 짜증 섞인 소리를 냈다. 그러다가 소파에 앉아 물끄러미 바라보는 나와 시선이 부딪치자 얼른 고개를 돌려버렸다. 그러고는 체념한 듯 잠잠해져서 어머니의 등에 얼굴을 묻었다. 헐렁한 바짓가랑이가 공중에서 펄럭였다.

"어디 가요?" 나는 심드렁한 목소리로 물었다. 형은 대답하지 않았고 어머니도 대답하지 않았다. 더는 물어보지 말라는 완강한 기운이 두 사람에게서 전해져왔으므로 나는 더 묻지 않았다. 어머니는 형을 승용차 뒷좌석에 태우고 손수 운전석에 앉았다. 보통 때같으면 나에게 운전을 부탁했을 거라는 생각이 들자 그냥 앉아 있을 수가 없었다. 내가 모르는 무슨 일인가가 벌어지고 있다는 예감을 피할 수가 없었다. 나는 그들 몰래 택시를 탔다.

그들이 무엇을 하러 어디로 가는지 전혀 예측하지 못하고 있었으므로 어머니의 승용차가 멈춘 곳이 연꽃시장이라는 걸 알았을 때 나는 상당히 놀랐다. 어디서 연유한 것인지 모르겠으나 사람들은 오래전부터 그 사창가를 연꽃시장이라고 불렀다. 촘촘하게 칸막이가 쳐지고 붉은 조명등이 켜진 낮은 건물 앞에서 거의 벌거벗은 것이나 다름없는 여자들이 다리를 건들거리거나, 마치 창녀들은 마땅히 그래야 한다는 듯 친박하게 껌을 씹으며 지나가는 남자들을 불러대는 곳이었다. 어머니가 그곳에 갈 이유가 어디 있단 말인가. 더구나 형을 데리고.

어머니는 아들을 업고, 아들은 어머니 등에 얼굴을 묻은 채 다닥다닥 붙은 집들 가운데 하나를 택해 들어갔다. 어머니 등에 얼굴을 묻은 아들은 참담해 보였지만 그런 아들을 등에 업은 어머니의 걸음걸이는 익숙하고 당당해 보였다. 처음 걸음이 아니라는 걸 어머니의 그 당당함과 익숙함이 대변하고 있었다. 껌을 씹거나 다리를 건들거리던 거리의 여자들도 한마디로 설명하기 어려운 복잡한 감정을 얼굴에 그려붙인 채 그들 모자에게 길을 내줌으로써 그 모습이 낯선 풍경이 아님을 드러냈다.

가장 당혹스러워한 쪽은 아미도 나였던 것 같다. 나는 리허설 없이 무대에 선 불성실한 연극배우처럼 어쩔 줄 몰라 하고 있었다. 늘어선 여자들의 얼굴을 힐끔거린 것은 그들의 속생각이 궁금해서가 아니라 그들의 따가운 시선이 나를 향하고 있지 않나 공연한 자격지심이 생겨서였다. 그들의 표정 속에서 나는 측은지심과 함께 역겨움을 보았다고 느꼈고, 그 느낌은 걷잡을 길 없는 슬픔과 절망 속으로 나를 밀어넣었다.

나는 내 마음속의 격정을 예측할 수 없었기 때문에 서둘러 그곳을 빠져나가고자 했다. 그때 마침 한 여자가 다가와 내 팔을 붙들었다. "놀다 가요. 잘해줄게." 나는 여자의 팔을 뜯어내며 낮은 목소리로 물었다. "방금 저기로 들어간 저 아줌마는 뭐야?" 여자는 아, 아들 업고 온 아줌마요? 하고 곧장 알은체를 했다. "보기가 좀 그렇지요? 근데 사연이 있더라고요. 에이, 그런 이야긴 하지 말고 나랑 연애나 하고 가요." 여자는 별로 이야기를 하고 싶지 않은 듯 다시 내 팔을 붙들고 늘어졌다. 나는 저 사람들에 대해 알고 있는 것을 더 말해달라고 요청했다. 여자는 영문을 모르겠다는 표정을 지어 보이고는, 보는 대론데 무슨 설명이 따로 필요하냐고 반문했다. 나는 저들이 자주 오느냐고 다시 물었다. 그녀는 가끔씩 온다고 대답하고는 감상에 젖은 목소리로 혼잣말 비슷하게 중얼거렸다. "들어보니까 참 딱하더라고요. 아들이 되게 똑똑했나봐요. 그런데 그만 군대에서 저 지경이 되었대요. 어쩌다가 저렇게 됐는지…… 그래도 아들의 생리 문제까지 신경써주다니, 세상에, 저런 엄마 없지요. 안 그래요?" 나는 여자의 팔을 뿌리치고 연꽃시장을 빠져나왔다. 욕지기가 일어나려고 했다. 저런 엄마는 없다고 나는 속으로 소리질렀다. 어떤 엄마도 저럴 수 없다. 내 내면의 목소리는 심장을 터뜨릴 것 같았다.

좀 걸었을 것이다. 걷다가 포장마차 안에 들어가 벌컥벌컥 소주를 마셨을 것이다. 빨리 취기가 오르면 좋겠다 싶었는데, 의식이 오히려 선명해지고 예민해졌다. 좀처럼 취해지지가 않았다. 결국 어쩌겠다는 작정도 없이 나는 연꽃시장으로 돌아갔다. 어머니는 그 집 앞에 여태 서 있었다.

아들이 들어간 집의 유리문에 머리를 기대고 가만히 눈을 감고 있는 어머니의 모습은 생소하지가 않았다. 내가 입학시험을 보기 위해 들어간 대학교의 쇠로 된 대문 앞에서 어머니는 저런 모습으로 기도를 하고 있었다. 어머니는 두 번 나를 위해 저런 모습을 보여주었다. 모르긴 해도 몇 번이고 더 기꺼이 그런 모습을 보여주었을 것이다. 하지만 어머니는 더이상 그런 모습을 보여줄 기회가 없었다. 내가 사관학교라는 이름이 붙은, 경기 북부의 한적한 농촌 마을에 시멘트를 처발라 만든, 군대처럼 엄격하고 감옥처럼 살벌한, 먹고 자고 외출하고 공부하는 개인의 모든 시간을 철저히 통제하는 것을 매우 독창적이고 획기적인 무슨 교육방법이라도 되는 양 선전해대던, 그러나 내게는 지옥만 같던, 이른바 대학 입시학원에서의 감금생활을 견디지 못하고 담을 넘어 달아나버렸기 때문이었다. 그것이 내 첫 가출이었다.

큰아들이 자신의 혐오스런 몸뚱이를 주체하지 못하고 몸속의 욕정을 배출하고 있는 동안, 그 문 앞에 서서 어머니는 무슨 기도를 한 것일까. 그녀의 신은 그 상황에서 그녀가 드릴 무슨 기도를 허락한 것일까. 나는 그녀에게 기도를 허락한 신이 있을 리 없다고 단정했고, 그러므로 그녀의 기도 또한 가짜라는 생각을 했다. 그러자 갑자기 어머니의 모습이 가증스럽게 여겨졌다. 나는 어머니의 어깨에 내 턱이 닿을 정도로 가까이 다가가서 어머니를 불렀다.

"어머니." 내 목소리는 내 귀에 맹수가 으르렁거리는 것처럼 들렸다. 감고 있던 눈을 뜨고, 숙이고 있던 고개를 들고, 소리나는 쪽으로 몸을 돌리는 그녀의 동작이 느린 화면처럼 내 의식 속에 들어와 박혔다. 뒤이어 어머니의 얼굴에 나타난 경악의 표정을 나는 잊을 수가 없다. 못 볼 것을 본 사람의 얼굴이었다. 하지만 못 볼 것을 본 사람은 실은 나였다. 그러므로 그런 표정을 지을 사람은 어머니가 아니라 나였다. 그러나 어머니는 처세술에 능한 수완가답게(이것은 나의 평가가 아니다. 우리 부모와 우리 가족에 대해 알고 있는 사람들은 누구나 우리가 어머니의 수완에 의지해서 살고 있다고 말한다. 그것이 사실이기 때문에 우리 가족 중에 누구도 그 말을 부정하지 않는다) 자기 감정을 능숙하게 수습했다.

"왔구나." 그녀는 마치 우리가 그곳에서 만날 약속이라도 되어 있었던 것처럼 태연하게 대꾸했다. 어찌나 태연한지 내가 잊어먹은 약속이 실제로 있었던 게 아닌가 의아스러워질 지경이었다.

"하지만 오지 않는 게 더 좋았겠구나." 어머니는 먼 곳으로 시선을 옮기며 덧붙였다. 내가 그곳에 나타날 줄 예상하고 있었다는 듯한 반응이었다. 형이 나올 시간이 다 되었으니 어서 돌아가라, 하고 말을 할 때는 음성이 그럴 수 없이 단호했다. 최근에 보여주지 않았던 엄격함이 그 목소리에 그대로 묻어 있었다. "어머니." 그럴 마음이 없었는데, 그러지 않으려고 했는데 내 목소리에는 어쩔 수 없이 울음이 섞여들었다.

"네가 어떻게 여길 왔는지는 모르겠다만, 잘한 일 같지는 않다. 그리고 네가 지금 가지 않는다면 그것은 더 큰 잘못을 저지르는 거다. 어서 가거라." 어머니는 나를 외면했다.

그때 유리문이 빼꼼 열리면서 젊은 여자의 얼굴이 밖으로 나왔다. 여자는, 아줌마, 끝났어요, 하고는 도로 얼굴을 유리문 안으로 집어넣어버렸다. 어머니는 감았던 눈을 뜨고 외면했던 고개를 돌려 나를 보았다. 어머니의 표정에 간절함이 배어 있었다. 어서 가라. 어머니는 나를 내쫓고 있었다. 어머니의 간절한 눈빛은 형이 밖으로 나올 때 내가 그곳에 없어야 한다고 말하고 있었다. 내가 몸을 돌려세우지 않으면 자기도 형을 데리러 들어갈 수 없다는 결연한 의지가 느껴졌다.

나는 어머니의 요청대로 하려고 했다. 그래야 한다고 생각했다. 그래야 어머니도 다시 보고 형도 다시 볼 수 있을 거라고 생각했다. 그러나 내 안의 짐승은 내 생각에 귀기울이지 않았다. 충동 앞에서 분별력은 열등하다. 그 사실을 증명이라도 하려는 것처럼 내 몸이 충동적으로 퉁겨져나갔다. 나는 어머니의 몸을 스치며 유리문을 밀쳤다. 충동은 분별력보다 빠르다. 그 사실을 증명이라도 하려는 것처럼 내 몸은 그녀가 제지할 틈도 주지 않고 안으로 들어갔다. 유리문 안쪽에 베니어판을 붙여 만든 조잡한 문이 서너 개쯤 눈에 들어왔고, 나는 가장 앞쪽에 있는 문을 와락 열었고, 침대 하나가 겨우 들어갈 정도로 좁은 그 방 안에 침대 하나가 겨우 놓여 있는 것을 눈으로 확인했고, 그 침대 위에 벽 쪽으로 몸을 돌린 채 번데기처럼 웅크리고 있는 키가 작은 남자를 발견했다.

나는 그 남자에게 달려들었다. 몸을 돌려 나를 똑바로 쳐다보게 하고 멱살을 잡았다. 나는 씩씩거리고 으르렁거리는 한 마리 분별 없는 짐승이었다. 형의 눈에 눈물이 그렁그렁 맺히고 얼굴이 흙빛으로 바뀌고 있었지만 나는 개의치 않았다. 나는 그의 멱살을 잡고 흔들었다. 그러면서 와락와락 소리질렀다. 격정에 휘말린 내 말들은 완성된 문장을 만들지 못하고 중간에서 툭툭 끊어졌다. 쌍스런 욕설을 뱉으면서 니 꼴을 봐라, 니 더러운 꼴을, 하고 말했다가 인간으로서 자존심을 들먹이고, 그러다가 차라리 죽어버려, 죽어 없어져버려, 하고 다그쳤다. 내 불완전한 문장들은 울음 속으로 섞여들었다.

황급히 뛰어들어온 어머니가 말리지 않았더라면 어떤 일이 벌어졌을지 모를 상황이었다. 어머니는 자신이 가진 온 힘을 손바닥에 실어서 내 뺨을 쳤다. 짐승의 흥분과 격정을 가라앉히기 위해 필요한 것이 단호하고 확실한 일격이라는 걸 어머니는 알고 계셨던 것 같다. 나는 어머니 품에 쓰러졌고 이내 엉엉 소리내어 울어버렸다. 어머니는 나를 밀어내지는 않았지만 그렇다고 내 등을 두드려주지도 않았다. 어머니도 울고 있었을까. 나는 고개를 들 수 없었으므로 그것을 확인할 수는 없었다.

4

연꽃시장에 가서 그 장면을 목격한 것은 사실은 우연이 아니었다. 나는 누군가의 주문에 의해 그곳에 갔었다. 누군가 나에게 장난을 치고 있는 것일까. 확신은 없다. 차라리 장난이라면 좋겠다는 생각이 드는 것도 사실이다. 어쩐지 을씨년스럽고 뒤통수가 서늘한 것은, 설령 장난이라고 하더라도, 나에게 장난을 걸어온 상대가 만만치 않은 것 같다는 예각豫覺 탓이다.

나는 어머니를 미행하고 있었다. 어처구니없지만 사실이다. 어머니의 동정을 살피는 것이 얼마 전부터의 내 일이 되어 있었다. 단순한 호기심의 발동이나 병적인 이상심리의 작용으로 그 현장을 목격한 것이 아니었다는 뜻이다. 말 그대로 그것은 내 일이었다.

내 얼굴 없는 의뢰인은(나는 그가 누구인지 아직 모른다) 내 어머니의 동정을 낱낱이 보고해달라고 주문했다. 그것은 참 황당한 일이었다. 나는 하마터면 당신이 말하는 그 사람이 내 어머니라는 사실을 아느냐고 물을 뻔했다. 그렇다고 해도 어이없고 그렇지 않다고 해도 어이없다. 나는 개인적으로 나와 친분이 있는 사람이 장난전화를 걸어온 거라고 생각하려고 했다. 그러나 그 생각은 그다지 튼튼하지 못했다. 나는 목소리의 특징적인 요소를 간파하려고 애쓰면서, 잠깐 동안의 침묵 끝에, 어떻게 우리 사무실을 알게 되었느냐고 물었다. 우리 사무실이라고 말했지만 실은 따로 사무실이 있는 것도 아니었고 나 말고 다른 직원이 있는 것도 아니었다. 내 방에 전화를 한 대 놓고 광고지를 만들어 뿌림으로써 사업이라는 것을 시작한 것이 오 개월쯤 전이었다. 배운 도둑질이라고 했던가, 마냥 빈둥거릴 수만은 없다는 각성이 생겨났을 때 맨 먼저, 그리고 유일하게 떠오른 일거리가 이른바 대행업이라는 것이었다. 집을 나가 있을 때 상당한 기간 동안 내 잠자리를 해결해준 곳이 '대신 달리는 사람'이라는 이름의 사무실이었다. 주로 등기소나 동사무소, 혹은 서울역 같은 데를 들락거리는 게 거기서 내가 맡은 일의 전부였지만 얼마간 룸펜 기질이 몸에 밴 나 같은 놈팡이에게는 썩 잘 어울리는 직업이기도 했다. 일의 속성상 대개 고객과의 접촉이 전화로 이루어지기 때문에 따로 사무실 공간을 마련하지 않아도 된다는 점이 혼자 힘으로 무슨 일인가를 해보려는 내 구미를 당겼었다. 얼마간의 경험도 자신감을 제공했던 것 같다. 나는 당장 전화를 놓고, 상호를 '벌과 개미'라고 짓고, 내가 지은 그 이름에 스스로 감탄하고, 그리고 그럴듯하게 명함을 만들었다.

명함을 가족들에게 돌리는 것으로 개업식을 대신했다. 어머니는 이런 걸 해서 돈이 되겠느냐고 말은 하면서도 밥벌이를 하려는 아들을 은근히 반기는 눈치였고, 형은 하필이면 그런 일이냐고 불쾌해했고, 아버지는 다른 때와 마찬가지로 아무 관심도 보이지 않았다. 아버지는 아마 내가 어린애가 둘이나 셋 딸린, 출신을 알 수 없는 여자를 데리고 와서 결혼을 하겠다고 해도 상관하지 않을 것이다.

시작이 그러하고 규모가 그러한 형편이었으므로 일이 많을 까닭이 없었고 일을 가릴 처지도 아니었다. 그렇다고 해도 어머니의 뒷조사를 하다니. 어이없는 일이 아닐 수 없었다. 세상일을 예측하고 사는 것은 아니지만, 그리고 그렇기 때문에 세상이 살 만하다고들 하지만, 참 별일도 다 있구나 싶었다. 도대체 작자가 누구인지 그것부터 궁금해지는 것은 당연한 노릇이었다. 그러니까 어떻게 우리 사무실을 알게 되었느냐는 내 질문은 의뢰자의 정체에 대한 마땅한 의혹이었다.

의뢰인은 잠깐 동안 침묵하다가 비둘기에서 보았다고 대답했다. 비둘기는 수도권 일대에 무료로 배포되고 있는 지역 정보지들 가운데 하나였다. 비둘기에 광고를 낸 건 사실이었다. 일을 시작하기로 하고 사람들이 많이 다니는 상가의 계단벽이나 전봇대, 그리고 공중화장실 같은 데에 스티커를 붙여보았지만 일거리를 맡겨오는 사람이 거의 없었다. 그래서 얼마간의 돈을 들여 지역 정보지에 광고를 내기로 했었다. 집을 나가 지내는 동안 직원으로 일했던 '대신 달리는 사람'에서도 지역 정보지에 광고를 내긴 했지만 별로 효과를 보지 못하는 듯했으므로 큰 기대는 하지 않았었다. 이번처럼 사람을 미행하고 뒷조사를 해달라는 주문이 들어올 줄은 몰랐었다. 대상이 내 어머니만 아니라면 제법 괜찮은 건수임에 틀림없었다.

나는, 그 사람하고 어떻게 되는 사이인지요? 하고 넌지시 질문을 던짐으로써 의뢰인의 신분을 확인하려는 의도를 분명히 드러냈다. 상대는 그걸 밝혀야 하느냐고 물어왔다. 당연하고 마땅한 절차라고 우길 수는 없는 노릇이었다. 누군가의 뒤를 캐는 일을 맡기는 사람에게는 더욱 그랬다. 그런 의뢰인들이 원하는 최상의 조건은 은밀함이다. 타인의 비밀을 알아내려는 사람들이야말로 자기의 비밀이 알려지는 걸 유난히 원하지 않는 사람들이다. 그 점을 누구보다 잘 이해하고 있는 내가 상대의 신분 노출을 강요할 수는 없는 일이었다. 만일 그랬다가는 여지없이 전화가 끊기고, 그것으로 영영 그만일 것이었다. 그렇게 되면 기대되는 상당한 수입은 그만두고라도 어머니의 뒤를 캐려고 하는 그자가 누구인지를 알아낼 수 있는 길도 완전히 사라지고 만다. 그렇게 할 수는 없었다.

나는 알려주면 일을 하는 데 도움이 된다고 전제한 뒤 그러나 원하지 않는다면 밝히지 않아도 된다고 대답했다. 상대방이 더이상 아무 말도 하지 않았으므로 나는 그 문제를 물고 늘어질 수가 없었고, 그래서 하는 수 없이 연락할 시간과 장소, 보고의 형식에 대해서만 물었다. 의뢰인은 자기가 가끔씩 전화를 하겠으며 그때 습득한 정보를 전해주면 된다고 대답했다. 나는 내가 받아야 할 수수료에 대해 이야기하고 계좌번호를 불러주었다. 위험수당이 포함되어 있기 때문에 액수가 높다는 뒷말을 그는 못 들은 체했다. 나는 일주일에 한차례씩의 입금을 요청했고, 상대는 그렇게 하겠다고 대답했다. "착수금이 입금된 걸 확인한 후 움직일 겁니다." 나는 사무적으로 말하고 전화를 끊었다.

작자는 곧바로 내 계좌에 내가 지시한 금액을 넣었고, 그럼으로써 공식적인 나의 의뢰인이 되었다. 그 얼굴 없는 남자가 나를 연꽃시장에 가게 했고, 그 어이없는 장면을 목격하게 한 사람이었다. 내 기분은 비참했다. 그날 밤 작자가 내게 전화를 걸어왔을 때 나는 나자신을 패륜아처럼 느꼈다. 내 입에서 나온 말들은 거칠었다.

"당신, 누구야? 왜 이런 일을 시키는 거야? 도대체 무슨 목적을 가지고 있는 거야?"

남자는 대꾸하지 않았다. 나는 더욱 화가 나서 더이상 일을 하지 않겠다고 선언해버렸다. 남자는 웃었다. 확실하지 않지만 그런 느낌이 들었다. 그러고는 일방적으로 계약을 파기할 수는 없는 거라고 타이르듯이 말했다 "당신은 돈을 빌렸어요. 당신은 당신 일을 해야 해요." 그것이 그의 말이었다. 나는 내 성질을 이기지 못하고 고래고래 소리질렀지만 전화는 이미 끊긴 다음이었다.

5

연꽃시장의 소란 이후 일주일 동안 우리집은 조용했다. 너무나 조용해서 숨이 막힐 것 같았다. 우리는 서로 얼굴을 마주치는 것조차 피했다. 어머니는 언제나처럼 아침 일찍 집에서 나갔고, 나는 매일 늦잠을 잤다. 어머니 대신 집안일을 하는 아주머니가 차려주는 밥을 먹는 둥 마는 둥 하고 밖으로 나갔다. 일이 있는 날도 있고 없는 날도 있었다. 일이 있는 날도 밖으로 나가고 일이 없는 날도 밖으로 나갔다. 그리고 자정이 지나서야 집으로 들어왔다. 형과 얼굴을 마주치고 싶지 않았기 때문이었다. 그렇게 늦게 들어가도 문을 열어주는 사람이 없었다. 물론 문을 열어달라고 할 필요도 없었다. 내 호주머니에는 열쇠가 있었다.

그 시간에 식구들이 모두 잠을 자는 것은 아니었다. 특히 형이 깨어 있다는 것은 분명했다. 그의 방문 앞을 지나갈 때면 컴퓨터의 자판을 두드리는 소리가 들려오기도 했다. 그는 자기 방에서 언제나 무언가를 하고 있었다. 그러나 그의 방은 늘 닫혀 있었으므로 그 안에서 그가 무슨 일을 하는지를 확인할 길은 없었다. 아니, 사실을 말하면 한 사람씩 차지하고 있는 우리집의 네 개의 방은 거의 항상 닫혀 있었다. 다른 사람이 침범하는 일도 없었고, 그런 걸 원하지도 않았다. 어머니만 가끔씩 그 규칙을 깼다. 우리는 타인들처럼 살았다. 그러나 원망도 없었고 불편하지도 않았다.

일주일째 되는 날 밤에 나는 어머니와 대화를 나누었다. 대화를 요청한 사람은 어머니였다. 어머니는 불이 꺼진 거실에 혼자 앉아 있었다. 여느 날과 마찬가지로 자정이 지난 시간에 열쇠를 따고 들어온 내가 곧장 내 방으로 스며들려고 하는데 어둠 속에서 여기 좀 앉아라, 하는 소리가 들려왔다. 어머니는 나를 기다리고 있었던 것 같았다. 나는 맞은편 소파에 앉았다. 어머니는 잠시 숨을 고르는 것처럼 가만히 있다가 입을 열었다. "오늘 엄마를 만나러 왔었니?" 나는 서둘러 고개를 저었다. "민들레 근처에서 너를 봤다고 하더구나." 어머니의 음성은 조용했다. 마치 거실의 어두운 공기 속에 묻혀 있는 사물들을 자극하지 않으려고 애를 쓰는 것 같았다. 민들레는 어머니가 경영하는 고급 음식점의 이름이었다. 어머니는 젊었을 때 민들레에서 종업원으로 일했고, 지금은 주인이었다.

나는 당황해서 어떻게 그걸 아느냐고 물었다. 민들레 근처에 간 건 사실이었다. 계약을 파기하겠다고 흥분을 하긴 했지만, 그리고 또 실제로 그 작자에게 어머니에 대한 정보를 제공하는 따위의 일을 계속할 마음은 없었지만, 도대체 작자가 무엇을 알아내려고 하는 것인지는 궁금하지 않을 수 없었고, 정말로 어머니에게 무언가 알아낼 만한 것이 있는지를 알아보고 싶다는 무의식적인 욕구를 완전히 무시하기도 어려웠다. 뿐만 아니라 딱히 할 일이 없기도 했다. 그래서 낮에 민들레 근처를 어슬렁거리긴 했었다. 그러나 곧 부질없는 짓이라는 생각이 들었고, 어쩐지 참담하기도 해서 그냥 돌아와버렸다. 그런데 그걸 어머니가 어떻게 알고 있다는 것인지.

어머니는, 할말이 있어서 찾아왔으면 들어오지 그랬느냐고 말했다. 어머니는 내가 무슨 말인가를 하려고 찾아갔다고 생각하는 듯했다. 다행이라는 생각이 들었다. 하지만 솔직히 나는 어머니에게 할말이 없었다. 그 늦은 시간에 그렇게 마주앉고 보니 유난히 할말이 떠오르지 않았다. 나는 고개를 저었다. 어머니는 의외라는 듯 어깨를 으쓱해 보이고는, 너의 형…… 하고 말을 꺼냈다. 그 말은 준비된 것 같았고, 네가 말을 꺼내지 않으면 내가 하겠다는 의중이 비교적 선명하게 전해져왔다.

형은 몸이 좋지 않다, 하고 어머니는 말했다. 그건 나도 아는 일이었다. 어머니는, 너도 알고 있겠지만, 하고 전제한 뒤, 형은 몸만 아니라 정신도 좋지 않다, 하고 덧붙였다. 평소에는 아무렇지 않다가도 어떨 때는 예고 없이 정신을 놓아버리곤 한다, 그럴 땐…… 하고 잠깐 말을 멈췄다. 사나워지려는 감정을 다스리고 있다는 느낌이 전해져왔다. 행여 형이 깨어 있다가 자기 말을 들으면 안 된다는 듯 어머니는 목소리를 낮췄다. "그럴 땐 내 가슴이 찢어지는 것 같다. 그렇게 똑똑하고 건강하던 아들이 어쩌다가 저렇게 되었는가 싶으면 미칠 것 같다. 내가 죄가 많아 아들놈을 저 모양으로 만들었는가 싶기도 하고……" 어머니의 목소리는 높아졌다 낮아졌다 했다. 파도치는 듯한 그 목소리의 불안한 흔들림은 감정을 적절히 다스리기가 생각처럼 쉽지 않다는 표시였다. 내가 아는 어머니로서는 좀 의외의 모습이었다.

"어머니는 형에 대한 기대가 유난하셨죠." 나는 겨우 한마디했다.

어머니는 부정하지 않았다. 그것은 사실이었다. 어머니는 분명히 형을 편애했다. 그러나 그 편애는 형이 받은 부당하고 일방적인 특혜는 아니었다. 형은 매력적인 성정性情과 뛰어난 자질로 편애를 취득했다. 그는 편애의 대상이 되기에 충분했다. 열등한 동생인 나와의 상대적인 비교를 통해 형이 받은 편애는 얼마든지 정당화될 수 있었다. 일찍부터 열등감은 내 음식이고 음료였다. 나는 형보다 공부를 못했고 운동도 못했다. 얼굴도 형보다 잘생긴 편이 아니었다. 세상이 공평하다는 것을 나는 아주 어렸을 때부터 믿지 않았다. 대학 진학에 실패한 후 도피하듯 지원한 군대조차 나를 받아들이지 않았을 때 나는 절망에 사로잡혔고, 그 절망이 집을 나가지 않을 수 없는 동력으로 작용했다. 형이라면 모를까, 어째 니가 그렇게 심한 난시냐, 하고 어머니는 믿을 수 없다는 듯 말했었다. 불행하게도 나는 그 말 속에 들어 있는 은근한 비아냥을 눈치채지 못할 정도로 둔하지가 않았다. 형은 모든 면에서 나보다 우월했고, 다른 사람보다 우월했다. 그는 어렸을 때부터 어머니의 기쁨이었고 자랑이었다. 그런 아들이 저렇게 되었으니 그 심정이 오죽할까. 나는 어머니를 이해하고도 남았다. 다른 사람은 몰라도 나는 이해할 수 있었다.

그렇지만, 그렇다고 해도 그런 아들을 등에 업고 사창가를 찾아가는 일까지 해야 했을까? 그렇게까지 안타까워해야 했을까? 그렇게라도 해서 아들에 대한 자신의 사랑을 만족시키려고 한 것일까? 그것을 사랑이라고 할 수 있는 것일까? 그 부분에서 나는 이해의 벽을 넘지 못했다.

혼잣말 같기도 한 어머니의 말이 계속되었다. "저 몸이 되어 병원에 누워 있는 모습을 처음 보았을 때 나는 죽어버릴 작정을 했었다. 그런데 죽지는 못하고 혼절을 했었다." "저는 없었어요." 나는 침울하게 받았다. "너는 없었지." 어머니는 확인하듯 내 말을 따라했다.

형이 훈련 도중 터진 폭발물에 다리를 잃고 집으로 돌아왔을 때 나는 집에 없었다. 형이 군인이 되기 위해 집을 떠날 때도 나는 집에 없었다. 형은 강제로 징집되었다고 했다. 그리고 군인이 된 지 일 년이 되지 않아 사고를 당했다고 했다.

보통 땐 괜찮은데 어쩌다 한번씩 분별력을 잃을 때면, 하고 어머니는 말을 이었다. "그럴 때면 옷을 찢고 자기 몸을 할퀴고 살점을 뜯어내고 머리를 찧고…… 난리가 따로 없다. 그러다가 옷을 다 벗고 기어다니면서 망측한 몸짓을 한다. 말하기도 망측스럽다만……" 거기까지 말하고 잠깐 호흡을 가다듬었다가 어머니는 기왕 말을 꺼냈으니 마저 하겠다는 듯 빠르게 말을 이었다.

"손으로 자위를 하고, 아무데나 정액을 묻혀놓고…… 볼 수가 없다. 그러고는 한바탕의 폭풍이 지나고 나면 이내 축 늘어져서 죽은 듯 잠이 든다. 병원에 갔더니 정신과 의사가 이런저런 이야기를 하더라. 형의 병이 성충동 쪽으로 발산되고 있는 것 같다는 말도 했다. 정상적인 조절 메커니즘이 와해되면 정신 안쪽에 억압된 채 쌓여 있던 부정적인 기운이 어느 순간 외부로 폭발하게 되는데, 그것이 발작이라는구나. 발작이 어떤 양상을 띠고 어떤 길을 택해 분출되는가는 사람마다 다른데, 형의 경우는, 무엇 때문인지는 몰라도 성욕의 분출로 나타나는 것 같다고 한다. 그러면서, 아주 조심스럽게, 결혼을 했었느냐고 묻더라. 사귀는 여자가 있긴 했지만 결혼을 한 것은 아니지 않느냐. 그래서 그렇게 이야기했더니, 그 의사가 그러더라. 성욕이란, 특히 남자들에겐 일종의 생리적인 배출 욕구 같은 거거든요. 차면 넘치는 게 자연의 이치 아닙니까? 그러니까 어떤 수단을 사용하라고는 말할 수 없지만, 아들의 배출에 대한 욕구가 넘치기 전에, 즉 발작을 통해 그 욕구를 발산시키려는 충동이 일기 전에 성욕을 해결해줄 수 있으면, 그럴 수 있으면, 그것이 한 방법이 될 수 있을 것 같습니다만……" 어머니는 희미하게 목소리를 냈다. 고개까지 떨어뜨리고 있었기 때문에 귀를 기울이지 않으면 잘 들리지 않을 정도였다. 그렇지만 나는 어머니가 하는 말을 다 알아들었다. 어머니는 며칠 전의 그 연꽃시장 일을 나에게 해명해야 한다고 여기는 것 같았다. 그것이 단순하고 무분별한 모성애만은 아니었고, 일종의 치료의 수단이기도 했음을 나에게 밝혀야 한다고 판단한 것 같았다.

"그래서 생각해낸 방법이 그것이었나요?" 내가 물었다. "다른 방법이 없지 않느냐?" 어머니가 반문했다. "그래서 효과가 있었나요?" 내가 다시 물었다. "그렇게 해야 한다는 데 대해 네 형은 굴욕감을 느끼고 수치스러워했다. 하지만 자신이 어떻게 해볼 수 없는 그 끔찍한 일이 언제 또 일어날지 모른다는 두려움이 늘 그를 사로잡고 있었고, 사태를 피하기 위해 그가 할 수 있는 일이 그것 말고 다른 게 없다는 걸 알고 있었기 때문에, 하는 수 없이 내 말에 따랐다. 확실히 효과는 있었다. 그래서 그 일을 그만둘 수 없었다. 그래서……" 어머니는 잘못을 고백하는 사람처럼 말했다.

"그만하세요. 그렇다면…… 제가 맡겠어요." 나는 충동적으로 그렇게 말하고 자리에서 일어섰다. 더 듣고 싶지가 않았기 때문이었는데, 그 말을 하는 순간, 어쩌면 어머니가 내게서 듣고 싶어했던 말이 그것이었을지 모른다는 생각이 들었다. 내가 사실을 알기 전에는 굳이 알게 할 필요도 없었을 테지만, 이왕 알게 되었으니 남자인 내게 그 일을 맡기는 것이 낫겠다는 판단을 어머니가 했다고 해서 불쾌하게는 생각하지 않는다. 그렇게라도 쓸모가 있다니 다행한 일이 아닌가.

6

내가 생각한 방법은 어머니의 방법보다 어떤 면에서 세련된 것이었다. 나는 연꽃시장으로 형을 업고 가는 대신 변두리 모텔을 이용했다. 형을 먼저 모텔에 들어가 있게 한 후 여자를 골라 집어넣는 방법이었다. 여자들의 저항이 골칫거리이긴 했다. 하지만 그 정도 골칫거리쯤은 이미 각오한 바였다. 나는 성격이 그다지 친절한 편이 아니라 여자들에게 미리 사정 이야기를 하지 않는다. 그런 이야기를 다 하면 따라나설 여자가 있을까? 나는 아니라고 생각한다. 그 때문에도 나는 친절해질 수가 없다.

내 옆자리에 깊숙이 몸을 묻은 형은 말이 없었다. 모텔에서 돌아오는 길이었다. 형의 내면에서 일고 있을 복잡한 감정들의 격랑을 헤아릴 수 있을 것 같았다. 굴욕과 회한과 자책과 외로움과 열패감이 그의 가슴속에서 부글부글 끓고 있을 것이었다. 형의 감정을 존중해주어야 한다고 생각하고 있었으므로 나 역시 입을 다물었다.

"산책을 하고 싶구나." 집에 거의 다 왔을 때 형이 가만히 말했다.

"밤이 늦었는데." 고개를 돌려 바라보며 내가 말했다. 형은 아무 말도 더 하지 않았다. 형이 아무 말도 더 하지 않았으므로 나는 집으로 가지 않고 능을 향해 차를 몰았다. 왕소 시대의 왕의 무덤이 우리집에서 가까운 곳에 있었다. 어른의 걸음걸이로는 십 분쯤

걸렸고, 형의 휠체어로는 이십 분쯤 걸렸고, 자동차를 타고 가면
이 분밖에 걸리지 않는 거리였다. 형이 그곳에 가는 걸 좋아한다는
걸 나는 알고 있었다. 그러나 형은 능 안으로 들어가지는 않았다.
능을 둘러싼 울타리를 타고 좁은 길이 나 있었다. 길은 꾸불꾸불하
고 울퉁불퉁했다. 양 옆으로 늘어선 나무들이 하늘을 가리고 있어
서 그 안으로 들어가면 꼭 터널 속처럼 어두웠다. 형은 그 길을 좋
아했다. 가끔 나더러 그곳에 데려다달라고 부탁하곤 했다. 나는 능
입구까지 그를 데려다주었다. 그러면 형은, 두 시간 있다가 데리러
오겠니? 하고 말했다. 내가 휠체어를 밀어주겠다고 하면 그럴 필
요가 없다고 고개를 저었다. 형은 혼자 그 길을 산책하고 싶어했
다. 형은 정확한 사람이었다. 두 시간 후에 가보면 어김없이 능 입
구에 와서 나를 기다리고 있었다. 간혹 내가 약속한 시간보다 먼저
도착할 때가 있었는데, 그럴 때면 그곳에 서서 꼬부라진 길을 돌아
오는 형의 휠체어를 기다려야 했다. 형이 산책을 마치는 시간은 대
략 석양 무렵이었다.

밤늦은 시간에 산책을 하겠다고 나선 것은 처음이었다. 그렇지
만 형의 요구를 무시할 수도 없었다. 나는 능 입구에 차를 세우고
휠체어 위에 형을 앉혔다. 형은 두 시간 있다가 데리러 오라고 하
지 않았다. 다행이었다. 나는 휠체어를 천천히 밀었다.

밤공기가 서늘했다. 능 입구에 가로등이 몇 개 서 있긴 했지만
어둠이 완강했다. 휠체어는 두터운 어둠 속을 쿨럭거리며 굴러갔

다. 모퉁이를 돌자 가로등이 사라졌고, 어둠이 한층 깊어졌다. 나는 가로등이 끝나는 지점에서 그만 휠체어를 돌리고 싶었지만 형이 아무 말도 하지 않았기 때문에 그럴 수 없었다. 형의 휠체어는 어둠 속에 웅크린 황토색 길이 스스로 만들어내는 아주 여리고 희미한 빛을 따라 계속 굴러갔다.

내가 느끼는 한기가 단지 밤공기 때문만은 아니라는 사실을 나는 인식하고 있었다. 하늘을 향해 늘어선 길 양쪽의 나무들은 주술적인 느낌을 주었다. 휠체어가 점점 어둠의 내장 속으로 빨려들어가고 있다는 생각이 들었고, 어둠의 가장 안쪽에 블랙홀 같은 것이 있어서 우리들을 삼켜버릴지 모른다는 두려움이 엄습했다. 산짐승 같은 것이 지나가면서 부스럭 소리를 냈다. 후루룩 후루룩, 그리 멀지 않은 곳에서 산새들도 울었다. 두려운 예감처럼 문득 헨젤과 그레텔이 떠올랐다. 깊고 어두운 숲속에서 어른들로부터 유기된 남매가 온몸으로 감당해야 했을 그 어두운 공포와 깊은 외로움이 떠올랐다. 나는 우리 두 사람이 세상으로부터 유기된 것처럼 생각되었다. 이제 과자로 만든 집으로 어린아이를 홀리는 마녀가 눈앞에 나타날 것이다. 밤의 숲이야말로 마녀들의 무대가 아닌가. 밤의 숲은 낮의 마을과 얼마나 날카롭게 대립하는가. 밤의 숲은 낮의 마을의 규칙과 논리가 통하지 않는, 전혀 다른 규칙과 알 수 없는 논리의 세계다. 그 세계의 캐릭터들은 마녀들과 유령들. 밤의 숲은 현실의 뒤쪽에 숨은, 또다른 엄연한 현실이다. 헨젤과 그레텔이

끌려들어갔던 과자로 만들어진 그 마녀의 집이야말로 동화적으로 은유된 블랙홀에 다름아니다……

그런 어느 순간, 형과는 달리 나는 이 길을 아주 조금밖에 걸어보지 않았다는 생각이 들었고, 더구나 깜깜한 밤에는 처음이라는 생각이 들었고, 형은 어쩐지 모르지만 나는 어둠을 싫어한다는 생각이 들었다. 형의 산책로를 형과 함께 걸어봐야겠다는 생각을 늘 하고 있었지만, 이런 식은 아니었다. 이렇게 깜깜한 밤에 이런 기분으로는 아니었다. 형이 어디까지 들어갈 생각인지 걱정이 되었다. 마녀의 집이 나타나기 전에 그만 돌아가자고 말하고 싶었다. 그렇지만 나는 입을 열지 못했다. 형의 침묵이 너무나 단단했다. 나는 그의 기분을 보호해야 한다고 판단하고 있었고, 그 판단이 나의 두려움보다 우세했다.

여기서 길이 끝나, 하고 형이 말했을 때 나는 처음에 놀랐고, 다음엔 안도했다. 놀란 것은 내가 밤길의 환영에 사로잡혀 있어서 미처 그 목소리가 형의 것이라고 생각하지 못했기 때문이고, 안도한 것은 형이 비로소 나를 향해 어떤 반응인가를 보인 사실이 반가웠기 때문이었다. 얼마나 깊이 들어왔는지는 알 수 없었다. 주변이 어둡긴 했지만, 그 때문에 오히려 더 빨리 더 멀리 들어왔을지도 모르는 일이었다. 어둠이 다른 데 한눈을 팔지 못하게 하고 휠체어를 미는 데만 정신을 쏟게 했을 가능성은 얼마든지 있었다.

"여기까지밖에 오지 못해. 언제나 여기 멈춰서야 해." 형의 목소리는 밤공기에 젖어 축축했다. "여기 서서 저 울타리 너머의 빽빽한 숲속을 상상해. 하늘을 먼저 차지하려고 경쟁적으로 발돋움하는 키 큰 나무들과 저 안 어딘가에 있을 깊은 동굴을 상상해. 몸 비비며 어우러져 사는 나무와 풀 들, 새들과 벌레들, 흙과 짐승들을 상상해. 들어가고 들어가고 들어가면 거기 어딘가에 거대한 물푸레나무가 하늘을 떠받치고 서 있을지도 모르지. 들어가고 들어가고 들어가면 나도 그 나무를 볼 수 있을까? 나도 저 속으로 들어가고 싶다고 중얼거리곤 해. 저 속으로 들어가서 나도 저들 가운데 무엇인가가 되고 싶다고 생각하곤 해. 저 속으로 들어가서 하늘만 아니라 시간까지도 떠받치고 있는 그 거대한 물푸레나무를 만져보고 싶다는 꿈을 꾸곤 해."

형은 혼잣말을 하는 것처럼 말했다. 무엇인가에 대한 간절한 염원 같은 것이 느껴졌지만 그것이 무엇인지는 알 수 없었다. 언제한번 내가 데리고 들어갈게, 하고 대단한 일이 아니라는 듯 툭 던진 것은 아무래도 잘한 일 같지 않다. 형이 내 말을 무시해서가 아니라 나 스스로 경솔한 말을 했다는 자각이 들었으므로 나는 무안해져서 곧 입을 닫아버렸다. 얼굴이 후끈 달아올랐다. 어둠 속이라 들키진 않았지만 내 얼굴은 빨갛게 상기되었을 것이다.

"저 나무 보이니?" 형은 내 말에는 반응을 보이지 않고 손가락으로 어딘가를 가리켰다. 형이 가리키는 곳에 무엇인가가 있을 것이었다. 그가 나무라고 했으니 어떤 나무인가가 틀림없이 있을 것이었다. 하지만 나는 검은색의 두툼한 어둠말고는 아무것도 보지 못했다. 어둠은 숲속에 내려앉아 있었고, 그래서 검은 나무들은 각각의 개체로서의 특성을 잃은 채 하나로 뭉쳐서 어둠을 뒤집어쓰고 있는 것처럼 보였다. 개별적인 어떤 한 나무를 지목한 형의 의중이 헤아려지지 않는 것은 당연했다. 어떤 나무를 보란 말인가. 그의 눈에는 뭐가 보이는 것일까.

"뭐가 보여?" 나는 약간 어이없다는 듯 실없이 웃으며 물었다. 형은 내가 던진 질문을 무시했다. "저건 소나무야." 형은 아무렇지도 않게 말했다. "키가 크고 몸통이 굵고, 그리고 껍질이 두껍지. 그런데 그 옆을 잘 봐라. 소나무하고는 영 다른 나무가 눈에 띌 거다. 마치 소나무를 휘감고 있는 것처럼 보이는, 가늘고 매끄럽고 부드러운, 피부가 곱고 까무잡잡한 여자를 연상시키는 저 나무를 아니?" "뭔데?" 나는 어둠 속에서 아무것도 구별할 수 없었지만 그의 대화에 동참하기로 마음먹었다. 형의 산책을 유인하고 격려하는 것이 무엇인지 궁금하기도 했다. 사람에 대한 관심이 엷어지면서 자연물에 대한 친화력이 생겨나는 것은, 장려할 일인지 어떤지는 잘 모르겠으나, 이상한 일도 아니고 나무랄 일도 아니었다.

"때죽나무." 형이 짧게 발음했다. 나는 때죽나무, 하고 따라서 발음해보았다. 나로서는 처음 듣는 이름이었고, 당연히 어떻게 생긴 나무인지 모습이 그려지지도 않았다. 눈앞에 그 나무가 서 있다고 형은 말하고 있었지만 나는 그가 말하는 그 괴상한 이름을 가진 나무를 식별할 수 없었다. 형에게는 익숙한 길이고 자주 보아온 나무일 테지만 나에게는 그렇지 않았다. 나는 그것의 실체를 확인하지 않고서는 아무 말도 할 수 있을 것 같지 않았다. 형이 그런 내 사정을 모를 리 없었다. 그렇지만 그 순간의 그에게 나를 배려하는 마음씨를 기대한다는 것은 아무래도 무리였다. 그는 나에게가 아니라 자기 자신에게 할말이 있는 것처럼 보였다.

"매끈한 나무줄기가 날씬한 여자의 나신을 연상시켜." 형은 취한 것처럼 말했다. "정말 황홀한 것은 흰 꽃이지. 5월이니까 조금 있으면 꽃이 필 거야. 땅을 향해 고개를 숙이고 있는 때죽나무의 흰 꽃들은 은종 같아. 그 아래 서 있으면 딸랑딸랑 종소리가 울리는 것만 같지." 그의 목소리가 깊은 바다에 떨어지는 닻처럼 어두운 숲속으로 유영해들어갔다. 나는 끼어들 수도 없었고, 끼어들 내용도 없었고, 끼어들고 싶지도 않았다. 나는 그저 헨젤과 그레텔의 숲을 연상시키는 주술적인 분위기의 검은 숲으로부터 빠져나온 사실만을 고마워하고 있을 뿐이었다.

깊은 바다에 떨어지는 것 같은 형의 말은 계속되었다. "그런데 저 매끈하고 날씬한 때죽나무가, 무슨 사연일까, 굵고 우람한 소나무를 휘감고 있거든. 심상치 않아." 그렇게 말한 후 형은 짧은 한숨을 토해냈다. 나는 그가 그런 이야기를 왜 하는지 이해할 수 없었다. 어렴풋이 짐작되는 바가 없는 건 아니었지만(예컨대 그는 자기 자신을 변호할 나름의 논리가 필요하다고 생각하는지도 모를 일이었다), 확신은 서지 않았다. 무엇보다 내 눈에 그가 묘사한 그 까무잡잡한 피부의 날씬한 여인을 연상시킨다는 때죽나무가 보이지 않는 것이 문제였다. 아니, 그것은 아주 작은 문제였다. 그 순간 나는 내가 잡고 있는 휠체어의 손잡이가 가볍게 흔들리는 걸 느꼈다. 그리고 그 흔들림의 근원이 형의 어깨라는 것도 알았다. 엄밀히 말하면 어깨가 아니었다. 어깨가 스스로 흔들릴 까닭이 없었다. 형의 흐느낌이 어깨를 흔들고 휠체어도 흔들고 있었다.

"내 몸속의 이 치욕을, 이 슬픔을 어떻게 하면 좋으냐?" 형의 목소리가 때죽나무가 소나무를 휘감고 있을 검은 숲속으로 스며들었다. 나는 형의 목소리를 똑똑히 들었지만 못 들은 척했다. 당황했지만 당황하지 않은 척했다. 밝을 때 와서 때죽나무가 어떻게 생겼는지 봐야겠네, 하고 아무렇지도 않게 말하는데 주책없이 목이 잠기려고 해서 헛기침을 한차례 했다. 아무래도 나는 위장술에 서툰 것 같다.

"그만 돌아가. 무서워." 나는 형의 대답 따위는 들을 생각도 않고 휠체어를 돌렸다. 황톳길이 스스로 만들어내는 희미하고 엷은 빛을 따라 나는 휠체어를 밀었다. 손잡이를 통해 형의 흐느낌이 지속적으로 전해져왔지만 나는 모른 체했다. 집까지 돌아오는 동안 나는 아무 말도 하지 않았다. 형도 마찬가지였다. 나는 다시금 어둡고 깊은 숲속에 유기된 헨젤과 그레텔을 떠올렸다.

각자 자기 방으로 들어갈 때 우리들의 얼굴은 맨숭맨숭했다.

7

다음날, 혼자서 형의 산책로를 걸어보고 난 후 나는 형에게 사진을 다시 찍으라고 권했다.

나는 비교적 빠른 걸음으로 능 입구에서부터 길이 끝나는 곳까지 걸었다. 길은 생각보다 꼬불꼬불하고 멀었다. 경사진 곳도 많았다. 그 깜깜한 밤중에 휠체어를 밀고 어떻게 거기까지 올라갔었는지 의아스러울 정도였다. 형은 산책로가 끝나는 지점에 이르러 발을 멈추고 숲에 대한 자신의 설명할 수 없는 동경에 대해 토로했었다. 그리고 마치 육체에 얽매인 자신의 욕망을 헐뜯듯, 혹은 어루만지듯 소나무를 휘감은 때죽나무의 애욕에 대해 숨가쁘게 말했었다. 심상치가 않아, 하고 말했었다. 그 말을 듣고 있는 나는 정말로 숨이 가빴었다.

소나무를 휘감고 있다는 날씬한 때죽나무가 보고 싶었는지, 아니면 나무와 풀과 넝쿨이 어우러져 한몸을 이루며 산다는, 어딘가 깊고 어두운 동굴이 있고, 들어가고 들어가고 들어가면 하늘을 떠받치고 있는 물푸레나무 한 그루도 만날 수 있을 거라는 깊은 숲을 보고 싶었는지 모르겠다. 아무튼 나는 그 산책로를 혼자 걸었다. 아침 열시 무렵이었는데, 그 시간이 산책하기에는 너무 늦은 때문인지 아니면 너무 이른 때문인지 나 말고는 산책 나온 사람이 눈에 띄지 않았다.

길이 끝나는 곳에 멈춰 서서 바라본 안쪽의 숲은 햇살이 폭포처럼 쏟아지고 있는데도 어두웠다. 단순히 어둡기만 한 것은 아니었다. 그 어둠은 무겁고 깊은 그늘을 거느리고 있었다. 무언가 은밀하고 신비스런 수런거림이 그 안에서 들리는 듯했다. 나는 희미한 현기증을 느꼈고, 그것이 숲으로부터 사람을 홀릴 만한 기운을 감지한 때문임을 알았다.

그리고 그 나무, 때죽나무가 있었다. 보는 순간, 그때까지 전혀 본 적이 없음에도 불구하고, 아, 때죽나무구나, 하고 곧바로 알아볼 수 있을 정도로 금방 눈에 들어왔다. 그만큼 인상적이었다고 해야 하나. 형의 표현이 조금도 과장이 아니었다. 솔직히 나는 형을 완전히 신뢰하지는 않았었다. 지난밤의 그의 감정이나 기분이 객관적인 사물 묘사의 능력을 빼앗고 있었으리라는 것이 나의 판단이었다. 그러나 눈앞의 때죽나무는 내 판단이 옳지 않았음을 몸으로 증명했다. 정말로 옷을 벗은 여자의 몸처럼 매끈하고 날씬한 나무가 있었다. 정말로 옷을 벗은 여자의 매끈하고 날씬한 팔이 남자의 몸을 끌어안듯 그렇게 소나무를 휘감고 있는 관능적으로 생긴 나무가 있었다. 흙을 파보면 모르긴 해도 뿌리들이 지상의 줄기들보다 훨씬 더 적극적이고 노골적인 모습으로 소나무를 휘감고 있을 것 같은, 그곳에 그런 나무가 서 있다는 사실이 믿어지지 않았다. 빗나갔으면 하고 속으로 은근히 바랐던 무슨 불길한 예언이 들어맞은 것처럼 기분이 아찔했다. 때죽나무! 나는 신음처럼 그 이름을 뱉어냈다.

사진 생각이 난 것이 그 순간이었는지 어떤지는 확실하게 말할 수 없다. 그전일 수도 있고, 그 이후, 그러니까 산책길을 다 내려와서일 수도 있었다. 나는 좀 당황스러웠다. 왜냐하면 내가 형에게 그런 권유를 할 자격이 있는지 확신이 서지 않았기 때문이었다. 하지만 한번 치민 충동이 좀처럼 사그라들 기미를 보이지 않았기 때문에 나는 점심을 먹은 후 한동안 내 방에 틀어박혀 그 문제를 곰곰이 따져보았다. 떳떳하다는 생각은 들지 않았다. 뻔뻔하게 받아들일지 모른다는 우려도 없지 않았다. 그럼에도 불구하고 그것이 지금의 형을 위하는 길이라는 판단이 섰고, 그렇다면 웬만한 마음의 부담쯤은 감당할 수도 있어야 한다는 쪽으로 급격하게 마음이 기울었다.

사진을 다시 찍으라고 말하기 전에 나는 낮에 산책길을 따라 길이 끝나는 곳까지 올라갔었고, 거기서 침묵과 어둠에 잠겨 있는 넉넉한 숲과 소나무를 휘감고 있는 때죽나무를 보았노라고 말했다. 형은 곧바로 어떤 반응을 보이지는 않았다. 그리고 그것은 이상한 일이 아니었으므로 나는 개의치 않았다. 그 대신 약간의 호들갑을 섞어서, 형이 말한 것하고 신기하게 똑같더라고, 처음 보는 건데도 곧장 그 나무를 알아보겠더라고 덧붙였다. 형은, 대수롭지 않다는 듯 때죽나무의 열매에는 독이 들어 있다는 말을 했다. "선에는 그것을 강물에 풀어서 물고기를 잡기도 했다더라." 그 말은 그다지 중요하게 생각되지 않았으므로 거기서 나는 내가 하려고 마음 먹었던 말을 꺼냈다. "그런 거 보면 사진 찍고 싶은 생각 안 들어? 형, 사진 다시 찍어라." 형은 대답하지 않았고 나를 쳐다보지도 않았다.

형이 사진을 포기한 것은 기록으로서의 사진의 가치를 더이상 신뢰할 수 없게 되어버렸기 때문이었다. 그가 신뢰하고 헌신한 '기록'으로부터 뒤통수를 얻어맞았기 때문이라고 말하는 것이 사실에 더 가까울지 모르겠다.

그에게 사진은 취미도 아니었고 예술도 아니었다. 그에게 사진은 객관적 사실과 시대의 진실을 증거하는 기록이었다. 사진은 그때 그곳에서 무슨 일이 있었는가를 보는 가장 정확한 눈이었고, 그때 그곳에서 무슨 일이 있었는지를 전하는 가장 정직한 입이었다. 물론 보는 눈과 말하는 입의 주체가 나름의 시각이나 입장을 가지고 있다는 사실은 무시될 수 없다. 어떤 기록자도 완벽하게 객관적일 수 없다는 진술은 언제나 진실을 담고 있다. 모든 기록은 기록하는 자의 시각과 입장을 반영한다. 사진을 찍는 자는 카메라의 앵글이나 초점을 통해 자신의 시각과 입장을 드러내는 것이다. 그럴 때 문제삼을 수 있는 것은 그 시각과 입장의 윤리적 기반이다. 사진을 찍는 자의 앵글과 초점은 윤리적 앵글이어야 하고 도덕적 초점이어야 한다. 그것이 형의 사진론이었고, 그것이 그가 한사코 사진의 예술로서의 지위에 눈을 돌리지 않으려 하는 이유였다. 내가 아는 한 그는 예술가이기를 원한 적이 한 번도 없었다.

나는 기억한다. 연일 쏘아대는 뿌연 최루탄 가루로 서울 하늘의 공기가 맑아질 날이 없던 그 시절, 하루라도 시위대가 가두에 나서지 않은 날이 없던 그 숨막히던 시절, 형은 늘 거리에 있었다. 거리에서 눈물 콧물 흘려가며 부지런히 카메라의 셔터를 눌러대었다. 최루탄을 쏘거나 곤봉을 휘두르며 시위대를 향해 달려드는 전투경찰들, 전경들의 방패를 향해 화염병을 던지는 시위대들, 갑자기 터진 최루탄을 피해 괴로운 얼굴을 하고 지하도로 뛰어드는 시민들의 모습이 형의 카메라에 찍혔다. 전경에게 멱살을 잡힌 한 학생의 찢어진 티셔츠도 찍혔고, 정차해 있는 수송 버스에 등을 기대고 잠든 지친 전경들과 그들 옆에 버려진 폐품처럼 나뒹구는 소총도 찍혔고, 여학생들이 주워 날라 수북이 쌓인 시위대 앞의 돌무더기도 찍혔다. 형은 수없이 많이 필름을 사고 사진을 찍고 인화를 했다.

형의 방에 들어가면 그런 사진들을 얼마든지 볼 수 있었고, 그것들을 보면 거리를 나가보지 않고도 밖에서 무슨 일이 일어나고 있는지를 너무나 또렷이 알 수 있었다. 오히려 신문을 보는 것보다 더 정확하고 확실하게 알 수 있었다. 사진은 활자보다 훨씬 크고 분명한 목소리로 사실을 전했다. 어쩌면 그때부터 나에게 신문을 주의깊게 읽지 않는 버릇이 생겼는지 모르겠다.

어떤 사진은 소름이 끼쳤고, 어떤 사진은 슬펐고, 어떤 사진은 무서웠다. 그리고 그 사진들은 한결같이 무엇인가를 불러일으켰다. 그것은 울분이거나 증오거나 절망이었다. 나는 형의 사진이 충실하고자 애쓰는 기록성이라는 것이 무엇인지 알 것 같았고, 윤리적 앵글과 도덕적 초점이라는 것에 대해서도 수긍할 수 있을 것 같았고, 그리고 그것의 효용적 가치에 대해서도 동의할 수 있을 것 같았다.

나는 형의 사진이 기록이며, 기록 이상이라는 것을 그때 알았다. 형의 사진은 기록일 뿐 아니라 무기이기도 했다. 기록이기 때문에 또한 무기였다. 형의 사진 찍기는 예술이나 취미활동이 아니라, 일종의 싸움이었던 것이다. 그리고 무엇보다 그것은 그의 사명이었다. 이것은 조금도 과장이 아니다. 형의 사진들은 종종 편집이 조악하고 인쇄 상태도 그다지 좋지 않은 유인물에 실려서 세상 속으로 들어갔다. 헌신적인 사명자는 자기 사진에 번호를 붙였고, 날짜와 장소를 달았다. 발표한 것에만 그렇게 한 것이 아니라 자기가 찍은 모든 사진에 대해 그렇게 했다. 사진 밑에 간단한 캡션을 붙이기도 했다. '6월 14일, 광화문 지하도 앞, 시위대가 지하도로 피하자 전경들은 지하도 안에다 최루탄을 쏘았다' 하는 식으로.

형의 책장 하나를 거의 다 차지하고 있는 앨범들 속에서 나는 그 시절의 산 역사를 만날 수 있었다. 형은 나와는 거의 이야기를 하지 않았고, 자기 방에 들어오는 것도 좋아하지 않았지만, 내가 앨범을 뒤지는 것을 말리지는 않았다. 어떨 때는, 극히 예외적인 경우이긴 했지만, 사진을 몇 장 빼들고 한참 동안 설명을 한 적도 있었다. 사진 스스로 충분히 말을 하고 있음에도 불구하고 자기 말을 더 보태고 싶은 그런 사진이 있는가보았다. 그럴 때 나는 형의 말을 경청했다. 형이 나를 상대로 친절하게 설명을 하고 있다는 사실이 그저 감격스럽기도 했으리라. 형이 나를 동류로 인정해준 것이나 마찬가지라는 생각만으로도 가슴이 뛰었었다. 하지만 형이 늘 그렇게 나를 감격시킨 것은 아니었다. 그는 거의 항상 나를 무시함으로써 나로 하여금 그는 나와는 전혀 다른 존재라는 사실을 상기하게 했다.

8

결정적이라고 해야 할지 치명적이라고 해야 할지 모르겠으나 나와 형 사이에 한 인물이 끼어들었다. 이렇게 말하면 형은 불쾌해할지 모르겠다. 그는 끼어든 사람이 나라고 말하고 싶을 테니까. 굳이 부정하고 싶은 마음은 없다. 일의 순서로 따지자면, 끼어든 것이 나라는 그의 말이 틀리지 않으니까.

그녀의 이름은 순미였다. 단발머리였고, 언제나 화장을 전혀 하지 않은 맨얼굴이었고, 흰 티셔츠를 즐겨 입었고, 그래서 그렇지 않아도 흰 얼굴이 더 환해 보였고, 봄햇살처럼 싱그럽게 웃었고, 웃을 때면 눈가에 잔주름이 유난히 많이 잡혔고, 형의 애인이었고, 그리고 노래를 잘 불렀다.

그녀가 노래를 잘 불렀다는 것은 그냥 하는 말이 아니다. 그녀는 형을 위해 자주 노래를 불렀다. 나는 형의 방에서 흘러나오는 그녀의 맑은 노랫소리를 들으며 질투와 시기심으로 가슴을 뜯곤 했었다. 형은 그녀가 부르는 노래를 좋아했다. 모르긴 해도 그녀 역시 형 앞에서 노래 부르는 것을 좋아했으리라. 그녀가 노래를 잘 부른다는 물적 증거로 아직까지 남아 있는 여러 개의 테이프가 있다. 그중 한 개는 내가 가지고 있다. 그녀가 손수 기타를 치며 부른 노래를 녹음한 것들이다. 형의 방에서 녹음된 것도 있고, 그녀가 따로 녹음해서 갖다준 것도 있었다. 그녀가 직접 시를 쓰고 곡을 붙인 노래도 있었다. 하도 자주 틀어서 처음부터 끝까지 나도 기억하는 그녀의 노래로 〈내 마음을 찍어줘요, 사진사 아저씨〉라는 것이 있다. 그것은 두말할 것 없이 형에게 바친 그녀의 연가였다. 형은 집에 있을 때면 늘상 그녀의 테이프를 들었다. 형이 집에 없을 때는 내가 들었다. 우리집에는 그녀의 목소리가 언제나 출렁거렸다.

언제부터였는지 모르겠다. 언제부터 내 마음이 그녀를 향해 불처럼 타올랐을까.

첫번째 가출 후 집에 들어왔을 때 부모님은 나에게 더이상 공부하라는 압박을 가하지 않았다. 내 가출이 그 감옥 같은 입시학원이 강요하는 지옥 같은 생활에 적응하지 못한 때문이라는 사실을 알게 된 부모님들로서는 미욱한 아들놈이 입시에 대한 중압감을 견디지 못하고 다시 또 언제 집을 뛰쳐나갈지 모른다는 걱정을 당연히 하였을 것이다. 워낙에 아버지는 말씀이 없는 분이었지만, 어머니마저도 극도로 말을 조심스럽게 했다. 그때 이미 카메라를 들고 거리를 쏘다니는 일에 바빴던 형은 나에게 관심이 없었다. 거의 한 달 가까이 이곳저곳 쏘다니다가 집에 돌아왔는데도 그는 별다른 말을 하지 않았다. 혹시 형은 내가 집을 나갔다 들어왔다는 사실조차 모르고 있는 것이 아닐까, 그런 생각이 다 들었었다.

어쨌든 모처럼 자유가 주어진 시기였는데, 그러자 내 신분에 대한 자각이 좀더 예민해지는 것을 느낄 수 있었다. 삼수생이라는 인식과 함께 신기하게도 공부를 해야겠다는 생각이 자발적으로 찾아왔다. 그것은 의외였고, 조금 쑥스러웠지만 나는 책을 펴들고 대학입시를 준비했다.

그럴 무렵이었다. 형의 애인 순미, 그녀를 처음 본 것은 흐드러지게 피었던 집 앞의 벚꽃들이 화르르 떨어져내리던 4월의 마지막 날이었다. 그녀가 초인종을 눌렀을 때 그 문을 열어준 사람이 공교롭게도 나였다. 그녀는 단발머리였고, 화장을 전혀 하지 않은 맨얼굴이었고, 색 바랜 청바지에 흰색 티셔츠를 입고 있었다. 안녕하세요, 하고 인사를 할 때 그녀의 흰 치아가 활짝 열렸고, 나는 그 순간 현관 앞이 환하게 밝아지는 걸 느꼈다. 누구를 찾아왔느냐고 물었는지 무슨 일이냐고 물었는지는 분명하지 않다. 그녀는 형의 이름을 댔고, 동생이지요? 하고 물었고, 형이 집에 있느냐고 연달아 물었다. 나는 형이 집에 있는지 없는지 분명히 알지 못했으므로, 사실대로 잘 모르겠다고 대답했다. 그녀는 형이 집에 있는지 없는지도 모른단 말예요? 하고 장난스럽게 반문했다. 나는 좀 야단맞은 것 같은 기분이었지만 불쾌하지는 않았다. "아마 사진 작업을 하고 있을 거예요. 제가 들어가볼게요." 그녀는 싱긋 웃어 보이고 내 앞을 지나 형의 방으로 들어갔다. 그녀의 걸음걸이는 경쾌하고 활달했다. 그것이 그녀와 나의 첫 만남이었다.

처음 본 순간부터 그녀에게 이끌렸던 것일까? 그렇게는 말하고 싶지 않다. 어쩌면 그것이 사실인지 모르지만, 그 순간에 그녀와의 사적이고 내밀하고 배타적인 친분관계까지를 예감하고 있었던 것은 최소한 아니었으니까. 그녀가 형의 여자라는 사실은 너무나 명백했으니까. 그녀가 형의 여자라는 그 명백한 사실을 고통으로 인정해야 하는 시간이 얼마 있지 않아 찾아오리라는 점을 나는 예감하지 못했다. 그녀의 노래가 아니었을까. 그녀의 노래가 내 마음을 사로잡고 흔들고 혼란에 빠뜨리고 결국에는 분별력을 빼앗아버린 것이 아니었을까.

어느 날인가, 나는 형이 그녀에게 노래를 청하는 소리를 문밖에서 들었다. 나를 위해 노래를 불러줘, 하고 형이 말했다. 나는 귀를 기울이고 엿들었다. 그녀가 간지럼을 타는 소녀처럼 웃었다. 실제로 형이 그녀의 몸 어딘가를 간지럼 태우고 있을지 모른다는 생각이 들었다. "알았어, 부를게, 부른다고……" 그녀는 자지러지는 듯한 목소리를 냈다. 나는 그녀의 노랫소리가 들려오기를 기다렸다. 마치 내가 밖에서 엿듣고 있다는 것을 안다는 듯 형이 나지

막한 목소리로 무슨 말인가를 했다. 형의 목소리는 내 귀에 들리지 않았지만 그녀의 목소리는 들렸다. 그녀는, 그러면 노래를 어떻게 불러, 하고 말했다. 하지만 그녀의 목소리에는 웃음기가 가득했고, 따라서 그다지 싫어하지 않는다는 걸 쉽게 알 수 있었다. 형이 쉿! 하고 그녀의 거리낌없는 큰 목소리를 제지시켰다. 곧 그녀의 목소리가 잦아들었지만, 그러나 그들의 웃음소리는 그러고도 한참 동안 방문 밖으로 빠져나왔다.

그 앞을 비켜가지 않은 것은 내 허물이다. 호기심 때문에 그럴수 없었다는 것이 내 변명이지만 이제 와서 돌이켜보면 반드시 질낮은 호기심 탓만은 아니었던 듯하다. 이해할 수 없을지 모르지만 나는 간절하게 그녀의 노래를 기다리고 있었다. 어쩌면 형보다 더간절했는지 모른다. 한 여자가 자기가 좋아하는 누군가를 위해, 오직 그 남자 한 명만을 앞에 놓고 노래를 부른다는 상황 설정이 내가슴을 뛰게 했다. 얼마나 아름답고 낭만적인 장면이냐! 일종의황홀감이 전율을 불러일으켰던 것도 같다. 내가 어떻게 그 앞을 떠날 수 있었겠는가?

잠시 후 그녀가 노래를 불렀다. 귀에 익은 선율이었고, 아름다운 목소리였다. 이해할 수 없는 일이지만 그 순간 내 가슴속에는맹렬한 질투의 불길이 타올랐다. 질투라니? 무슨 질투란 말인가?누구를 질투할 자격이 니에게 있던 밀인가? 그런데도 질투의 불길이 타오르는 걸 어쩔 수 없었다. 그녀 앞에, 형이 앉아 있는 자리에 내가 앉아 있는 장면을 상상하는 것만으로도 몸이 떨렸다. 그걸 어쩌란 말인가, 나더러.

그날 이후 나에게 병이 생겼다. 사랑이라는 이름의 병. 형의 방에 그녀가 들어가 있을 때, 두 사람이 웃고 떠드는 소리가 밖으로 새어나올 때, 형의 방에서 그녀가 형을 위해 기타를 치고 노래 부르는 소리를 들을 때, 나는 미칠 것 같았고, 책상에 앉아 책을 볼 수 없었고, 쓸데없이 방문 앞을 서성여야 했다.

그녀는 급기야 내 꿈속으로 들어왔다. 내 꿈속에서 그녀는, 나의 염원대로 나를 위해, 오직 한 사람의 청중인 나만을 앞에 놓고 노래를 불렀다. 아름답고 황홀한 노래였다. 나는 그녀의 기타에 키스했다. 그녀의 기타는 사람의 피부처럼 따뜻하고 부드러웠다. 노래는 그녀의 팔이 되어 내 몸을 감고, 기타의 선율은 그녀의 혀가 되어 내 입속으로 들어왔다. 어떤 날은 내 몸이 기타의 홈 속으로 들어가기도 했다. 기타의 안쪽은 적당히 어두웠고 한없이 따뜻했다. 미로 같은 길을 따라 안으로 들어가면 내 몸이 맞춤하게 들어앉을 수 있는 동굴이 하나 나왔다. 내 몸은 그 안에서 어린아이처럼 편안했다. 그런 날 나는 어김없이 몽정을 했다.

9

형에 대한 내 감정은 날로 사나워졌다. 그녀에 대한 말 못할 사랑이 간절해질수록 형에 대한 미움도 커졌다. 나는 한 남자가 한 여자를 사랑하는 것이 결코 허물이 될 수 없다는 명제에만 편집적으로 집착했다. 누군가를 미워하는 것이 아니라 사랑하는 것은 떳떳하고 자랑스럽고 나아가 바람직한 것이다. 사랑의 대상이 누구든. 나는 사랑의 보편성에 매달렸다. 하나의 관념, 또는 추상화된 사랑을 붙잡고 늘어졌다. 그러나 진공상태로 포장되어 있는 사랑이란 없다. 사랑은 언제나 그 사랑이 유발되고 고백되고 실연되는 특별한 상황을 가지고 있다. 모든 사랑은 상황 안에서의 사랑인 것이다. 모든 사랑이 특별한 것은 그 때문이다. 나는 그 점을 간과했다. 의도적인 눈감기. 필요가, 혹은 욕망이 어떤 진실에 대해 눈을 감게 하고 새로운 진실을 창출한다.

그리하여 나는, 그녀에 대한 내 사랑이 어째서 허물인가, 무엇이 내 사랑을 당당하지 못하게 만드는가, 하고 물었다. 나는 나에게 묻고 스스로 대답했다. 그것은 형의 존재였다. 나는, 하필이면 형의 여자를 사랑하게 되었는가? 하고 묻지 않고, 왜 내 사랑 앞에 형이 장애물로 있는가? 하고 물었다. 모든 생각이 나로부터 비롯하고, 나를 중심으로 돌고, 나에게서 멈췄다. 내가 태초였다. 내가 있기 전에는 아무것도 없었다. 나의 사랑이 있기 전에는 어떤 사랑도 없었고, 또 없어야 했다. 나의 사랑이 있기 전에 있었던 어떤 사랑도 실체가 아니었다. 실체가 아니므로 인정할 수도 없는 것이었다. 나의 사랑이 있기 전에는 형의 사랑도 없었고, 없어야 했다.

있었다 하더라도 그것은 실체로 인정할 수 없었다…… 이쯤 되면 심각하지 않은가? 이쯤 되면 위험하지 않은가? 그랬다. 내 사랑은 심각한 사랑이었고 위험한 사랑이었다.

형이 집을 비운 날, 나는 형의 방으로 스며들어갔다. 그곳에 남아 있을 어떤 단서(그것이 무엇이든)를 찾기 위해 연적의 방에 침입하는 내 가슴은 콩당거렸고 얼굴은 화끈거렸다. 지금까지의 판도를 완전히 뒤바꿔놓을 만한 결정적인 어떤 증거물이 그곳에 숨겨져 있을 거라고 생각한 것은 아니었지만, 예상 밖의 수확에 대한 기대를 전혀 하지 않은 것도 아니었다.

형의 방문이 열리는 순간 아찔한 현기증이 느껴졌다. 잠시 눈앞이 어른거렸던 것 같고 손바닥으로 이마를 짚었던 것 같기도 하다. 나를 바닥에 쓰러뜨리려 한 그것은 방안에 배어 있는 어떤 향기였는데, 좀더 분명하게 말하면, 어떤 경로를 통해 내 의식 속에 침투해들어왔는지 나 자신도 분명하게는 이해하지 못하고 있는 그 여자, 순미의 냄새였다. 형의 방에서 순미의 냄새가 났다! 나는 형의 방에서 형의 냄새를 맡은 것이 아니라(형에게 어떤 냄새가 있었던가? 내 기억은 모른다고 한다), 그녀의 냄새를 맡은 것이다. 그것은 아찔하고 슬픈 일이었다. 그들은 그렇게 가깝고 친밀했던 것이다. 나는 그녀의 냄새까지 소유하고 있는 형에 대해 참을 수 없는 질투심을 느끼며 거칠게 형의 물건들을 뒤졌다. 아직 정리가 되지 않은 사진꾸러미 속에서 순미의 사진 한 장이 나왔다. 벗

꽃 아래 환하게 웃고 있는 그녀의 사진을 보는 순간 나는 마치 그
것을 찾으러 그 방에 들어오기라도 한 것처럼 망설이지 않고 집어
들었다. '우현을 위한 순미의 노래'라는 글씨가 옆구리에 적힌 테
이프를 발견했을 때는 가슴이 터질 것 같았다. 나는 그것도 들고
나왔다. 사진은 내 수첩 속에 끼워넣고 테이프는 미니 카세트 안에
끼워두었다. 책을 보면서, 이어폰을 귀에 꽂고 '우현을 위한 순미
의 노래'를 들었다. 수첩을 꺼내들고 그녀의 얼굴을 한참 동안 들
여다보기도 했다.

형이 눈치를 챈 것은 다음날이었다. 그는, 이상하다는 듯 고개를
갸우뚱하며 혹시 자기 방에 들어오지 않았느냐고 물었다. 나는 시
치미를 떼고 그런 적 없다고 대답했다. "이상하다. 어디 갔지?" 형
은 자기 책상과 책장과 서랍을 뒤지고 있었다. 나중에는 거실도 뒤
지고 부엌도 뒤지고 안방까지 뒤졌다. 나는 그가 그녀의 사진과 노
래 테이프를 찾고 있다는 걸 알고 있었다. 그렇지만 아무것도 모르
는 척하고 이어폰을 꽂았다. 내 귓속으로 그녀의 노래가 흘러들었
다. 감미로웠다. 내가 느낀 감미로움은 비단 순미의 목소리만은 아
니었다. 그가 애타게 찾고 있는, 그를 위해 부른 그녀의 노래를 바
로 그의 눈앞에서 몰래 듣는 기분이 가세했다. 감미로움을 넘어 나
는 일종의 통쾌함까지 느꼈다. 그 순간에는 내가 그녀를 형에게서
빼앗은 것처럼 느껴졌다.

형은 그날부터 외출할 때 자기 방문을 잠그고 나감으로써 나를

믿을 수 없다는 감정을 간접적으로 노출했다. 하지만 우리집의 모든 문을 열 수 있는 여분의 열쇠꾸러미가 따로 있었으므로 그것은 문제가 되지 않았다. 내가 원하기만 하면 나는 언제든지 그의 방에 들어갈 수 있었고, 그의 방에 공기처럼 떠다니고 있는 그녀의 냄새를 맡을 수 있었고, 그의 물건들 속에 섞여 있는 그녀의 흔적을 발견할 수 있었다.

그것 때문에 들어간 것은 아니었지만, 그의 방에서 발견된 형이 찍은 사진들은 내 시간을 많이 빼앗았다. 매캐한 도시의 하늘, 허공을 가르며 날아가는 최루탄과 화염병, 스크럼을 짠 인간 장벽, 잔뜩 일그러진 고통스런 얼굴들, 허공을 향해 치켜든 곤봉, 깃발을 흔드는 손, 구호를 외치는 입…… 그런 것들이었다. 그런 것들은 우리 도시의 거리에서 무슨 일이 일어나고 있는지를 나에게 가르쳤다. 우리가 어떤 세상 속에서 어떤 공기를 호흡하며 살아가고 있는지를 일깨웠다.

나는 형이 그런 사진을 찍는 이유에 대해서는 더이상 의문을 갖지 않았다. 그러나 그가 왜 그녀의 사진을 찍지 않는지는 의문이었다. 그의 많은 사진들 중에서 그녀의 사진은 한 장도 나오지 않았다. 아마 내가 훔친 사진도 그가 찍은 것은 아니었던 것 같다. 아름다운 풍경을 배경으로 사랑하는 사람의 사진을 찍어주고 싶은 마음이 생기지 않는다는 것은 아무래도 이해할 수 없는 일이었다. 충실한 기록으로서의 형의 사진론이나 투철한 사명감 같은 것을 감안한다고 해도 그랬다. 나는 결코 형을 이해할 수 있을 것 같지 않았다. 그런 남자를 사랑하다니! 그녀를 생각하자 마음이 아팠다.

그런데도 순미는 그를 위해 노래 테이프를 다시 선물했다. 그의 방에서 그것을 확인했다. 그 테이프까지 들고 나와버릴까 생각했지만, 그것은 경우가 아니다 싶어서 두고 나왔다. 아니, 그냥 나온 것은 아니었다. 나는 그녀의 새로운 노래들을 형의 방에서 숨을 죽이고 다 들었다.

중간중간에 끼어든 형의 장난스런 목소리나 두 사람의 웃음소리는 그것이 형의 방에서 직접 부르고 녹음된 테이프임을 깨닫게 했다. 두 곡을 부른 후에 두 사람은 꽤 오랫동안 잡담을 나누었는데, 그 잡담들도 그대로 녹음되어 있었다.

넌 내 요정이야, 하고 말한 사람은 형이었고, 형은 나의 야수야, 하고 까르르 웃은 사람은 순미였다. 이번엔 그걸 불러, 〈내 마음을 찍어줘요, 사진사 아저씨〉, 하고 말한 사람은 형이었고, 그렇지 않아도 그걸 부를 참이었네요, 사진사 아저씨, 하고 말한 사람은 순미였다. 근데, 밖에 누구 있는 거 아냐? 하고 물은 사람은 순미였고, 걱정 마, 어머니는 아직 안 돌아오셨고, 아버지는 산책을 나가셨고, 그리고 기현이놈은 제 방에서 공부하고 있을 거야, 하고 말한 사람은 형이었다. 잠깐 동안의 침묵 후에 동생이랑 어때? 하고 순미가 물었고, 뭘? 하고 형이 반문했다. 여러 가지 면에서, 하고 순미가 짧게 말했고, 글쎄, 뭘 묻는지는 모르겠지만, 신경 안 써도

돼, 하고 형이 대답했다. 난 좀 신경이 쓰이는데, 하고 순미가 웃으며 말했다. "뭐가?" 형의 목소리는 갑자기 심각해졌다. "꼬집어서 뭐라고 말할 순 없지만, 그냥 예감이 좀…… 눈빛 때문인가?" 순미의 말은 내 숨을 막히게 했다. "눈빛?" 형의 질문에는 약간의 불안과 의구심이 섞여들었다. 무언가를 더듬는 것 같기도 했다. 스스로에게 묻는 것 같기도 했다. 눈빛? 나는 나 자신에게 물었다. 나의 눈빛이 어떻다는 말일까? 나의 눈빛에서 그녀가 무엇을 읽었다는 말일까? 읽을 것이 없지는 않았을 것이다. 내 눈빛에서 읽은 그것이 그녀를 불편하게 한 것이라면, 그렇다면 그녀는 내 마음을 제대로 읽은 것일까? 그런 것일까? "나를 쳐다보는 눈빛에 뭔가가 담겨 있는 것 같다고 해야 하나, 내가 너무 예민한 건가? 잘 모르겠어." 순미는, 느낌은 있는데 실체가 분명하게 잡히지 않는다는 뜻인지, 아니면 어렴풋하게 잡힌 그 실체를 자기 입으로 밝히기가 좀 거북하다는 뜻인지, 말꼬리를 얼버무렸다. "좀 이상한 점이 있긴 해." 형의 목소리가 들려왔다. 나는 긴장했다. "아냐, 내가 괜한 소릴 한 거야. 노래 부를게. 내 마음을 찍어줘요, 사진사 아저씨. 같이 부를까?" 순미가 기타줄을 퉁겼다. "한눈팔면 알지?" 형의 목소리가 기타 소리에 묻혔다. 그리고 노래가 시작되었다. 당신을 위해 준비했어요, 내 마음. 언제부터 서 있었는데 눈길 한번 안 주나요? 얼마나 더 서 있으란 말인가요? 녹아내리기 전에, 스르르 녹아 흔적도 없이 사라지기 전에 내 마음을 찍어줘요, 사진사 아저씨……

고백하자면 형의 방에 들어가는 것은 상습이 되었다. 그러지 않으려고 해도(나는 결코 내 행동을 떳떳하게 여겼던 것은 아니었다), 그 방으로부터 오는 유혹이 워낙 강렬해서 잘 되지 않았다. 나도 모르게 자리에서 일어나 나도 모르게 열쇠꾸러미를 들고 형의 방으로 향하는 경우가 흔했다. 나는 거의 매일 그 방의 문을 따고 들어갔다. 그녀의 냄새가 은은하게 밴 형의 방에 누워 그녀가 부른 노래를 들었다. 그러고 있으면 가슴은 경마장의 트랙을 달리는 경마들처럼 쿵쾅거렸다가 바람 없는 날의 수심 깊은 호수처럼 잔잔해지곤 했다. 가슴이 쿵쾅거리는 것은 내가 흥분하고 있기 때문이었고, 그것은 내 안의 터무니없는 질투심이 발작을 일으키고 있다는 증거였으므로 상당히 위험한 일이었지만, 그래도 가슴이 잔잔해지는 쪽보다는 덜 위험했다. 그 방 안의 물속 같은 고요가 대책 없이 나를 잠재워버리는 일이 벌어졌다. 그리고 그것이 사태를 험악하게 만들어버렸다.

잠든 나를 깨운 것은 형이었다. 어차피 언젠가는 그렇게 될 일이 아니었느냐고 할지 모르지만, 정작 일이 벌어지고 났을 때의 심정은 그렇게 단순하지가 않았다. 툭툭 내 몸을 건드린 형의 발길에 깨어 일어난 다음에도 나는 사태를 얼른 파악하지 못했었다. 상황을 인식하기까지의 짧은 혼미의 시간이 있었다. 나를 내려다보고 있는 일그러진 얼굴의 주인이 누구인지를 깨닫는 것과 동시에 내가 누워 있는 곳이 어디인지도 깨달아졌다. 더이상 순미의 노래가 들려오지 않는다는 인식은 그다음이었는데, 그것으로 상황 파악이 끝난 셈이었다.

나는 당황해서 몸을 벌떡 일으켰다. 그러나 내 몸은 형의 발길질에 의해 다시 무너졌다. "이 새끼가 남의 방에서 무슨 지랄을 하고 있는 거야?" 형은 화가 몹시 나 있었다. 나는 그가 화를 내는 것이 너무나 당연하고 마땅하다고 생각했으므로 아무 대꾸도 하지 않고 몸을 웅크렸다. 형 역시 자기가 화를 내는 것이 너무나 당연하고 마땅하다고 생각했는지 내 몸에 가하는 발길질을 멈추지 않았다.

"얼마 전부터 네놈이 수상하다고 생각했어. 외출해서 돌아와보면 꼭 누가 들어왔다 나간 자취가 느껴졌거든. 없어진 물건도 있었고. 네놈이 아니고는 그런 짓 할 사람이 없다고 짐작했었지. 대체 뭐야? 왜 이런 웃기지도 않은 짓을 하는 거야? 네 주제를 알아야지, 뭘 어쩌겠다는 수작이냐고?"

형의 말은 빠르고 거칠었다. 형의 빠르고 거친 말은 나에게 대답할 기회를 주지 않았다. 대답할 말이 준비되어 있지 않았으므로 나는 그 점에 대해 형에게 고마움을 느꼈다. 형이 순미와 함께 나타나지 않은 것은 불행 중 다행이었다. 만일 그녀가 형과 같이 왔더라면 어땠을까, 생각하니 아찔했다. 형에게 개처럼 얻어맞는 꼴을 보이고 싶지 않았다. 우리집에서의 나의 존재라는 것이 그처럼 보잘것없어서 흡사 개와 같은 취급을 받는 것이 사실이라 하더라도, 아니, 그렇기 때문에 더욱 그런 모습을 보이고 싶지 않았다.

10

형이 언제부터 순미에 대한 내 사랑을 눈치챘는지는 분명하게 알 수 없다. 자기 방에 누워 잠들어 있던 나를 개 패듯 두들기던 그날은, 모르긴 해도 그가 자기 예감에 어떤 확신 같은 것을 갖게 된 날이었을 것이다. 네 주제를 알라고 했을 때, 그는 그 점을 암시했고, 또 경고했다. 그의 경고가 암시적이고 간접적일 수밖에 없었던 까닭을 나는 어렵지 않게 이해했다. 내가 순미에게 품고 있는 특별한 감정을 인정한다는 것은 곧 자신이 한 여자를 두고 나와 경쟁하고 있다는 사실을 인정하게 되는 일이었고, 그것은 그의 자존심을 몹시 상하게 하는 일이었을 것이다. 자기 입으로 그 사실을 들먹이고 싶지는 않았을 그의 안간힘을 나는 이해했다.

그러나 그날의 발길질 몇 번으로 내 마음이 돌려세워질 수는 없는 노릇이었다. 오히려 전에 없던 어떤 오기 같은 것까지 덧붙여져서 더욱 걷잡을 수 없게 되었다. 형은 실수했다. 그 일을 계기로 머지않아 내 마음의 캄캄한 동굴 속에 갇혀 있던 감정을 밖으로 끄집어내지 않고는 견딜 수 없을 것 같은 심정이 되어버렸으므로. 나는 내가 그녀를 사랑한다는 사실을 분명하게 알려야 한다고 생각하게 되었다. 한 가지 생각에만 맹목적으로 집착하게 만드는 이상한 열성은 터부니없이 과장된 자신감을 생산해냈다. 내가 이렇게 그녀를 사랑하는데 그녀가 나를 사랑하지 않을 까닭이 없다는 확신—나는 내 사랑이 만들어낸 환상과 열정의 포로였다.

그녀의 집을 찾아간 것은 그 열정과 환상이 나를 내몰았기 때문이었다. 일요일이었다. 도심 한복판에서 규모가 굉장히 큰 집회가 열린다고 한 날이었다. 재야의 모든 단체들이 결집해서 정권 퇴진 운동을 일으킨다는 말을 들은 것 같았다. 형은 아침 일찍 카메라 가방을 메고 나갔다. 그가 도심 한복판에 있으리라는 사실은 의심의 여지가 없었다.

나는 도시의 외곽까지 가는 버스를 타고 순미가 사는 동네로 갔다. 처음 가보는 동네였다. 내가 의지한 것은 편지 봉투에 적힌 그녀의 집 주소였다. 물론 그녀가 형에게 보내온 편지였다. 전에 언젠가 나는 봉투를 뜯어서 읽어보고 싶은 욕구를 힘들게 억누르며 그녀의 주소를 수첩에 옮겨적어두었다. 그녀에게 편지를 써보낼 날이 있을 거라는 생각을 그때 했었는지 모르겠다.

그녀의 집은 대단위 아파트 단지 안에 있었으므로 찾기가 쉬웠다. 내 인터폰을 받은 사람은, 아마도 순미의 어머니인 듯했는데, 나에 대해 꼬치꼬치 캐물으며 자기 딸을 찾아온 낯선 남자에 대한 의혹을 비교적 노골적으로 드러냈다. 그런 다음 그녀가 외출했으며, 어쩌면 도서관에 갔을지 모르지만 확실하진 않고, 언제 돌아올지도 알 수 없다고, 애초에 의심을 드러내 보인 것치고는 상당히 친절하게 설명해주었다. 나는 집 앞에서 기다리겠다고 했고, 그녀는 자기 딸이 언제 돌아올지 모른다는 사실을 다시 한번 상기시켰다.

나는 괜찮습니다, 하고 답함으로써 그녀가 언제 돌아오든 상관하지 않고 기다릴 수 있다는 의지를 과시했다. 나는 아파트 단지를 어슬 렁거리며 돌아다니기도 하고, 벤치에 앉아 아이들이 뛰어노는 장면 을 물끄러미 바라보기도 하며 시간을 보냈다. 그녀가 돌아왔는지를 확인하기 위해 한 시간에 한 번씩 초인종을 눌렀다. 해가 질 무렵쯤 부터는 아예 그녀의 아파트 동 앞에 주저앉아서 기다렸다.

저녁 아홉시쯤에 그녀의 집 초인종을 눌렀을 때, 그녀의 어머 니인 듯한 여자가 아직도 가지 않았느냐고 놀란 목소리로 물었다. 그녀의 목소리에서 일종의 두려움이라고나 해야 할 떨림이 느껴 졌는데, 나로서는 이해하기 힘든 것이었다. 그녀가 무엇을 예감하 고 어떤 두려움을 갖게 되었다는 것인지 짐작이 되지 않았다. 시간 이 늦었는데, 오늘은 그만 돌아가고 다음에 오지, 하고 말할 때 그 녀의 목소리는 어려운 부탁이라도 하는 것처럼 몹시 조심스러웠 다. 나는 이번에도 괜찮습니다, 하고 대답했다. 그 말이 그녀를 한 층 불안하게 만들 거라는 예측은 하지 못했다. 그리고 그녀가 느끼 고 있었을 불안의 깊이나 두려움의 강도에 대해서도 이해하지 못 했다. 그것은 어쩌면 당연한 일이었다. 나는 나의 열정이, 그것이 비록 맹목이라고 하더라도, 타인을 위해危害할 수도 있으리라고는 상상하지 못했으니까. 나의 열정은, 그것이 비록 맹목이라고 하더 라도, 단지 나 자신의 문제일 뿐이고, 그리므로 나 사신을 위해할 수 있을지는 혹시 몰라도, 타인에게 위해를 가할 수 있으리라고는 꿈에도 생각하지 못했었다.

아파트 앞 계단에 주저앉아 있는 내 어깨를 누군가 툭 친 것은 열시쯤이었다. 무엇에 골몰해 있었을까, 잠이 들었다는 자각은 없었는데 그 순간 나는 누군가 나를 잠으로부터 깨운 것처럼 느꼈다. "학생이 우리 순미를 만나러 온 사람이야?" 내 어깨에 손을 얹은 채 키가 크고 건장한 체격을 한 양복 차림의 남자가 물었다. 그 사람의 얼굴을 보기 위해 고개를 쳐드는 순간 위압감이 느껴졌다. 나는 몸을 일으키려고 했지만 그럴 수가 없었다. 내 어깨 위에 올려진 남자의 손에 힘이 가해졌기 때문이었다. 그다지 힘을 주고 있는 것 같지도 않은데 꼼짝할 수가 없었다. 내 기분은 갑자기 처참해졌다. 맞아요? 하고 물으며 남자는 시선을 내 얼굴에서 다른 쪽으로 돌렸다. 현관 유리문 앞에 서 있던 나이든 여자가 고개를 끄덕였다. 그녀는 무엇이 두려운지 자신의 모습을 완전히 드러내지 않고 있었다.

"넌 누구야? 뭣 땜에 순미를 찾아와서 행패를 부리고 그래?" 남자는 자기가 원하기만 하면 나를 땅 밑으로 밀어넣어버릴 수도 있다는 듯 손아귀에 힘을 주며 말했다. 나는, 순미씨를 좋아하는 것뿐이라고, 그녀를 만나 사랑을 고백하려는 것뿐이라고, 듣는 사람에게는 어떻게 전달되었는지 모르겠으나, 내 딴에는 제법 용감하게 대꾸했다. "사랑?" 남자가 가소로운 이야기를 한다는 듯 피식 웃었다. 내 진실이 비웃음거리가 되는 현실을 나는 이해할 수 없었고 용납할 수도 없었다. "왜 비웃어요?" 나는 대들듯 물었다. "어린놈이 상식도 없고 예의도 없군. 우리 처제는 너 같은 얼간이를 알지도 못한다는데." 남자는 그렇게 말함으로써 자기가 순미의 형부라는 사실을 공개했다. 아마도 그는 순미의 어머니로부터 급히 와달라는 연락을 받고 직장에서 달려왔을 것이었다.

하지만 그런 것은 나에게 중요하지 않았다. 나의 관심은 순미에게 있었고, 순미의 말에 있었고, 순미의 마음에 있었다. 그렇지 않아요, 하고 나는 소리쳤다. 순미는 나를 안다. 내 마음을 알고 내 사랑을 안다. 나는 속으로 그렇게 외쳤다. 심지어 나는 그녀 역시 나를 사랑한다는 환상에 빠져 있었다. 단지 그녀는, 내가 형을 의식해서 감정을 표현하지 못했던 것처럼, 형이나 또는 누군가, 혹은 무엇인가를 의식해서 자기 감정을 감추고 있을 뿐이다. 그러므로 내가 먼저 말해야 한다…… 사랑이여! 집착이여! 사시斜視의 위력이여! 나는 그렇게 어처구니없는 상상 속에서 살고 있었다.

"그렇지 않다고?" 남자는 한번 더 사람의 기분을 상하게 하는 웃음을 웃고 난 뒤 뒤쪽을 돌아보며, 어디 처제가 한번 말해봐, 하고 말했다. 사내가 고개를 돌린 쪽으로 나도 고개를 돌렸다. 그곳에 그녀가 있단 말인가? 그곳에 서서 여태 이 모든 장면들을 지켜보고 있었단 말인가? 지켜보면서 나를 위해 한마디 변호의 말도 하지 않았단 말인가? 그런 질문들이 쏟아졌다. 그리고 믿기지 않았지만, 그것은 사실이었다. 그곳에 순미가 있었다. 나는 반갑기도 하고 섭섭하기도 하고 수치스럽기도 했다. 말해봐요, 순미씨, 하고 말할 때 내 기분은 좀 너덜너덜했다.

내 바람과는 달리 그녀는 아무 말도 하지 않고 내 곁을 스쳐 아파트 현관 유리문 안으로 들어갔다. 두려워하는 것 같기도 했고, 화를 내는 것 같기도 했다. 그녀의 어머니가 그녀를 껴안고 재빨리 안으로 들어가는 모습이 마치 유괴라도 당했다가 극적으로 풀려난 딸을 맞아들이는 것같이 보였고, 그것이 나를 처참하게 만들었다. 나는 무엇인가…… 비로소 꿈에서 깨어난 것처럼 나 자신의 위상에 대한 성찰이 찾아왔다. 나는 맥이 탁 풀려서 그 자리에 무너졌다. 그녀의 형부라는 남자는 그것 보라는 듯 우쭐한 표정을 해가지고 자기 손바닥을 탁탁 털었다. 무슨 재미있는 일이라도 벌어졌는가 하고 몰려들기 시작하는 구경꾼들을 향해 상황이 종결되었음을 선언하는 것 같은 손짓이었다.

"꺼져라, 그리고 다시는 나타나지 말아라. 오늘은 곱게 보내지만 한번 더 내 눈에 띄었다가는 뼈도 못 추릴 줄 알아라." 경고의 말을 남기고 남자는 조금 전에 순미가 들어갔던 아파트 속으로 들어가버렸다. 힐끗거리던 사람들도 흩어져가고, 내 주변에는 아무도 남지 않았다. 나는 그들이 올라간 아파트를 올려다보았다. 그녀의 집 거실에는 불이 환하게 켜져 있었고, 창가 쪽에 사람의 그림자가 어른거렸다. 누군가 아래를 내려다보며 상황을 지켜보고 있다는 증거였다. 어쩌면 그녀일지도 모를 일이었다. 처참하게 폭격

당한 기분이 이럴까 싶었다. 순미가 나를 알아보고도 전혀 모르는 사람을 대하듯 말없이 지나쳐갔다는 사실이 나를 미칠 것 같은 심정 속으로 몰아넣었다. 나는 발악을 하듯 괴성을 지르며 바닥을 뒹굴었다.

11

"너는 쓰레기다." 형은 말했다. 너는 사람도 아니다, 너는 개새끼다, 하고 형은 말했다. 아니, 거의 말도 하지 못했다. 너무 억울하고 수치스러워서. 나 같은 쓰레기, 나 같은 개새끼가 좋아하는 여자를 자기도 같이 좋아한다는 사실이 견딜 수 없이 싫어서, 나 같은 쓰레기, 나 같은 개새끼와 한 여자를 놓고 경쟁하는 듯한 상황을 받아들인다는 사실이 너무나 모멸스러워서 그는 말도 제대로 하지 못하고 소리만 질렀다.

형이 내 앞에 나타난 것은 순미의 형부라는 작자가 협박에 가까운 경고를 남기고 아파트 안으로 들어간 직후였다. 나는 그 남자로부터 받은 수모보다 그녀의 외면과 냉담에 더 충격을 받고 뒹굴었는데, 아니 바닥에 쓰러진 채 본격적으로 뒹굴어봐야지 생각하고 있던 참이었는데, 형은 나에게 그럴 기회도 주지 않았다. 누군가 형에게 연락을 했을 것이다. 그 사람이 순미가 아니라고 말할 수 없다. 그리고 그렇다고 해서 불쾌해할 일도 아니다. 형의 얼굴은 붉었고, 눈빛은 이글거렸다. 내 몸을 일으켜세우면서 그는 무슨 말인가를 하려는 듯 입술을 딸싹거렸지만 그러나 그 소리들은 의미를 담지 못했다. 그는 다짜고짜 나를 끌고 아파트 단지를 벗어났다. 그의 아귀힘이 얼마나 세던지 벗어날 수가 없었다. 그는 나를 개새끼처럼 끌고 갔고, 나는 그에게 개새끼처럼 끌려갔다. 나는 형이 나를 죽이려고 한다고 생각했고, 어쩌면 그것은 사실인지도 몰랐다.

마침내 그가 나를 풀밭 위에 내팽개쳤다. 아파트 단지와 큰길 사이에 붙어 있는 조그만 공원이었다. 군데군데 가로등이 세워져 있긴 했지만 대체로 어두웠고, 밤이 늦은 시간이라 그런지 사람들의 모습도 보이지 않았다. 만일 그에게 정말로 나를 해치울 생각이 있다면, 최적의 장소는 아니라고 해도 최악의 장소도 아니었다. 그는 내 몸 위에 올라타고 주먹질을 해대었다. 그가 긴장하고 있다는 사실이 주먹질을 통해 그대로 전달되어왔다. 모멸감과 수치심으로 인해 그의 얼굴은 흙빛으로 변해 있었다. 나는 그가 나에게 주먹을 휘두르기는 하지만 실은 어쩔 줄 몰라 하고 있다는 걸 쉽게 알아차렸다. 나를 죽이거나 또는 어쩌겠다는 목적이 있어서가 아니라 그저 어찌할 바를 몰라서 주먹을 휘두른다는 걸 쉽게 알아차렸다. 그리고 그것이 나로 하여금 아무 저항도 하지 못하게 했다. 나는 일방적으로 당했다. 내가 맞을 짓을 했다고 생각해서는 결코 아니었다. 그렇게 생각하는 것은 조건과 환경에 얽매이지 않는 것이라고 믿고 있는 사랑의 보편성에 대한 모독이었다. 그러나 형은 내가 맞을 짓을 했다고 생각하는 것 같았고, 나는 그의 생각이 나와 맞지 않는다는 이유로 무가치하다고 내팽개칠 수 없었다. 나는 형의 생각을 존중해주기로 했다. 내 얼굴에서는 피가 났다. 내 옷에 피가 묻었고 형의 옷에도 피가 묻었다. 그런데도 나는 거의 통증을 느끼지 않았다.

너는 쓰레기다, 너는 개새끼다, 하고 말할 때 형은 심하게 더듬거렸고, 넌 장애물이야, 없어져버려, 없어져버려, 제발 내 앞에서 사라져버려, 하고 소리지르면서는 마침내 흐느끼기 시작했다. 나는 가만히 있는데 그는 울었다. 불행하게도 나는 그가 치욕스러워한다는 사실을 눈치채지 못할 만큼 맹추가 아니었다. 그리고 한층 불행하게도 그의 치욕의 실체가 그의 동생인 나라는 사실을 눈치채지 못할 만큼 둔하지 않았다.

나는 그가 분명하고 솔직하게 할말을 해주기를 바랐다. 예컨대 순미에게 집적거리지 말라거나 그 여자는 내 여자다, 그러니까 넘보지 마라, 하는 식으로. 그랬다면 대화가 이루어질 수 있었을 것이다. 그랬다면 나도 내 마음속의 말을 할 수 있었을 것이다. 하지만 그는 그렇게 말하지 않았다. 그는 나와 그런 유의 대화를 나누는 것을 원하지 않았다. 그의 자존심이 그것을 허락하지 않았을 것이다. 나 같은 쓰레기, 나 같은 개새끼를 상대로 그런 대화를 나눌 수는 없었을 것이다. 나는 그를 이해했다.

사흘 후 내가 가출을 한 것은 형이 나더러 없어져버리라고 소리 질렀기 때문이 아니었다. 그가 폭력을 휘둘렀기 때문도 아니고 그가 두려워졌기 때문도 아니었다. 미안하지만 나는 형에게 그런 힘을 느끼지 않았다. 그가 나를 더이상 어쩌겠는가. 기껏해야 쓰레기나 개새끼라고 욕을 할 것이고, 흥분해서 주먹질이나 할 것이고, 그러다가 제 감정을 못 이겨서 흐느끼기나 할 것이다. 그의 오만한 자존심 같은 건 아무래도 좋았다. 그것으로 그가 할 수 있는 일은 자기를 할퀴고 상처내는 것 말고는 없었다. 그런 것이 아니었다. 나를 집에서 나가게 한 것은 형이 아니라 순미였다. 나는 그녀가 나에게 보인 냉담한 반응을 잊을 수가 없었다. 구경꾼들 속에 반쯤 몸을 감춘 그녀의 얼굴에 떠돌던 그 깊은 불신과 의혹과 불안, 그녀의 어머니에게 안긴 채 아파트 안으로 사라지면서 힐끔 뒤를 돌아볼 때 그녀의 표정에 어른거리던 얼음 같은, 나를 향한 것이 분명한 냉소, 그 모습이 사라지질 않았다. 눈을 감아도 떠올랐고 눈을 떠도 어른거렸다. 그날, 형에게 일방적으로 얻어맞으면서도 아무런 통증을 느끼지 못했던 것은 그녀의 그런 표정이 내 정신을 마취했기 때문이었는지도 모를 일이었다. 그리고 그 마취는 좀처럼 풀릴 기미를 보이지 않았다. 마취가 풀릴 기미를 보이지 않았으므로 정상적인 생활이 불가능했다. 멍멍한 채로 시간이 흘러갔다. 모처럼 마음잡고 시작했던 입시공부도 마취상태에서는 불가능했다.

그러자 더이상 집에서 형과 함께 지낼 자신이 없어졌다. 형은 끊임없이 그녀를 상기시킬 것이므로. 거기다가 결정적으로 어머니의 한마디가 가출을 결행하도록 부채질했다. 어머니는 패륜아를 대하듯 나를 대했다. "어떻게 그럴 수가 있니, 니가? 형이 너한테 뭘 잘못했다고……" 어머니는, 내가 생각하기에 필요 이상으로 진노했다. 어머니의 반응만으로는 내가 아버지의 여자라도 넘본 것 같은 착각이 들 정도였다. 그러나 물론 그것은 사실이 아니었다. 나는 어머니가 개입할 문제가 아니라고 생각했고, 만일 개입을 하고자 한다면 엄정하게 중립을 지켜야 한다고 생각했다. 하지만 어머니에게 엄정한 중립을 기대할 수는 없는 일이었고, 따라서 어머니는 그 일에 개입해선 안 되었다. 나는 자포자기의 심정이 되었고, 집이 끔찍하게 싫어졌고, 집만 아니라면 어디든 괜찮다는 지경에 이르고 말았다. 그 상황에서 한번 집 나가서 살아본 경험이 있는 나에게 가출은 쉬운 선택이었다.

집을 나갈 때 나는 내 가출을 기념할 상징적인 의식儀式으로 형의 카메라를 취했다. 당시의 내 소박하고 유치한 생각으로는 그것이 형에게 가장 소중한 물건이었고, 물건 이상이었고, 그러므로 그것을 취하는 것은 형에게서 가장 소중한 물건, 물건 이상의 것, 이를테면 그의 정신의 한 조각을 떼어내는 것과 다르지 않았다. 카메라는 그의 눈이고 그의 입이었다. 가장 정확한 눈이었고 가장 정직한 입이었다. 카메라 없이는 그는 아무것도 보지 못했고 아무 말도 하지 못했다. 그런 카메라가 없어진 사실을 알게 되었을 때 형이 받을 충격과 흥분과 분노를 미루어 짐작하는 것은 어려운 일이 아니었다. 나는 형의 입이고 눈인 카메라를 들고 집을 나옴으로써 형의 충격과 흥분과 분노를 불러일으키고 나 스스로 집으로 돌아갈 수 있는 길을 차단하고자 했다. 퇴로를 끊고 앞으로만 진격해야 하는 장수의 비장함을 나는 나에게 부여했다. 카메라의 값이 상당히 비싸고, 그렇기 때문에 떠도는 동안 현실적인 도움을 받을 수 있으리라는 기대 또한 전혀 없지는 않았던 것 같다. 형의 카메라 가방을 어깨에 메고 대문을 나설 때 나는 몇 번이나 히죽히죽 웃었다. 야릇한 쾌감이 어깨를 간질이며 몸속으로 스멀스멀 퍼져나갔기 때문이었다.

카메라 상점의 주인은 흡족해했다. 이리저리 살피면서, 귀한 건데 왜 팔려고 해요? 하고 묻긴 했지만, 솔직히 탐이 난다는 얼굴이었다. 형의 부탁을 받고 어머니가 일본 여행길에 사다준 니콘 FM2 모델에 나중에 하나씩 구한 135mm와 200mm 렌즈는 당시로서는 상당히 귀한 물건이었다. 단순히 재미로 사진을 찍는 사람의 사진기가 아니라는 걸 금방 알아보았을 것이었다. 가격을 먼저 제시하는 대신 얼마를 받으시려고 해요? 하고 내 쪽에 조심스럽게 타진해온 것은 그런 인식에 따른 그 사람 나름의 예의 차리기가 아니었던가 싶다. 하지만 나는 그 사람이 생각하는 것과 같은 사람이 아니었고 카메라에 대해서는 쥐뿔도 아는 것이 없을 뿐 아니라 애정은 더욱 없는 사람이었다. 나는 심드렁한 얼굴로, 줄 수 있는 만큼

달라고 했다. 남자는 내 얼굴을 힐끗 쳐다보았는데, 그 순간 내 어투와 표정이 기분이 몹시 상한 사람처럼 보였을지 모르겠다. 그는 아마도 내 표정을 갑자기 딱한 사정이 생겨서 목숨처럼 아끼는 물건을 어쩔 수 없이 처분하러 온 사람의 그것으로 해석한 것 같았다. 그런 손님의 언짢은 심정을 이해한다는 듯 그는, 카메라를 참 잘 관리하셨네요, 하고 하나 마나 한 소리를 했다. 이어서 그 모델은 쓰던 것이나 새것이나 값 차이가 거의 없다고 군소리를 거듭하면서 자기가 줄 수 있는 금액을 제시했다. 내가 생각했던 것보다 많은 액수였다. 하마터면 나는 이 카메라가 그렇게 비싼 거예요? 하고 물을 뻔했다. 그렇지만 나는 곧 부득이한 사정이 생겨 자기 몸처럼 아끼는 카메라를 처분하러 온 사진 애호가의 안타깝고 섭섭한 기분을 연기하며 고개를 끄덕였다. 주인은 부득이한 사정이 생겨 자기 몸처럼 아끼는 카메라를 처분하러 온 사진 애호가의 안타깝고 섭섭한 기분을 충분히 이해하는 카메라 상점 주인을 연기하려고 애쓰면서 금고를 열었다. 우리는 둘 다 연기자였다. 하기야 누군들 연기자 아닌 사람이 있을까. 우리가 연기를 할 수밖에 없는 것은 상대방이 이미 고유한 배역을 맡고 있기 때문이며, 나 역시 고유한 배역을 맡은 자로 간주되기 때문이다. 역할극의 무대다, 세상은.

돈을 건네기 전에 그는, 형식적인 거지만 만약의 경우를 생각해서 그런다며 나에게 이름과 연락처를 써달라고 요구했다. 그렇게 쉬운 역할을 마다할 이유가 없었다. "그러지요." 나는 그가 내미는 구매장부에 집 주소와 전화번호를 쓰고, 잠깐 망설인 끝에 내 이름 대신 형의 이름을 썼다. 형의 물건을 몰래 팔아넘기는 것도 미안한 일인데, 소유자의 이름까지 거짓으로 쓰는 것은 도리가 아닌 것 같아서였다. 주인은 그야말로 형식적인 요구라는 걸 증명이라도 하려는 듯 내가 쓴 내용을 확인도 하지 않고 돈을 건넸다. 세어보시지요, 하고 말했지만, 나는 그냥 호주머니에 쑤셔넣었다. "나중에 들르십시오. 저희 집만큼 좋은 물건을 많이 확보하고 있는 가게가 이 종로 바닥에는 없습니다." 그는 어쩐지 좀 무거워 보이는 웃음을 지으면서 인사했고, 나는 미간을 약간 찡그린 채 까딱 고개만 숙이고 돌아섰다. 마지막 순간까지 우리는 배역에 충실했다.

"이 안에 필름 든 거 아니에요?" 가게를 나서는 내 등에 대고 주인남자가 마지막으로 한 말이었다. "상관없어요." 나는 뒤도 돌아보지 않고 가게를 나왔다. 마치 상관없다는 걸 으스대기라도 하려는 것처럼. 사진기 안에 든 필름이 나와 무슨 상관이란 말인가. 그 필름이 형과 나의 연극에 끼어들어 어떤 역할을 하게 되리라는 걸 그 순간의 나는 예상하지 못했다.

사복을 입은 형사들이 집에 찾아와 형의 방을 샅샅이 뒤졌다는 걸 나중에 들었다. 그들은 형의 사진들을 모조리 가지고 갔다. 그것이 형과 형의 동료들을 연행해가고, 형을 군대로 끌고 가고, 형의 다리를 잘라내고, 그리고 형에게서 사진을 빼앗아갈 줄 어떻게 알았겠는가?

형은 다리를 잃었고, 사진도 잃었다. 그 이후 그는 사진을 찍지 않았다. 그리고 형은 순미까지도 잃었다. 그녀와 어떻게 헤어졌는지 나는 모른다. 내가 아는 것은 지금 형 곁에 그녀가 없다는 사실이다. 나는 카메라만 가져갔지만, 그는 너무 많은 걸 잃었다. 내가 팔아치운 카메라 속의 필름과 그날 내가 구매장부에 적은 형의 이름과 주소가 그 모든 불행한 사건들에 어떤 단서를 제공했으리라는 강박증이 나를 견딜 수 없게 한다.

그것이 내 빚의 내용이다. 나는 채무자다. 내 빚은 크고 무겁다. 때때로 나는 남은 내 인생이 형에게 진 빚을 갚기 위해 있는 것처럼 느낀다.

12

내가 수년 전에 팔아치운 것과 똑같은 종류의 카메라를 구입해서 형에게 내밀었을 때, 형은 아무 말도 하지 않고 시선을 돌려버렸다. 약간 의아해하는 것 같기도 하고 어이없어하는 것 같기도 했다. 그보다는 어떤 표정을 지어야 할지 난감해하는 것 같기도 했다. 나는 형의 눈치를 살피며, 형이 사진을 다시 찍었으면 좋겠어, 하고 우물우물 말했다. 그 말을 할 때 속이 화끈거렸다. 그것으로 마음의 빚을 털어낼 수 있으리라고 생각한 것은 물론 아니었다. 나는 진정으로 형이 다시 사진에 대한 의욕을 갖게 되기를 바랐다.

사진을 다시 찍기 시작함으로써 본래의 자신만만하고 당당한, 어느 정도는 오만하기까지 한 형의 모습을 되찾을 수 있기를 바랐다.

그럼에도 불구하고 그 앞에 카메라를 내밀기는 쉽지 않았다. 어쩐지 염치없는 짓 같기도 하고, 굴욕의 시간을 기억나게 해서 형의 기분을 망가뜨리면 어쩌나 하고 우려하는 마음도 생겼다. 망설이고 망설였다. 카메라는 내 방 책상 위에 사흘 동안 무슨 장식물처럼 놓여 있었다. 정말 어울리지 않는 장식이었다. 나는 그 물건이 가장 잘 어울리는 장소를 잘 알고 있었으므로 더이상 머뭇거릴 수가 없었다. 마침내 나는 용기를 내서 카메라를 들고 형의 방으로 들어갔다.

"이걸 사려고 종로 바닥을 다 뒤졌어." 형이 아무 말도 하지 않았기 때문에 나는 공연히 쑥스러워져서 하나 마나 한 이야기를 주절주절 늘어놓았다. 종로 바닥을 뒤진 것은 사실이었다. 정체를 알 수 없는 고객이 내가 제시한 착수금을 입금시켰기 때문에 마침 수중에 제법 많은 돈이 있었다. 작자의 일을 맡지 않겠다고 팩 고함을 지른 나로서는 그 돈을 쓴다는 것이 여간 거북한 일이 아니었다. 마땅히 돌려주어야 했다. 하지만 돌려줄 수 있는 길이 막막한 데다가 작자는 막무가내로 일의 추진을 강요하고 있는 터였다. 거절의 의지가 그다지 완고하지는 않았던지 막상 통장에 찍힌 적지 않은 액수의 돈을 보자 내 마음도 조금 흔들렸다. 우선 쓰고 보자는 쪽으로 마음이 기운 것은 워낙 내 형편이 딱한 탓도 있지만, 그

때 마침 형에게 다시 사진을 찍게 해야 한다는 의무감이 생겼고, 그 사명감 뒤로 그러자면 우선 내가 없애버린 그의 사진기를 마련해주는 일부터 해야 한다는 생각이 이어진 때문이기도 했다. 어쩌면 그 일을 하라고 목돈이 생겼는지 모른다는 상상을 함으로써 나는 그 고객의 거북살스런 돈에 손을 댈 명분을 만들었다.

오래전에 형의 카메라를 팔아치웠던 카메라가게를 찾아 종로로 갔다. 기분으로는 쉽게 찾을 수 있을 것 같았는데, 코딱지만한 이름표들을 달고 좁은 길을 따라 다닥다닥 달라붙은 카메라점들은 그놈이 그놈만 같아서 도무지 분간이 되지 않았다. 간판의 크기도 그렇지만 이름들도 비슷비슷해서 딱 헷갈리기 좋은 모양이었다. 주인남자를 보면 알아보겠지 싶었는데 그것도 아니었다. 키가 작고 약간 대머리가 벗어지고 허리가 굵고 얼굴이 붉은 사십대의 남자는 얼른 눈에 들어오지 않았다. 그 가게를 찾아 몇 바퀴 돌아다니던 나는 어느 순간 굳이 그럴 이유가 없는 것 아니냐는 내부로부터의 주문을 받았고, 그 주문이 타당하다고 판단되었으므로 곧 지친 다리를 끌고 다니는 일을 중단해버렸다. 그 가게와 가겟집 주인을 찾는다고 해서 수년 전에 내가 팔아먹은 바로 그 카메라를 찾게 되는 건 아닐 터였다. 형의 손때가 묻은, 손때만이 아니라 정신까지 스민 카메라를 찾아낸다면 더할 수 없이 감격스럽기야 하겠지만, 그 카메라기 여대 보관되어 있으리라고 기대할 수는 없었다. 마침내 같은 모델의 다른 카메라를 구하는 것으로 충분하다는 생각을 하게 되었다. 나는 아무 가게나 들어가 꽤 많은 돈을 주고 니콘 FM2를 샀다.

형의 불편한 침묵 앞에서 나는 그 이야기를 장황하게, 더듬거리면서 했다. "쓸데없는 일을 했다." 내 이야기를 다 들은 형은 그 말만 했다. 사진을 다시 찍으라는 나의 권유에 대한 거부의 뜻이 분명했지만 나는 못 알아들은 척하고 내처 준비해간 말을 했다. 처음엔 머뭇거렸는데 막상 시작하고 보니 뜻밖에 말이 잘 나왔다.

"기억나? 형이 찍은 사진들을 보러 형 방에 들어가곤 했어. 어쩌다 한 번씩 형이 사진 설명을 해줄 때도 있었지. 약간은 격앙된 목소리로 사진 속에 들어 있는 진실을 보라고 말하곤 했어. 이것이 진실이다, 하고 형은 말했지. 나는 진실을 찍고 전하고 증거하기 위해 사진을 찍는다, 하고 말할 때 형은 당당하고 의젓했어. 형의 사진을 통해 나는 형이 말하는 우리 시대의 진실이라는 걸 체득했지. 난 신문을 보지 않았고, 볼 필요도 느끼지 않았어. 왜냐하면 형의 사진보다 더 진실하고 정직한 신문은 없었으니까. 난 형의 사진 속에서 진실의 벌거벗은 모습을 보았지. 시대의 슬픔과 절망, 시대를 향한 분노와 눈물을 익혔지." 내 목소리는 방안의 공기를 가라앉혔다. 나는 심각해지는 건 싫었지만, 나도 모르게 심각해지는 걸 어쩌지 못하고 있었다. 왜 어떤 기억들은 세월이 흘러가도 가벼워지지 않는 것일까. "그렇지만…… 형의 사진을 볼 때마다 무언가 아쉬움 같은 걸 느끼곤 했던 게 사실이야. 그게 무언지 처음엔 잘 몰랐는데, 지금 와서 생각해보니까 그 많은 사진들 가운데 꽃이나 나무, 구름이나 바다가 나와도 좋지 않을까, 하는 거였어. 난, 형의 사진이 기록의 무게만이 아니라 아름다움의 가벼움도 담기를 바랐던 것 같애. 대체로 형에게 공감했지만, 윤리적 앵글과 도덕적 초점만이 아니라 다른 것, 이를테면, 감각의 앵글과 상상력의 초점도 활용하기를 바랐던 것 같애. 진실에 대한 형의 추구가 역사와 사회에 대한 강박증으로부터 벗어나 자연과 개인을 향해서도 열리기를 바랐던 것 같애. 진실의 다른 층에 대해서도 눈을 감지 말기를 바랐던 것 같애. 예컨대 여자의 누드나 사랑하는 사람의 얼굴 사진을 찍어야 한다고 생각했던 게 아닌가 몰라. 꽃이나 나무, 구름이나 바다를 배경으로 말이야. 그 무렵, 내가 형의 방에 숨어들어가 이것저것 뒤지고 했던 거 알지? 아마도 나는 그때 그런 사진을 찾고 있었을 거야."

형의 얼굴이 일그러지는 게 느껴졌다. 시간을 과거로 돌리지 마, 하고 내 안의 어떤 목소리가 다급하게 소리쳤다. 나는 그만 말해야 한다고 판단을 하면서도 멈추지를 못했다. 어떤, 내가 제어할 수 없는 열정인가가 나를 사로잡고 있었다. "카메라를 다시 들어. 카메라로 세상을 다시 봐. 형의 카메라로 세상의 아름다움을 증거하게 해. 그러면 나는 조금은 용서받는 기분이 들 것 같애. 나를 위해서라도, 제발……"

그만 말해야 한다고 판단이 섰을 때 멈췄어야 했다. 그러나 나는 그러지 못했고, 결국 형을 자극하고 말았다.

나는 형의 눈동자가 초점을 잃고 흔들리다가 위로 치켜올라가는 걸 보았다. 얼굴이 비닐팩처럼 얇아졌다가 도화지처럼 창백해졌다가 이내 휴지처럼 구겨지는 걸 보았다. 그는 솟구치는 충동을 억제하려는 듯 온몸을 비틀었다. 그러나 억제의 몸짓과는 달리 발성 연습을 하는 것처럼 천천히 크게 입이 열리고, 그리고 비명소리가 터져나왔다. 크악! 그것은 짐승의 소리였다. 그는 몸속의 열기를 견딜 수 없다는 듯 자기가 입고 있던 티셔츠의 목 부분을 잡고 아래로 잡아당겼다. 얇은 면 티셔츠가 부욱 소리를 내며 찢어져나갔다. 그는 그것으로 만족하지 않고 자기 옷을 갈기갈기 찢었다. 옷이 완전히 뜯겨나가자 이번에는 자기 살을 할퀴기 시작했다. 열 개의 손톱이 오랫동안 햇빛을 보지 않은 희고 연한 그의 살에 박혔다가 나오고 다시 박혔다. 순식간에 그의 가슴팍에 갈퀴질을 한 것 같은 붉은 줄이 어지럽게 그어졌다. 그는 마치 몸에 불이라도 붙은 것처럼 때굴때굴 굴렀고, 자기 머리를 벽과 바닥에 사정없이 찧어 댔다. 얼굴이 짓이겨지고 땀이 나고 피가 났다. 그러면서 그는 계속해서 괴성을 질렀다. 그의 몸안에 사는 짐승이 밖으로 뛰쳐나오려고 몸부림을 치고 있었다.

처음에 나는 당황한 나머지 손을 쓰지 못하고 지켜보기만 했다. 정신을 차린 후에는 힘이 부쳐서 그를 붙들 수가 없었다. 어디서 그런 힘이 나오는지 모를 일이었다. 그의 내부 어딘가에 터질 준비를 끝낸 폭발물이 하나 장치되어 있는 게 아닌가 하는 생각이 들었다. 아니, 그의 몸이 바로 하나의 폭발물이라는 편이 차라리 사실에 가까운지 모를 일이었다. 보통 땐 괜찮은데 어쩌다 한 번씩 분별력을 잃을 때면, 하고 어머니는 말했었다. 그럴 때면 옷을 찢고 자기 몸을 할퀴고 살점을 뜯어내고 머리를 찧고…… 난리가 따로 없다…… 하고 어머니는 말했었다. 그 말 그대로였다. 마치 어머니의 말이 틀리지 않다는 사실을 증명이라도 하려는 것 같은 실연實演이었다. 그리고 또 어머니는 무슨 말을 했던가. "그러다가 옷을 다 벗고 기어다니면서 망측한 몸짓을 한다. 말하기도 망측스럽다만…… 손으로 자위를 하고…… 아무데나 정액을 묻혀놓고…… 볼 수가 없다……" 어머니는 그렇게 말했었다. 볼 수가 없다. 나는 헉! 하고 급하게 치받아올라와 기도를 경색시키는 격한 호흡을 가까스로 내뿜었다. 볼 수가 없다. 나는 눈을 감은 채 형에게 달려들었다. 형은 몸부림쳤고, 몸부림치는 와중에 옷이 벗겨져나가고 있었고, 땀과 눈물과 피로 얼룩진 얼굴은 너무 끔찍해서 '볼 수가 없'었고, 내 얼굴과 옷에도 그의 땀과 눈물과 피가 묻어났고, 그리고 나는 도무지 그의 상대가 되지 못했다.

집안에 누가 있는가? 일하는 아주머니는 시장에 가고 없을 것이다. 나는 발로 문을 걷어차면서 소리쳤다. 이리 좀 와요. 이리 좀 와서 도와줘요……

아버지는 곧장 달려오지 않았다. 옷을 다 찢어서 내팽개치고 완전히 나체가 된 형이 크으윽 크으윽, 웃음인지 울음인지 분간할 수 없는 소리를 내지르며 방안을 기어다니고 있을 때에야 방문이 열리고 아버지가 나타났다. 나는 문턱에 서 있는 아버지를 향해 말도 하지 못하고 턱짓으로 형을 가리켰다. 나는 어떻게 좀 해보라는 표정을 지었다. 사실은 그럴 필요도 없는 일이었다. 아버지는 모든 걸 보고 있었고 또 듣고 있었다. 그런데도 아버지는 별로 놀라는 것 같지 않았다. 무표정하게 내려다보고 있다가, 내버려둬라, 하고 한마디했다. 내버려두라니 그게 무슨 말인가? "형을 보세요. 괴로워하는 모습이 안 보여요? 내버려두라니요? 어떻게 내버려둬요?" 그러나 아버지는 같은 말만 반복했다. "내버려두고 나와라." 내가 여전히 이해할 수 없다는 표정을 짓고 있자 아버지는 단호하고 짧은 목소리로, 내버려두고 나오란 말이다, 하고 일갈했다. 그것은 내가 들은 아버지의 목소리 가운데 가장 단호한 것이었으므로 나로서는 그 말에 따르지 않을 수가 없었다. 나는 자기 물건을 쥐고 위아래로 거칠게 흔들어대는 망측한 꼴의 형을 놔두고 방을 나왔다. 아버지는 쾅 소리가 나게 문을 닫았다.

"못난 놈!" 자기 방으로 돌아가면서 아버지가 한 말이었다. 나는 그가 누구에게 못난 놈이라고 한 건지 알 수 없었다.

형의 발작은 반시간 동안 계속되었다. 아버지는 형이 발작을 일으킬 때는 자리를 피해주어야 한다는 사실을 알고 있었다. 눈치 없이 붙잡고 늘어지면 상황을 악화시킬 뿐이라는 사실도 알고 있었다. 그러니까 '못난 놈'은 형이 아니라 바로 나였는지도 모르겠다.

형의 방은 처참했다. 정말로 폭탄이라도 터진 것 같았다. 방안의 모든 물건들이 깨지고 부서지고 터진 채 널려 있었다. 형의 알몸은 깨지고 부서지고 터진 그 물건들 가운데 그 물건들처럼 널브러져 있었다. 눈은 감겼고, 사지는 축 처져 있었다. 무릎까지밖에 없는 그의 뭉툭한 다리가 내 눈을 찔렀다. 조금 전의 사투를 증거라도 하듯 몸에는 상처 자국이 가득했다. 방에서는 비릿한 냄새가 났다. 형의 몸에서 뿜어져나온 정액이 방안 곳곳에 묻어 있었다. 비릿한 냄새를 풍기는 것이 그것이었고, 발을 들여놓는 순간 나를 넘어뜨릴 뻔했던 미끌거리는 액체가 바로 그것이었다. 발 디딜 자리를 찾지 못하고 엉거주춤 서 있는 나의 심사는 심란했다. 연민과 혐오, 슬픔과 울분 같은 짝하기 어려운 감정들이 복잡하게 뒤엉키면서 발걸음을 막았다.

"비켜라." 얼굴을 찡그린 채 서 있는 나의 몸을 밀치며 아버지가 안으로 들어갔다. 그는 휴, 하고 한숨을 한번 내쉬더니, 무슨 뜻인지 알아들을 수 없는 혼잣말을 중얼거리며 창문을 열었고, 그때까지도 널브러져 있던 형의 몸을 번쩍 안아들고 형의 방에 딸려 있는 화장실로 들어갔다. 아버지가 형을 안을 때 형은 그의 품에 어린아이처럼 조그맣게 안겼다. 나는 형의 의식이 돌아와 있는지 모른다는 생각을 했다.

아버지는 형의 몸에 맞게 만들어진 욕조 속의 의자에 형을 앉히고 물을 틀었다. 샤워기에서 물이 쏟아져나왔다. 아버지는 자기 손에 샤워기의 물을 받아보고 온도를 맞춘 다음 형의 몸을 향해 뿌렸다. 형은 가만히 있었다. 그러나 질끈 감은 눈과 꽉 다문 입은 그가 어떤 사나운 감정인가를 필사적으로 참아내고 있다는 짐작을 하게 했다. 아주 조그만 자극을 주어도 와락 눈물이 쏟아질 것 같은 얼굴이었다. 나는 지켜보고 있기가 조마조마해서 얼른 눈을 피하고, 어지럽혀진 방안의 물건들을 치우기 시작했다. 발바닥에 자꾸만 미끌미끌한 것이 묻어났고, 그때마다 몸이 움츠러들었으므로 내 동작은 뻣뻣하고 어눌했다.

아버지는 비누질까지 해서 형의 몸을 정성들여 씻기고 물기를 닦아냈다. 아버지의 손놀림은 나와는 달리 꼼꼼하고 진지했다. 그런 아버지의 모습은 조금 낯설었다. 나는 아버지가 무슨 생각을 하고 있는지 궁금했지만 물어보지는 않았다.

아버지는 형을 침대에 뉘었다. 침대에 누운 형의 벌거벗은 몸은 어린아이의 몸을 연상시켰다. 욕정도 치욕도 없는 어린아이의 무구한 세계 속에 들어가 있는 것처럼 내 눈에는 보였다. 아버지는 상처난 자리마다 약을 바르고 얇은 이불을 덮었다. 아버지는 아무말도 하지 않았다. 나는 형이 벽 쪽으로 몸을 돌려 누우며 이불을 머리 위로 끌어올리는 장면을 목격했다. 그 순간 내 마음속에서 어떤 충동인가가 꿈틀 움직였다. 그러나 그 충동의 실체가 무엇인지는 아직 파악되지 않았다.

아버지는 걸레를 빨아서 방을 닦았다. 나는 제가 할게요, 아버지, 하고 말했지만, 아버지의 손에서 걸레를 빼앗지는 않았다. 아버지는 내 말이 인사치레라는 걸 안다는 듯 대꾸도 하지 않고 하던 일을 계속했다. 아버지는 더러워진 물건들을 닦고 버리고 하느라 왔다갔다했고 걸레를 빨기 위해서 목욕탕에 들락날락했다. 아버지는 마지막까지 차분하고 진지했다. 가끔씩 형의 몸을 덮고 있는 이불이 들썩였다. 나는 그 자리에 서 있기가 민망해서 방을 나왔다.

13

형이 벽 쪽으로 돌아누우며 이불을 머리끝까지 끌어올리는 장면을 목격하는 순간 내 마음속에서 꿈틀거렸던 충동의 실체와 나는 정면으로 조우했다.

바깥 공기를 마셔야 할 것 같아서 집을 빠져나온 나는 왕릉을 따라 만들어진 산책길을 길이 끝나는 곳까지 걸어갔고, 그곳에서 굵은 소나무에 팔을 두르고 있는 때죽나무의 부드럽고 매끈한 가지를 보았고, 사람의 발길이 닿지 않은 울창한 숲의 깊은 어둠과 마주했다. 그 어느 순간에 내면의 어둠 속으로 침잠해들어간 것처럼 보이던 형의 깊은 얼굴이 떠올랐고, 무슨 작용이었는지 그의 정신의 가장 안쪽에 순미가 있을 거라는 새 깨달음이 찾아왔다. 원인을 발견하는 것이 치료의 첫걸음이라고 정신의학자들은 말한다. 그렇다면 형의 상태를 해결할 수 있는 유일한 열쇠는 그녀가 가지고 있는 셈이 아닌가. 연꽃시장의 여자들이 아니라 순미다. 나는 너무나 당연한 그 사실을 구태여 인정하려고 하지 않았다. 형이 그녀와 어떻게 헤어졌는지, 그녀가 어디서 무얼 하는지 알려고 하지 않았다. 무엇보다 궁금했으면서도 그랬다. 그것은 내 마음속에 아직 그녀가 지워지지 않고 있는 까닭이었다. 다시 내 삶을 그녀가 있는 현실 속으로 끌고 가고 싶지 않았고, 또 내 삶의 현실 속으로 그녀를 끌어내고 싶지도 않았다. 그것은 너무 버거운 일이었다. 그녀를 잊었다는 것과는 달랐다. 나는 그녀를 잊어야 한다고 생각하지 않았다. 그저 다른 현실 속에서 사는 것으로 충분하다고 생각했다. 그녀가 없는 현실에서 살기. 내 긴 가출은 그런 시도였고, 그 시도는 어느 정도 성공을 거둔 셈이었다. 집으로 돌아왔을 때 형의 곁에 그녀가 없었다는 것도 그런 점에서는 다행이었다. 가끔씩 기타를 치면서 노래를 부르는 그녀의 목소리가 귀에 생생하게 살아났다. 그럴 때면 옛날처럼 나 혼자만을 위해 노래를 부르는 그녀의 모습을 눈앞에 그려보다 주책없다는 생각을 하며 쑥스럽게 웃곤 했다. 나에게 그녀는 없는 사람이고, 그것이 좋고 또 마땅했다.

그런데 이제, 나의 그런 입장과는 달리 그녀를 찾아야 한다는 내부로부터의 요청을 받은 것이다. 그것은 논리적 귀결이라기보다 그저 충동에 불과한 것이었지만, 충동이 가진 계시적 성격, 즉 일종의 초현실적 영험함에 대한 믿음이 나에게는 있었다. 그녀를 찾아야 하는 일이 숙제처럼 여겨졌고, 그러자 만나서 어떻게 한다는 작정 같은 것이 없는 채로 그 일을 미루면 안 될 것 같아졌다. 갑자기 마음이 조급해져서 나는 서둘러 길을 내려왔다.

기력을 다 빼앗긴 형은 얼마 동안 잠을 잘 것이다. 그렇지 않더라도 이제 와서 형에게 순미에 대해 물을 수는 없었다. 아버지에게 물을 수는 있었지만, 아버지가 무언가 나에게 이야기해줄 게 있을지는 의문이었다. 그래도 아버지와 어떤 대화인가를 나누고 싶어진 것은, 형의 뒤처리를 해주는 아버지의 모습이 인상적이었기 때문이었다. 아버지의 그런 면모는 낯설고 감동적이었다. 내가 의외로 아버지에 대해 아는 게 없는 것 같다는 생각도 비로소 가세했다. 그런 생각은 아버지에게만 국한되지 않았다. 나는 내 어머니나 형에 대해 내가 얼마나 알고 있는지 질문해보았고, 곧 내가 알고 있는 것이 매우 보잘것없다는 걸 인정했다. 우리 식구들은 공유하는 공간과 시간이 너무 적었다. 나는 일종의 서글픔을 느꼈다. 서글픔은 물처럼 내 가슴속에서 출렁거렸다. 나는 가슴속의 물을 쏟기라도 할 것처럼 집까지 전속력으로 달렸다.

아버지는 티브이를 보고 있었다. 아버지는 혼자서 바둑을 두거나 화초에 물을 주거나 산책을 하지 않으면 항상 티브이 앞에 앉아 있었다. 티브이는 하루종일 방송을 했고, 시청할 수 있는 채널은 케이블 티브이를 포함해서 쉰 개가 넘었다. 그렇다고 여기저기 채널을 돌려가며 티브이를 보는 것도 아니었다. 아버지의 티브이는 바둑 채널에 고정되어 있었다. 뉴스도 보지 않았고 드라마도 보지 않았다. 세상이야 어떻게 되든 관심도 없는지 요즘은 신문도 잘 보는 것 같지 않았다. 하기야 신문을 읽지 않는 건 나도 마찬가지였다.

아버지는 좀 피곤해 보였다. 내가 커피를 타가지고 들어가는데도 알은체를 하지 않았다. 나는 아버지 앞에 커피를 내려놓고 아버지의 시선을 좇아 티브이 화면에 눈을 주었다. 자영업을 한다는 한 남자가 프로 바둑기사와 접바둑을 두고 있었다. 3급에 도전한다는 자막이 나온 것으로 보아 그 대국에서 프로 기사를 이기면 3급으로 인정을 받는 모양이었다. 아버지는 티브이 화면의 바둑판을 뚫어져라 쳐다보고 있었다. 어쩌면 아버지도 자신의 기력을 측정받고 싶어할지 모르겠다는 생각이 들었다. 바둑을 둘 줄 모르는 나로서는 참 지겨운 광경이었다. 나는 커피를 다 마실 때까지 아버지 옆에 앉아 그 지겨운 티브이 화면 속의 바둑판을 들여다보았고, 아버지는 내가 타가지고 간 커피를 한 모금도 마시지 않고 내가 옆에 있다는 것도 의식하지 않은 채 그 지겨운 티브이 화면 속의 바둑판을 들여다보았다. 아버지에게 말을 붙이려면 그 바둑이 끝나야 할 것 같은데, 그 바둑이 언제 끝날지 짐작할 수가 없었다. 나는 하는 수 없이 커피를 다 마신 후 내 커피잔만 들고 아버지의 방을 나왔다.

그리고, 나는 참으로 오랜만에 내 여행용 가방의 안쪽 지퍼를 열고 순미의 노래가 녹음된 테이프를 꺼냈다. 집을 나갈 때 형의 카메라와 함께 들고 나갔던 물건이었다. 밖으로 떠돌면서 문득문 득 옛날 일이 떠오를 때면 그 테이프를 틀고 순미의 노래를 들었 었다. 한 번도 그녀를 잊어야 한다고는 생각하지 않았다. 잊으려 고 노력하지도 않았다. 그러므로 테이프를 듣지 않아야 할 이유도 없었다. 오히려 그 반대였다. 나는 그녀의 노래를 반복해서 들음으 로써, 어딘가로 질주하려는 내 막무가내의 격정과 열망을 달랬다. 그 테이프가 없었다면 아마도 나는 수없이 그녀에게 달려갔을 것 이다. 집으로 돌아온 후에는 테이프를 듣지 않았다. 아예 여행가방 속에서 꺼내지도 않았다. 형을 의식한 때문이기도 했고, 어느 정도 는 그녀의 테이프를 듣는 일 없이도 내 격정과 열망을 다스릴 여유 가 생겨난 때문이기도 했다. 집으로 돌아올 마음을 먹은 배경에도 그런 여유가 알게 모르게 작용했는지 모를 일이었다.

　나는 카세트덱에 테이프를 꽂고 이어폰을 끼었다. 그녀의 노래 를 누구와도 같이 듣고 싶지 않았다. 아직은 그랬다. 당신을 위해 준비했어요, 내 마음. 언제부터 서 있었는데 눈길 한번 안 주나요? 더 얼마나 서 있으란 말인가요? 녹아내리기 전에, 스르르 녹아 흔 적도 없이 사라지기 전에 내 마음을 찍어줘요, 사진사 아저씨…… 그녀의 노래는 내 몸속으로 향기처럼 번졌다. 아직도 그랬다.

14

순미를 찾는 일은 그다지 어렵지 않았다. 하기야 내가 하는 일이 그런 게 아닌가. 나는 수년 전에 그녀의 가족들이 살던 아파트를 기억하고 있었다. 주소도 가지고 있었고 전화번호도 가지고 있었다. 나는 먼저 그곳으로 전화부터 걸었다. 순미를 찾는다는 내말에 쉰 목소리의 할머니는 그런 사람이 살지 않는다고 퉁명스럽게 한마디 하고는 끊어버렸다. 나는 114에 전화를 걸어 바뀐 전화번호를 알아냈다.

동사무소에 확인한 바에 따르면, 그녀의 집은 삼 년 전에 이사를 한 것으로 되어 있었다. 그러나 같은 서울이었고 그리 멀지도 않았다. 바뀐 전화번호로 다시 전화를 걸었다. 전화를 받은 사람이 누구인지 알 수 없었지만 목소리가 굵은 것으로 보아 그녀의 아버지인 것 같았다. 내가 순미를 찾는다고 하자 그 사람은 대뜸 누구냐고 물어왔다. 나는 잠시 뭐라고 대답해야 할지 몰라 망설였다. 나는 누구일까, 그녀에게? 그러나 그 순간에 더 급한 것은 그녀의 아버지에게 내가 누구인가였다. 순미를 찾다니, 하고 혼잣말처럼 말할 때 나는 그의 목소리에서 의혹과 불신을 읽었다. 나는 엉겁결에 옛날 친구라고 대답했지만, 그는 아무래도 믿음이 가지 않는지 내 이름도 묻지 않고, 없어요, 순미, 하고는 전화기를 내려놓아버렸다.

곧장 전화를 다시 걸 수가 없었다. 그녀가 가족과 함께 살고 있지 않다는 것은 분명했다. 혼자 독립해 나간 것이 아니라면 결혼을 했다는 표시일까? 이상한 일도 아니고 뜻밖이라고 할 수도 없었다. 나이가 이미 서른이 되었을 게 아닌가. 그런데도 나는 조금 섭섭했다.

다음날 오전에 나는 다시 전화를 걸어 순미의 전화번호를 확인했다. 순미의 아버지일 것으로 추측되는 전날의 그 남자는, 하루 전에 나와 통화했었다는 사실을 기억하지 못했다. 그것은 당연한 일이었다. 왜냐하면 그는 하루 전날 순미가 다닌 대학의 동창회장으로부터 전화를 받은 적이 없기 때문이다. 나는 순미가 다닌 대학의 동창회장을 사칭했다. '대신 달리는 사람'에서 배운 수법이었다. 졸업생 전부가 한자리에 모이는 대축제를 기획하고 있으며, 그 일을 위해 주소록을 확인하고 있다는 동창회장 말에 그는 의심 없이 순미의 새로운 전화번호와 주소를 알려주었다. 나는 고맙다고 인사하고 전화를 끊었다.

그녀가 이주해 간 곳은 서울의 동쪽에 위치한 조그만 도시였다. 야트막한 산 아래 지어진 오층짜리 저층 아파트에 그녀는 살고 있었다. 키가 크고 잎이 넓은 나무들이 아파트 단지에 그늘을 드리우고 있었다. 나는 그녀의 집 앞에서 열일곱 시간 동안 잠복했다. 열일곱 시간은 긴 시간이었지만, 그러나 아주 긴 시간은 아니었다. '대신 달리는 사람'에서 일할 때 스물여덟 시간 동안 한자리를 지킨 적도 있었다. 어떤 여자의 뒷조사를 하는 일이었는데, 내가 잠복하고 있던 스물여덟 시간 동안 여자는 자기 집에서 꼼짝을 하지 않았었다. 지방 출장을 가면서 그 일을 의뢰한 여자의 남편은 의처증 환자가 틀림없었다.

상가 옥상에서 내려다보면 그녀의 집이 한눈에 보였다. 집의 입구도 보였고, 내부도 보였다. 오후 내내 그녀의 집 창문에는 커튼이 쳐져 있었다. 커튼이 젖혀진 것은 해가 지고 가로등에 불이 들어오기 시작할 무렵이었다. 그때 나는 세 개째 캔커피를 비우고 있었다. 그녀의 집 거실에 불이 켜지는 모습을 나는 네 개째 캔커피를 따며 지켜보았다. 내 가슴속에는 너무나 선명한 그녀의 이미지가 여태 박혀 있었다. 단발머리, 화장을 하지 않은 맨얼굴, 흰 티셔츠, 그리고 봄햇살처럼 싱그럽게 웃는 웃음…… 눈에 망원경을 들이대는 순간 가슴속에서 무언가 뭉클한 것이 치밀어올랐다. 그녀가 거기 있었다. 단발머리였고 화장을 하지 않은 맨얼굴이었다.

그녀는 집안을 사뿐사뿐 걸어다녔다. 마치 공기 속을 떠다니는 것 같았다. 그녀는 방으로 들어가서 옷을 갈아입고 나왔다. 디즈니 만화 주인공의 캐릭터가 그려진 하늘색 원피스는 그녀의 몸을 날렵한 물고기처럼 보이게 했다. 물고기처럼 유연하게 수영을 하는 것처럼 보이게 했다. 그녀는 화장실에 들어갔다가 수건으로 얼굴을 닦으며 나왔고, 시장바구니 속의 물건들을 꺼내서 냉장고에 넣었고, 싱크대의 물을 틀었고, 복숭아를 씻었고, 한입 가득 복숭아

를 베어물었다. 나는 그의 입술을 거쳐 손으로 흐르는 복숭아의 과
즙을 상상했다. 그녀는 무언가를 씻고 다듬고 끓이고 냉장고를 열
었다 닫았다 하며 부지런히 음식 준비를 했다. 그리고 음식 준비
가 다 끝났는지 소파에 앉아 리모컨으로 티브이를 켰다가 이내 끄
고 오디오에 전원을 넣었다. 그녀는 어떤 시디인가를 올려놓았다.
음악 소리는 들리지 않았다. 그녀의 모습만 보였다. 그녀는 머리를
뒤로 젖혔다. 푸른빛이 도는 여러 가지 도형 무늬의 천 소파가 그
녀의 머리를 받았다. 그녀는 그런 자세로 오랫동안 움직이지 않았
다. 그 모든 장면들을 나는 눈에서 망원경을 떼지 않고 다 보았다.
그녀는 눈을 감고 있는 것 같았다. 낮 동안 몹시 피곤했던 모양이
라고 나는 생각했다. 그리고 잠시 후에는 그녀가 잠이 들어버렸는
지 모르겠다는 생각을 했다.

　망원경을 내려놓고 남은 커피를 찾았다. 그러나 빈 캔밖에 없었
다. 빈 캔을 집어들고 우그러뜨리면서 나는 내가 그녀에게 전화를
걸고 싶어한다는 걸 깨달았다. 휴대전화를 꺼내들고 번호를 눌렀
다. 신호가 갔다. 나는 다시 망원경을 눈에 붙이고, 휴대폰을 귀에
댄 채 그녀의 집 거실을 내려다보았다. 아무리 사소한 움직임이라
도 놓치고 싶지 않았다. 그녀가 숨을 들이쉬고 내쉴 때의 공기의
움직임도 포착하고자 했고, 심지어는, 할 수만 있다면, 오디오에서
흘러나오는 노래의 선율까지도 붙잡기를 바랐다. 다시 신호가 갔
다. 그리고 그 순간 그녀가 비로소 몸을 움직였다. 소파에 받치고

있던 머리가 먼저 들리고, 시선이 옆으로 돌아갔다. 신호가 한번 더 울리자 그녀는 천천히 몸을 일으켰는데, 정말로 잠을 자고 일어난 듯 걸음걸이가 약간 불안정했다. 내 가슴은 터질 것처럼 팽창했다. 이제 곧 그녀가 내 전화를 받을 것이다. 나는 턱에까지 차오른 숨소리가 전화기 속으로 흘러들어가지 않도록 손바닥으로 송화기를 막고 숨을 골랐다. 두 번 더 신호가 울렸을 때 그녀의 모습이 시야에서 잠깐 사라지는가 싶더니 금방 다시 나타났다.

그런데 어쩐 일일까, 이번에는 혼자가 아니었다. 무대 밖으로 잠깐 퇴장했던 그녀는 한 남자를 데리고 다시 등장했다. 감색 양복 차림의 남자는 손에 들고 있던 검은 가방을 소파에 던지고 조금 전까지 순미가 앉아 있던 자리에 풀썩 주저앉았다. 넥타이를 느슨하게 풀며 무슨 말인가를 하는 것 같았지만 당연히 내 귀에는 들리지 않았다.

그제야 그녀는 그때까지 울려대고 있는 전화기에게 미안하다는 듯 약간 급한 걸음으로, 그러나 울리다 지쳐 끊어져도 상관없다는 듯 소파에 앉은 남자의 말상대를 해가며 전화기를 집어들었다. 그녀의 목소리가 비로소 내 귀에 들려왔다. "여보세요." 나는 가만히 있었다. 내가 전화를 걸 때의 상황과 그녀가 전화를 받고 있는 상황 사이의 그 현격한 거리감이 내 의식의 회로들을 엉망으로 헝클어놓은 상태였다. 저 모습을 보면서 통화를 할 수는 없다, 하고 나는 속으로 중얼거렸다. 전화기가 놓여 있는 공간을 눈으로 보면서 전화하는 것은 온당하지 않다. 화상 전화기가 널리 보급되어도 나는 그걸 사용하지 않을 것이다…… 엉뚱하게도 그 순간에 내 헝클어진 의식의 표면으로 그런 생각들이 스쳐갔다. "여보세요. 말씀하세요." 그녀의 목소리가 다시 들렸다. 그녀는 내 반응을 재촉했지만, 나는 말을 하지 못했다. 그녀가 소파에 쓰러져 있는 남자를 향해 어깨를 으쓱해 보였다. 남자도 무슨 말인가를 하며 같은 동작을 해 보였다. 그때 남자의 목소리가 전화기 속으로 스며들었지만, 무슨 내용인지는 분간되지 않았다. 남자는 그녀를 향해 손짓을 했고, 그 손짓은 근처 상가 옥상에서 망원경을 통해 바라보는 내 눈에도 전화를 끊고 어서 자기에게 안기라는 뜻으로 읽혔고, 그녀는 그 쉬운 신호를 오독하지 않았다.

그녀가 수화기를 내려놓고 그에게로 걸어가는 모습을 나는 보았다. 전화는 끊겼지만 나는 망원경을 눈에서 떼어내지 못했다. 전화기가 놓여 있는 공간을 눈으로 보면서 전화하는 것은 온당하지 않다, 하고 나는 또 속으로 뜻 없이 중얼거렸다. 그녀가 남자의 다리 위에 걸터앉는 모습을 나는 보았다. 남자의 손이 넝쿨처럼 그녀의 몸을 끌어안는 모습을 나는 보았다. 그녀의 몸이 남자의 몸속으로 파고드는 모습을 나는 보았다. 남자의 손이 그녀의 몸 위에서 유영하듯 부드럽게 움직이는 모습을 나는 보았다.

그리고 나는 더는 보지 못했다. 망원경이 바닥으로 떨어져버렸기 때문이다. 시멘트 바닥에 떨어진 망원경은 한쪽 귀퉁이에 금이

가는 부상을 입었다. 나는 그것이 떨어진 자리에 주저앉아, 그것을 주울 생각도 하지 않고 오랫동안 가만히 있었다. 헝클어진 회로는 영 회복될 기미를 보이지 않았다. 그 와중에 피식, 매가리 없는 웃음이 삐져나온 것은 나 자신에 대한 연민 때문이 아니었는지 모르겠다. 순미는 나에게 누구인가, 하는 새삼스러운 의문이 비집고 올라온 탓도 있었을까. 전에 나는 그녀의 노래를 엿듣는 자였다. 다른 사람을 위해 부르는 그녀의 노래를 엿들으며 나는 안타까움으로 몸을 떨었다. 꽤 많은 세월이 흐른 지금 나는 고작 그녀를 엿보는 자가 되어 있을 뿐이지 않은가. 내가 아니라 다른 사람이 여전히 그녀와 함께 있다. 나는 참담한 기분이 되었다. 그럴 리가 없는데도 마치 그녀가 나를 모욕하기 위해 일부러 그런 장면을 보여주고 있는 것 같은 생각이 들었다.

그녀를 찾아온 애초의 목적을 잊어버리고, 나는 그만 돌아가자고 나 자신에게 명령했다. 돌아가라. 돌아가라. 굴욕의 시간을 재현하고 싶지는 않다는 무의식적인 방어기제가 그렇게 소리쳤다. 나는 벌떡 몸을 일으켰다. 그들은 식탁에 앉아 식사를 하고 있었다. 나는 빠른 걸음으로 옥상을 내려왔다.

15

그녀는 아침 여덟시 이십분에 집에서 나왔다. 그녀의 승용차는 짙은 빨간색이었다. 나는 아침 일찍부터 그녀의 집 앞에 차를 대놓고 기다렸다. 그녀는 조심스럽게 운전을 했기 때문에 적당히 거리를 두고 뒤따르기가 수월했다.

지난밤에 나는 그 도시를 떠나지 못했다. 막상 돌아가려고 하자 어떤 미련 같은 것이 내 발목을 잡았기 때문일 수도 있고, 그녀를 찾아나서게 한 것이 나의 욕망이 아니라 형의 필요였다는 사실을 뒤늦게 상기해낸 때문일 수도 있었다. 나는 상가 식당에서 간단히 요기를 할까 하다가 아파트에서 조금 떨어진 호프집에 들어가 혼자서 맥주를 마시고 술에 취한 사람처럼 아주 천천히 걸어서 다시 그녀의 아파트로 갔다. 슈퍼마켓에서 캔맥주를 여러 개 사가지고 옥상으로 올라갈 때 내 기분은 너덜너덜했다.

공연이 끝난 무대처럼 그녀의 집 창문에는 커튼이 내려져 있었다. 커튼 너머로 어른거리는 움직임이 보였다. 연극이 끝난 후 막이 내려진 무대 위에서 배우들이 무얼 하는지가 언제나 궁금했다. 막이 내리면 막이 내리기 전보다 눈동자가 저절로 더 커졌다. 더 잘 보기 위해서였다. 나는 눈을 크게 뜨고 커튼 너머 무대의 움직임을 지켜보았지만, 그러나 어른거리는 그림자말고는 보이는 것이 없었고, 따라서 상상력을 동원하지 않고는 그 집 내부의 모습을 눈앞에 그려볼 수가 없었고, 그렇지만 상상력을 동원하는 순간 가슴이 두근거리고 머리가 어질어질해졌기 때문에 곧 그 짓을 포기하고 말았다. 형의 방을 기웃거리던 스물두 살의 내가 떠올라

정신을 아리게 했다. 그녀는 다른 남자의 여자다, 그때나 지금이나…… 그것만큼 확실하고 분명한 사실도 없었다.

한낮의 햇빛에 대한 기억을 희미하게 간직하고 있는 옥상의 시멘트 바닥에 주저앉아서 나는 혼자 캔맥주를 마셨다. 경비원이 옥상 문을 열고 들어와 랜턴 빛을 비추지 않았다면 언제까지나, 어쩌면 날이 샐 때까지 그곳에 있었을 것이다. "거기 누구요?" 경비원은 옥상 입구에 서서 소리쳤다. 그의 손에 들린 랜턴이 나를 향해 빛을 쏘았다. 나는 한 손을 들어 빛을 가렸다. "내려와요, 빨리." 경비원은 내가 있는 쪽으로 다가오지는 않고 제자리에 선 채로 소리만 질렀다. 겁이 많거나 조심성이 많은 사람이었다. 나는 알았다는 뜻으로 한번 더 손을 들어 보이고 몸을 일으켰다. 바닥에 내가 마신 맥주의 빈 깡통들이 뒹굴고 있었다. 나는 내 기분이 엉망이라는 걸 과시하기 위해 그것들을 발로 걷어찼다.

옥상을 내려가기 전에 잠깐 나도 모르게 시선이 그녀의 아파트 쪽으로 향했는데, 창문에는 여전히 커튼이 드리워져 있었다. 나는 경비원에게 몇시쯤 되었느냐고 물었다. 가까이에서 본 경비원은 얼굴에 주름이 많았다. "열한시는 되었을 거요." 경계하는 자세를 풀지 않은 채 나이 많은 경비원이 대답했다. 나는 그 옆을 스쳐지나 옥상을 내려갔다.

그때 나는 그만 집으로 돌아갈 생각을 하고 있었는지 모르겠다. 순미는 결혼을 해서 잘살고 있지 않은가. 구태여 과거의 인연을 상기시켜서 그녀를 자극할 필요가 있을까. 형이나 나에게는 몰라도 그것이 그녀에게 무슨 유익을 주겠는가……

　그녀의 아파트를 빠져나온 그 남자와 부딪치지 않았다면 아마 그랬을 것이다. 남자는 감색 양복을 입고 있었고, 검은 가방도 들고 있었다. 그녀의 아파트에 들어올 때와 같은 차림새였다. 남자는 차가 주차되어 있는 쪽으로 성큼성큼 걸어갔고, 그러느라 내 곁을 지나갔다. 나는 내 호기심이 이끄는 대로 남자의 얼굴을 쳐다보았다. 다행히 군데군데 가로등이 서 있어서 그다지 어둡지는 않았기 때문에 내 호기심을 웬만큼은 충족시킬 수가 있었다. 남자는 머리가 짧고 단정했으며, 얼굴은 붉은빛이 돌았고, 안경을 쓰고 있었고, 눈매가 날카로웠다. 상체를 꼿꼿이 세우고 걸어가는 그의 뒷모습을 물끄러미 바라보고 있다가 나는 문득 그자가 전혀 낯설지만은 않다는 느낌에 붙들렸다. 느낌은 막연했지만 강렬했다. 나는 그자리에 선 채 기억 속으로 손을 집어넣었다. 생각이 날 듯하면서도 나지 않았다. 그사이에 남자는 양복 색깔과 같은 감색 승용차를 몰고 아파트 단지를 빠져나갔다. 갑자기 진공상태에 빠진 것처럼 마음이 공허해졌다. 내 정신은 흑색이다가 백색이다가 했다. 그녀의 아파트에 그녀 혼자 남아 있다는 사실이 의혹과 설렘을 동시에 선물했다. 그러나 남자의 정체에 대한 궁금증이 주책 없는 설렘을 잠재웠다. 저자를 어디서 봤더라…… 곧 그녀의 집에 불이 꺼졌으므로 나도 그곳을 떠나 가까운 여관을 찾아 들어갔다.

우선 잠을 좀 자고 싶었다. 초저녁부터 마셔댄 술 때문인지 몸이 자꾸만 가라앉는 느낌이었다. 잠을 자고 일어나면 헝클어진 상황이 풀려 있을 거라는 막연한 기대가 여관에 들어서자마자 이불 속으로 들어가게 만들었다. 나는 곧 잠이 들었고, 그러나 깊은 잠에 빠져들지 못하고 어지러운 꿈속을 헤매다녔고, 그러다가 어느 순간 눈을 뜨고 벌떡 일어나 앉았다.

그자다, 하고 나는 소리쳤다. 그때부터 더는 잠들 수 없었다. 나는 빨리 날이 밝기를 기다렸고, 날이 밝기 전에 여관을 빠져나왔다.

그녀의 차가 멈춘 곳은 시립도서관이었다. 나는 그녀의 차와 조금 거리를 두고 주차를 한 다음 이제 어떻게 할 것인가를 궁리했다. 그녀의 걸음걸이나 몸의 포즈가 단순한 도서관 이용객이 아니라는 걸 암시하고 있었다. 나는 그녀가 도서관의 직원일 거라고 짐작했고, 내 짐작은 틀리지 않았다. 밖에서 삼십 분쯤 시간을 보낸 후(왜냐하면 도서관의 문 열리는 시간이 아홉시였으므로) 안으로 들어갔을 때 그녀는 열람실의 사서 자리를 지키고 앉아 있었다. 삼십 도쯤 고개를 숙인 채 모니터를 들여다보고 있는 그녀를 나는 서가에 기댄 자세로 훔쳐보았다.

예전과 같은 단발머리에 화장기 없는 얼굴이었다. 유난히 흰 얼굴도 여전했다. 그러나 봄햇살처럼 싱그럽던 웃음은 아니었다. 그녀의 비스듬히 숙인 옆얼굴은 직사광선을 받지 않은 음엽陰葉을 연상시켰다. 나는 그것이 아마도 그녀가 지나온 시간의 자국일 거라고 편리하게 생각했다.

부지런한 사람들 몇이 앉거나 서서 책을 뒤적이고 있을 뿐 도서관 안은 한가한 편이었다. 나는 그녀가 나를 발견해주기를 바랐지만, 그녀는 좀처럼 고개를 들지 않았다. 사람들이 책을 골라 들고 가면 그녀는 도서대출 카드를 받고 기록을 했다. 그런 작업을 하면서도 얼굴을 쳐들지 않았다. 나는 그녀가, 왜 그런지 모르지만, 타인의 얼굴을 똑바로 쳐다보지 않으려 한다는 인상을 받았다. 그녀의 마음속에 무언가 이물스러운 것이 웅크리고 있는 것만 같았다. "사랑?" 가소로운 이야기를 한다는 듯 나를 향해 비웃음을 던지던 한 남자의 뻔뻔한 얼굴이 번개처럼 쳐들어왔다. 그 비웃음 앞에서 내 진실은 무참하게 패대기질을 당했었다. 오래전 일이었다. 그러나 어제 일처럼 생생했다.

그녀가 자리에서 일어나 서가 쪽으로 걸어왔다. 그녀는 가슴에 책을 가득 안고 내 곁을 지나갔다. 턱 높이까지 쌓아올린 책들이 위태로웠다. 그녀가 내 곁을 지나갈 때 아주 희미하게 바람이 일어났다. 나는 바람의 냄새를 맡으려고 가만히 숨을 들이마셨다. 그러자 복숭아 냄새 같은 것이 연하게 전해져왔다. 그러나 그녀는 턱으로 책을 누르는 모양새를 한 채 눈을 내리깔고 걸었으므로 나를 보지 못했다. 설령 그런 자세가 아니었다고 하더라도 그녀가 나를 알아보았을지는 의문이다.

그녀가 세 걸음쯤 앞으로 나아갔는가 싶었는데 갑자기 쾅다당

소리가 들려왔다. 턱까지 쌓아올린 책들이 흔들리면서 그녀는 중심을 잃었고, 책들은 바닥에 흩어졌다. 제법 멀리까지 굴러간 책도 있었다. 어머! 그 짧은 신음소리를 나는 나를 부르는 신호로 알아들었다. 그때까지의 망설임이 무색할 정도로 너무나 자연스럽게 내 걸음은 그녀에게로 향했다. 엉거주춤한 자세로 한 권씩 책들을 주워모으고 있는 그녀 곁에 나도 엉거주춤 서서 책들을 주워들었다. "고마워요." 그녀가 들릴 듯 말 듯한 목소리를 냈다. 나는 그녀의 팔 위에 내가 주운 책들을 올려놓았다. "제가 꽂을게요." 나는 내 목소리가 약간 떨려나오는 걸 느꼈다. "아니요, 괜찮아요." 그녀는 턱으로 책을 누른 채 말했다. 답답하고 숨이 막혔다. 나는 그녀가 고개를 들고 나를 똑바로 쳐다보기를 바랐다. 나의 존재를 확인하는 순간에 그녀의 얼굴에 떠오를 최초의 표정이 궁금하기도 했을 것이다. 그러나 그녀는 사람의 얼굴을 쳐다보지 않기로 작정한 사람처럼 고개를 숙이고만 있었다. 내가 길을 막고 비켜주지 않았기 때문에 그녀는 괜찮아요, 하고 한번 더 말했고, 그것은 그만 길을 내달라는 뜻이었다. 그런데도 여전히 길을 비켜주지 않자 그녀는 어쩔 수 없이 고개를 치켜들고 나를 보았다.

음지식물 같던 그녀의 얼굴 위로 짧은 순간 의구심이 떠오르는가 싶더니 곧 당혹으로 바뀌었다. 그녀의 입술이 벌어지며 아! 하고 조그맣게 탄성을 자아냈다. 그와 동시에 그녀의 팔 위에 올려져 있던 몇 권의 책이 후두둑 소리를 내며 다시 떨어져내렸다. 나는 허리를 굽혀 그것을 주워들었다. 그녀의 눈동자가 허공에서 불안하게 흔들렸다. 그것이 나에 대한 그녀의 경계심과 두려움의 표시라는 걸 나는 모르지 않았다. 그녀의 그런 반응은 나의 마음을 아프게 했다. 화들짝 반가워하리라고 기대한 것은 아니지만, 그래도, 아니 그렇기 때문에 더욱 기분이 암담했다. 그런 기분으로 내가 어떻게, 놀라지 말아요, 하고 침착하게 말을 건넬 수 있었는지 모르겠다. 어쨌거나 나는 아주 부드러운 목소리로, 마치 갑작스런 충격에 빠진 사람을 위로하듯 놀라지 말아요, 하고 말을 건넸고, 그녀는 다시 아래쪽으로 시선을 떨어뜨려버렸다. 무언가에 쫓기는 것처럼 갑자기 조급해진 나는, 부탁하고 싶은 일이 있어서 찾아왔노라고 얼른 덧붙였다. "내 이야기는 안 해요. 내 문제로 온 게 아녜요. 그건 걱정하지 말아요." 그렇게 말할 때 내 목소리는 약간 들떴고, 마치 상대방의 호의를 얻어내기 위해 호들갑을 떠는 것처럼 느껴졌고, 그래서 좀 비참했다.

그렇지만 그것은 내 진심이기도 했다. 그 순간 나는 형의 애인을, 형을 위해 만나러 온 동생으로 내 신분을 규정하고자 했다. 그녀는 고개를 두 차례 저어 보이고는 웬만큼 감정을 다잡은 듯 서가 사이를 지나 똑바로 나아갔다. 나는 그녀의 뒤를 따라갔다. 그녀는 책장에 책을 꽂기 시작했고, 나는 그녀의 등에다 대고 계속해서 주절주절 무슨 이야기인가를 했다. "어제 이 도시에 왔어요. 노서관에서 일하는 줄은 몰랐어요. 잘 어울리는 일 같아요. 아까부터 일하는 모습을 지켜보고 있었는데 기분이 좀 묘하더군요." 하지만 어젯밤에 그녀의 집을 엿봤다는 말은 하지 않았다. 그녀의 집에 그녀와 함께 있었던 감색 양복의 남자에 대해서도 물론 이야기하지 않았다.

"나는 할 이야기가 좀 있어요. 다시 말하지만 나에 대한 건 아니에요. 내 이야기는 한마디도 하지 않을 작정이에요. 관심도 없을 테고 또 사실 할 이야기도 없으니까요. 우리 형, 어떤 상탠지 알아요? 내가 제일 궁금한 게 그거예요. 그다음 궁금한 건 왜 헤어졌느냐는 거구요. 우리 형이 그렇게 돼서, 그래서 헤어진 거예요? 그렇다고 비난할 생각은 없어요. 좀 서운하긴 해도 이해 못 할 일은 아니지요. 나, 집에 들어온 지 별로 안 돼요. 나도 집에 들어오고 나서야 그 사실을 알게 되었어요. 실은 형의 상태가 심각해요. 아주 안 좋아요. 내 생각엔, 이건 그냥 나 혼자 생각한 건데 말이죠, 순미씨가 형에게 도움을 줄 수 있을 것 같아요. 그래서 온 거예요. 그래서 여기 있는 순미씨를 찾아냈어요."

말없이 서가에 책을 꽂기만 하던 그녀가 반응을 보인 것은 내가 거기까지 말을 했을 때였다. "우현씨가 어쨌다는 거예요?"

16

우현씨가 어쨌다는 거예요? 하고 그녀는 물었다. 뜻밖에도 그녀는 형의 현재상태에 대해 아는 것이 전혀 없었다. 그녀는 형의 다리가 잘려나간 것도 모르고 있었고, 형이 가끔씩 일으키는 망측스런 발작에 대해서도 모르고 있었고, 당연히 어머니가 예방 효과를 기대하고 치러냈던 연꽃시장의 의식儀式과 모텔을 이용하는 내 방식의 치료법에 대해서도 모르고 있었다. 그녀는 자꾸만 나에게 물었고, 나는 묻는 대로 대답했다. 그녀는 그럴 리가 없다는 듯 같은 질문을 반복했고, 무엇인가를 부정하려는 듯 자주 고개를 저었다. 큼큼하면서도 친근한 냄새를 풍기는 책들이 숲처럼 둘러싸고 있는 서고 안에서 그녀와 나는 제법 긴 시간 동안 대화를 나누었다. 어쩌다 한 명씩 책을 고르는 사람들이 우리 곁을 스쳐갔지만 그들은 우리에게 관심을 기울이지 않았고, 오전시간의 도서관은 대체로 조용했다. 이야기를 하는 도중 그녀는 가끔씩 들고 있는 책으로 얼굴을 가렸다. 그럴 때 나는 그녀가 자기 표정을 숨기려 한다고 생각했다. 또 가끔씩 그녀는 서가에 체중의 절반 이상을 의지했다. 그럴 때 나는 그녀의 몸이 소리도 없이 쓰러지는 게 아닌가 걱정스러웠다. 나중에 그녀는 결국 바닥에 쭈그리고 앉았다. 그녀의 손이 무릎 위에 올려진 그녀의 얼굴을 덮었다. 그때 나는 그녀가 내게 눈물을 보이지 않으려 한다고 생각했다.

몰랐어요, 난…… 하고 그녀는 말했다. 내가 믿지 못하겠다는 의사 표시를 한 것도 아닌데 정말이에요, 하고 덧붙이기까지 했다. "군대에 간 후에도 자주는 아니지만, 편지가 왔었는데, 어느 날부턴가 갑자기 연락이 끊어졌어요. 답장이 없는 거예요. 그래서 주소만 가지고 전곡 어디에 있는 부대로 찾아갔었어요. 정문을 지키고 있던 하사 계급장의 키 큰 헌병이 다른 부대로 전출해 간 것 같다고 해요. 그게 무슨 말이냐고 물었더니, 그러는 수도 있다고 그러더군요. 어디로 갔는지 모르느냐고 물었지요. 그것까지는 모른다는 것이 그 사람의 대답이었어요." 그녀는 거의 울상을 짓고 있었다. 마치 자기가 저지른 큰 잘못을 고백하는 사람처럼 보였다. 내가 아는 한 그것은 사실이 아니고, 따라서 그녀가 지어 보이는 그런 포즈는 나를 약간 거북하게 했다. "그 사람이 거짓말을 한 건가요?" 그녀는 떨리는 음성으로 물었다. 군대라는 데를 가본 적이 없는 나로서는 군대 내부의 메커니즘이나 관행에 대해 아는 것이 전혀 없었고, 따라서 그 사람이 거짓말을 했는지 안 했는지 말해줄 수도 없었다. 대답하는 대신 나는, 집에 연락을 안 해봤어요? 하고 물었다. 왜 안 했겠어요? 하는 반문이 곧바로 돌아왔다. "형이 국내에 없다는 말을 어머니에게서 들었어요." 나는 그게 무슨 말이냐고 다시 물었다. 그녀는 자기도 그게 무슨 말인지 몰라 어머니에게 물었다고 했다. 그랬더니 형이 몸이 좋지 않아 정해진 기간보다 일 년쯤 먼저 제대를 했고, 치료를 위해 미국에 가 있다고 알려줬다는 것이다. 그녀는 당연히 무슨 병이냐고 물었고, 어머니는 임파선에 혹이 생겼다고 대답했다. 일종의 암이지만, 심각한 것은 아니라고 한다고 했다. 얼마 후 다시 물었을 때는 수술이 성공을 했고,

현재 빠르게 회복되어가는 중이라고 대답을 들었다는 것이다.

그걸 믿었어요? 하고 질문함으로써 나는 그녀를 향한 얼마간의 의구심을 드러냈지만, 믿지 않을 이유가 없잖아요, 하고 대답함으로써 그녀는 내 불순한 의구심을 한순간에 거둬버렸다. "믿지 않을 수가 없었어요, 난 그저 그의 건강만 염려했으니까요, 그때까지는." 그녀는 표지가 두꺼운 오래된 책의 책장을 건성으로 넘기면서 말했다. 그 말은 어느 순간부턴가 어머니를 불신하기 시작했다는 뜻으로 들렸다. 나는 그 시점이 궁금했다. "우현씨가 언제 귀국하느냐고 물었을 거예요. 수술도 성공적이고 치료도 끝나간다고 했으니까, 곧 귀국할 거라고 생각했죠. 솔직히 많이 보고 싶기도 했고요. 그런데 어머님 말씀이, 귀국을 하지 않을 거라는 거예요. 무슨 말씀이세요, 어머니? 우현씨가 왜 안 온다는 거예요? 나는 놀라서 물었어요. 강이 내려다보이는 카페에서 커피를 마시고 있었는데, 어머니는 커피가 다 식도록 입에 대지를 않았어요. 몹시 심란하고 유난히 쓸쓸한 표정을 짓고 있었던 기억이 나요. 속으로 잦아드는 듯한 한숨도 여러 차례 내쉬었고요. 그런데도 나는, 왜 그랬을까요, 우현씨한테 나쁜 일이 생겼을 거라는 상상을 못 했어요. 한숨을 쉬고 난 후에 어머님이 그랬거든요. 거기서 공부를 할 거라고. 삼촌댁에 기거하면서 공부를 하게 될 거라고. 너무 갑작스러워서 어떤 반응을 보일 수가 없었어요. 우현씨로부터는 한마디 말도 듣지 못했는데…… 그 순간이었던 것 같아요. 무언가 이상하다는 느낌이 든 거요. 어머님도 말을 잇지 않았어요. 무겁고 갑갑한 침묵이 꽤 오랫동안 짓누르고 있었을 거예요. 한참 후에, 우현씨와 직접 전화라도 해보고 싶다고 말한 건 그 억누르는 듯한 침묵이 견딜 수 없어져서가 아니라 어머님의 태도와 표정에서 비로소 어떤 의혹을 읽어냈기 때문이었어요. 그건 안 된다, 하고 어머님이 화급히 손을 저으시더군요. 내 시선을 피하고는 계셨지만, 무안할 정도로 완강한 손짓이었어요. 아무리 둔한 여자라도 그런 손짓의 의미를 모를 순 없지요. 그것은 너무나 단호하고 명쾌한 거부의 신호였어요. 너는 안 된다, 아니겠어요? 너무 황당하고 갑작스러워서 왜요? 하고 묻지도 못했어요. 하지만 나로서는 그 손짓을 곧이곧대로 받아들이기가 쉽지 않았어요." 그랬겠지요, 하고 나는 그녀의 음지식물 같은 흰 얼굴의 옆면을 바라보며 말했다. 그녀의 긴 눈썹이 가늘게 떨리고 있었다. "우현씨한테서는 편지도 없고 전화도 없었어요. 가슴은 바짝바짝 타들어가고 미칠 것 같았어요. 초조한 마음에 어머님에게 전화를 드렸지만, 자신은 할말을 다 했고, 그러므로 이젠 나를 만날 일이 없다면서 만나주지도 않았어요. 놀라울 정도로 차갑고 냉정했어요. 그래서……" 그녀는 손으로 머리카락을 쓸어올린 뒤 잠깐 동안 침묵했다. 나는 다시 그녀의 눈썹이 가늘게 떨리는 걸 보았는데, 그것은 무언가 망설이고 있다는 표시로 받아들여졌다. 나는 아무 말도 하지 않음으로써 그녀의 말이 계속 이어지기를 기다리고 있다는 암시를 주었다. "그래서 어떤 사람한테 사정을 알아봐달라고 부탁했었어요. 어머님 말씀이 사실인지 아닌지, 정말로 우현씨가 나를 떠난 것인지, 그렇다면 그 이유가 무엇인지…… 내가 그때 제정신이 아니었어요. 하루종일 그 생각에만 몰두해 있다보니 생각이 편집적으로 흘러갔을 거예요. 정보기관에 근무하는 분이 주변에 가까이 있었던 것도 이유라면 이유였겠지요."

거기서 다시 그녀는 말을 중단했다. 그 시절로 시간을 돌이키기가 만만치 않다는 증거일 수 있었다. 그녀가 기억의 이랑에서 부딪치는 저항이 어떤 종류의 것인지 궁금했지만, 그것부터 물어낼 수는 없는 일이었다. 나는, 그러면 사실을 알게 되었겠다고, 어머니가 진실을 감추고 거짓말을 했다는 걸 알게 되었겠다고, 어머니가 거짓말을 할 수밖에 없게 된 사연에 대해서도 알게 되었겠다고, 형의 요청에 의한 게 아니었겠느냐고, 형으로서는 순미씨에게 자신의 처지가 알려지는 걸 끔찍이 싫어했을 테고, 그래서 어머니에게 강청했을 테고, 어머니는 아들의 강청을 뿌리치지 못했을 게 아니겠느냐고 말했다.

"어떻게 된 일이죠? 그렇지가 않았어요." 그녀는 이해할 수 없다는 듯 양미간을 찌푸렸다. "나에게 돌아온 정보는 우현씨 어머님이 제게 한 말이 거짓이 아니라는 걸 확인시켜주었어요. 우현씨는 임파선 수술을 받기 위해 출국한 것이 사실이고, 미국의 진적집에 머물고 있고, 거기서 공부를 하고 있었어요. 어머님으로부터 들지 못했던 더 기막힌 내용도 포함되어 있었어요. 그가 혼자가 아니라는 거였어요. 그에게 약혼녀가 있다는 거였어요. 꽤 큰 병원 원장의 딸이라고 했어요. 그 여자와 같은 학교에서 공부를 하고 있다고 했어요. 미국에서 곧 결혼을 할 거라고 했어요. 그가 그 여자를 떠나 나에게 돌아올 확률은 제로라고 했어요. 희망을 갖지 말라고 했어요. 그래서…… 그런 말을 듣고서 내가 어떤 행동을 취할 수 있었을까요? 내가 어떻게 했으면 좋았겠어요?" 그녀의 목소리는 속으로 잦아들었다. 그녀의 몸을 부축해주어야겠다는 생각이 들 정도로 아슬아슬해 보였다. 서가의 난간을 붙잡고 있는 그녀의 손에 힘이 들어가는 게 느껴졌다. 하지만 나는 손을 뻗지 못했다. 그녀와 나 사이의 거리감을 어떻게 해볼 수가 없었다. 그 순간 난간을 붙잡고 있던 그녀의 손이 스르르 풀리는가 싶더니 몸이 아래로 쑤욱 내려갔다. 그녀는 몸을 웅크린 채 쭈그리고 앉았다.

괜찮아요? 하고 나는 물었다. 괜찮아요, 하고 그녀가 대답했다. "이해할 수가 없군요." 형은 유학을 간 적이 없고, 약혼한 적은 더욱 없었다. 내가 알기로는 그랬다. 그런 일이 있었다면 내가 모를 수 없었다. 그녀는, 이해할 수가 없어요, 나도, 하고 내 말에 동의했다. 그러고는 도대체 어떻게 된 거지요? 하고 혼잣말처럼 덧붙였다. 생각을 더듬는 것 같기도 하고, 나름대로 추리를 해보는 것 같기도 했다. 나도 그랬다. 나도 생각을 더듬고 추리를 해보았다. 하지만 생각은 떠오르지 않았고, 추리는 이어지지 않았다. 어머니는 그렇다고 하더라도 그녀에게 정보를 준 사람은 또 어떻게 된 것인지. 이상하고 이해할 수 없는 일이었다.

그런 정보를 준 사람이 누구인지 물어봐도 돼요? 하고 물은 것은, 그 순간 문득 도대체 그 사람에게 무슨 속셈이 있었을까를 의심하게 되었기 때문이었다. 아직 분명한 형태는 아니지만 마음 한 구석에 걸리는 게 있기도 했다. 그녀는, 그건 좀, 하고는 대답을 피했다. "이건 순전히 넘겨짚은 건데 말이지요, 혹시 순미씨 형부 아닙니까?"

그렇게 질문을 던질 때 나는 나 자신이 자기의 직감을 신뢰하는 민완 형사처럼 여겨졌다. 그녀는 처음으로 고개를 들어 나를 보았다. 당황한 것 같기도 하고, 의아해하는 것 같기도 했다. 직감이 들어맞은 것 같다는 가벼운 흥분의 안쪽으로 나의 야비함이 혹시 그녀의 감정에 상처를 입히지 않을까 우려하는 마음이 도드라졌다. 이번에는 내가 그녀의 시선을 피했다. 그녀는 자기 무릎 위에 얼굴을 올려놓았다. 그녀의 손바닥이 얼굴을 감쌌다. 그녀의 어깨가 가볍게 흔들렸다. 절제되지 않은 감정이 끝내 울먹임으로 나타나고 있는 거라고 나는 생각했다. 거기에다 대고 어젯밤에 그 사람이 그녀의 집에 있는 모습을 보았다는 사실을 밝힐 수는 없었다. 아무리 궁금하다고 해도 왜 그 사람이 그녀의 집에 있다가 나갔는지를 추궁하듯 물어볼 수는 더욱 없었다.

"혼자 생각을 좀 해봐야겠어요." 도서관의 서가 사이에 불편하게 쭈그리고 앉은 채로 그녀는 그렇게 말했다. 마음의 혼란을 힘들게 다스리는 목소리였다. 나는 그녀의 둥글게 굽은 어깨에 손을 얹고 싶었다. 그녀의 굽은 어깨를 가만히 토닥거리며 아무것도 걱정할 게 없다고, 삶이란 생각보다 엄숙하지도 않고 기대처럼 정연한 것도 아니라고, 맑았다가 흐리고, 비가 오다 해가 뜨는 거라고, 그런 게 삶이라고 속삭여주고 싶었다. 하지만 그렇게 하지 못했다. 자꾸만 형의 얼굴이 떠올랐다. 자꾸만 형의 얼굴이 떠올라서 나를 제지했다. 복받쳐오르는 감정을 추스르지 못하고 흐느끼는 그녀를 가만히 지켜보고 있다가 나는 조용히 도서관을 빠져나왔다.

그곳을 떠나기 전에 내가 마지막으로 한 말은, 형이 다시 사진을 찍었으면 좋겠다는 것이었다. "형이 다시 사진을 찍도록 도와주세요." 그녀는 어릿어릿한 표정으로 내 얼굴을 보았다.

17

어머니가 나에게 사흘간의 출장 계획을 밝히면서 왕복 기차표를 구해오라고 했을 때 나는 내게 맡겨진 얼굴 없는 의뢰인의 청부 내용을 어머니가 이미 알고 있으며 내가 어떻게 나오는지 시험해보려고 하는 게 아닌가 하는 의심이 들었다. 그도 그럴 것이 지난밤 내 핸드폰으로 전화를 걸어서 일의 진척 상황을 보고해줄 것을 요청하는 작자에게 나는 당신이 누구인지, 왜 이런 일을 시키는지 먼저 밝히기 전에는 절대로 아무 보고도 하지 않겠다고 선언을 했었는데, 어머니는 그 직후에 나에게 그런 부탁을 해왔던 것이다.

작자에게 한 말은 내 진심이었다. 맡긴 일을 아예 하지 않겠다고까지는 말하지 않았다. 작자의 요구대로 설령 어머니의 뒤를 조사해서 무언가 가치 있는 정보를 찾아낸다 하더라도 작자가 누구인지, 무엇 때문에 그런 일을 시킨 것인지를 밝히기 전에는 그 정보를 넘기지 않겠다는 것이 내 작정이었다. 그것은 마음의 한쪽 구석에서 꿈틀거리는 일종의 호기심 때문에 그 일을 한마디로 잘라 거절하지 못한 내 내면의 패륜의식에 대한 나름의 방어장치였고, 한편으로는 어머니를 보이지 않는 위협으로부터 보호하려는 의무감의 소산이기도 했다. 나는 그 일이 내게 맡겨진 것을 차라리 다행스럽게 생각하기로 했다. 내가 맡지 않는다면 누군가 다른 사람이 그 일을 맡을 것이고, 그렇게 되면 어머니를 보호하지 못할 것이 아닌가.

어머니는 무엇 때문인지 약간 쓸쓸한 웃음을 지어 보이며, 나에게 일거리를 주려고 찾았는데 어디 갔었느냐고 물었다. 나는 순미를 만나고 온 이야기를 하지 않았다. 순미에게서 들었던 이야기를 당장 확인해보고 싶다는 충동이 생겼지만, 그것이 현명한 일인지 아직 확신이 서지 않았다. 나는 말없이 머리를 긁적거렸고 어머니도 굳이 내가 어디 갔었는지를 알려고 한 것이 아니었던 듯 더는 묻지 않고 곧바로 용건을 꺼냈다. "내일 아침에 떠나는 남천행 기차표 한 장이다. 왕복으로. 그거 해주면 얼마 받냐?" 나는 피식 웃었고 어머니도 따라서 웃었다. 어머니는, 비행기표를 사도 될 정도의 돈을 내밀면서 남는 건 수고비라고 했다. 나는, 차를 가지고 가지 그래요? 하고 질문을 던졌다. 그녀는 그러기에는 너무 먼 길이라고 했다. 나는, 그럼 제가 운전사 노릇을 할까요? 하고 넌지시물었다. 감시든 보호든 그것이 가장 효과적일 것 같았다. 그녀는 조금 생각하는 듯하더니, 아니다, 그럴 것 없다, 기차로 가는 게 좋다, 하고 대답했다.

나는 어머니의 왕복 기차표를 구하고, 남은 돈으로 승용차를 빌렸다. 내가 기차표를 사고 승용차를 렌트할 줄 미리 알고 있기라도 했던 것처럼 어머니가 준 돈은 아귀가 딱 맞았다. 망설임이 전혀없었던 것은 아니지만, 사실은 어머니의 부탁을 받는 순간부터 그렇게 하기로 내정한 것이나 마찬가지였다. 어머니가 내 사정을 훤히 간파하고 있다고 하더라도 어쩔 수 없었다. 어머니가 무엇 때문에 갑자기 남천에 가겠다는 것인지 이해할 수 없었다. 남천에 연고가 있다는 말을 들어본 적이 없는 나로서는 의문을 가지는 게 마땅했다. 내가 의뢰받은 일과 어떤 식으로든 연관되어 있을지 모른다는 섣부른 생각이 들었고, 나는 그 예감을 무시하지 못했다.

어머니가 탄 기차가 출발하기 한 시간 전에 나는 이미 남천으로가는 고속도로 위에 있었다. 그리고 기차에서 내린 어머니가 택시승강장에 나타났을 때 나는 그 옆에 차를 세운 채 그녀를 기다리고있었다. 어머니는 세워져 있는 택시에 망설임 없이 올라탔고, 나는 망설임 없이 그 택시를 쫓았다. 택시는 느리게 시내를 빠져나갔다. 거리가 복잡하지 않았기 때문에 뒤를 따르는 것은 어렵지가 않았다. 이십 분쯤 달리자 완전한 시골길이 나타났다. 좁고 꾸불꾸불했다. 군데군데 포장이 되어 있지 않은 길도 나타났다. 길 양쪽으로 나무숲과 과수원 들이 펼쳐졌다. 창문을 조금 열자 바람을 타고 풀냄새가 몰려들었다. 나는 긴 호흡을 하고 풀냄새를 들이마셨다. 차들이 거의 다니지 않는 길이었으므로 택시와의 간격을 많이 띄웠다. 그래도 차를 놓칠 염려는 없었다. 어딜 가는 거지? 마을이 나타날 것 같지는 않은데 택시는 계속해서 달렸다.

택시가 멈춘 곳은 바다가 내려다보이는 언덕 위였다. 흰 비늘을 반짝이며 몸을 뒤채는 바다가 눈을 시리게 만들었다. 깊은 산속으로 들어가는 줄만 알았는데 바다라니. 바다가 나타나리라고는 예상하지 못했기 때문에 나는 갑자기 눈앞에 모습을 드러낸 싱싱한 바다를 향해 아, 하고 짧은 탄성을 내질렀다. 마치 야생의 숲이 자기 품을 활짝 열고 그 안의 바다를 꺼내 보인 것처럼 여겨졌다. 야생의 숲이 자신의 옷자락 속에 바다를 품고 있다는 내 생각은 어딘지 신비스럽고 설화적인 데가 있었다. 신성하지 않은 숲이 어디 있을까? 모든 숲은 태초를 품고 있다. 숲은 최초의 신전이었고, 그 신전에서 어떤 나무들은 신성이 깃들인 것으로 숭배되었다.

택시가 어머니를 내려주기 위해 그 언덕에 멈췄으므로 나는 그 곁을 빠르게 스쳐지나가야 했다. 그때 어머니가 눈을 돌려서 내 차

를 바라보았다. 나는 하마터면 그 자리에 차를 세울 뻔했다. 색안
경으로 위장을 하긴 했지만 어머니가 나를 알아본 것만 같았고, 곧
장 뒤에서 내 이름을 부르며 차를 세울 것만 같았다. 그것이 두려
워서 나는 룸미러도 보지 않고 가속페달을 힘차게 밟았다. 마치 어
느 순간 이유도 모르는 채 한꺼번에 바닷속으로 우르르 뛰어들어
간다는 칼라하리사막의 그 맹목의 스프링복들처럼 내 차도 바다
를 향해 무작정 내달렸다. 그러나 물론 나는 스프링복이 아니었고
내 차는 바닷속으로 빠지기 전에 멈춰 섰다. 휴! 저절로 한숨이 나
왔다.

바닷가 상점에서 음료수를 한 병 사마신 뒤 언덕 위로 되돌아왔
을 때 택시는 보이지 않았다. 어머니의 모습도 물론 보이지 않았
다. 언덕에서 산 쪽으로 외줄기 길이 하나 나 있었다. 차는 들어갈
수 없는 좁고 가파른 길이었다. 키가 큰 풀들이 길을 덮고 있었고
양옆으로 나무들이 빽빽하게 늘어서 있었다. 그 길 말고는 다른 길
이 없었으므로 나는 어머니가 그 길 속으로 걸어갔을 거라고 단정
하지 않을 수 없었다. 하지만 물론 그 길을 따라가면 무엇이 나오
는지, 어머니가 무엇 때문에 그곳으로 들어갔는지는 짐작도 할 수
없었다.

나는 자동차를 언덕 위에 세우고 풀잎을 헤치며 걸어올라갔다.
풀들은 사그락 소리를 냈고, 바람은 나뭇잎들 사이로 흔들리며 지
나갔고 길은 가파른 편이었다. 어머니는 어디로 갔을까? 나는 길

의 끝을 겨냥하고 조심스럽게 걸음을 내디뎠다. 가파르게 오르기만 하던 길이 곡선으로 휘어 돌아가는 곳에 이르자 평평해졌다. 그리고 막 휜 길을 따라 몸을 돌리자 저만치 앞쪽에 반짝이는 비늘을 튀어올리며 몸을 뒤치는, 눈이 시릴 정도로 싱싱한 바다가 다시금 눈에 들어왔다. 마치 산이 바다를 토해내놓은 것 같은 그 돌연한 장면의 전환 앞에 눈앞이 아찔했다. 하늘은 바다의 연장처럼 여겨졌고, 그 하늘에서 갈매기들은 떠다니는 것처럼 날아다녔다. 수평선은 너무나 아득한 곳에 있었다.

길은 해안선에서 치솟아오른 깎아지른 듯한 절벽으로 이어지고 있었는데, 그 절벽 위에는 거짓말같이 집이 한 채 지어져 있었다. 집 앞에는 키가 거의 이백 미터쯤 되어 보이는 늘씬한 야자과의 나무 한 그루가 하늘을 향해 꼿꼿이 서 있었다. 나무는 가파른 절벽 위에 서 있어서 더 키가 커 보였다. 그 나무의 뿌리가 줄기만큼 크다면 틀림없이 절벽을 뚫고 내려가 바닷물에 발을 담그고 있을 거라고 나는 상상했다. 바람개비 모양의 기다란 잎자루가 거의 하늘에 닿아 있는 것 같기도 했다. 놀라운 광경이었다. 그림인 듯했고 꿈속인 듯했다. 그러나 그림도 아니었고 꿈도 아니었다. 나는 조금 가까이 다가갔다. 여전히 그림인 듯했고 꿈속인 듯했다. 그러나 물론 그림 속으로 들어간 것도, 꿈속으로 들어간 것도 아니었다. 나는 잎이 울창한 참나무 뒤에 몸을 숨기고 절벽 위의 키가 큰 야자나무와 집을 내려다보았다. 집은 바다 위에 떠 있는 것처럼 보였다. 그러고 보니 하늘을 찌를 듯 솟아 있는 야자나무는 돛대를 연상시켰다. 바다 위에 떠서 돛대로 바람을 받으며 항해를 떠나는 한 척의 배가 떠올랐다. 어머니는 저 배 안에 타고 있을까? 곧장 뛰어내려가서 사실을 확인해보고 싶은 조급증을 주저앉히느라 나는 애를 먹었다.

야자나무는 줄기가 하나였다. 옆으로 뻗어나간 가지가 하나도 없었다. 직선으로 곧게 뻗은 한 줄의 줄기 꼭대기에 바람개비 모양의 잎자루가 각 방향으로 날개를 펴고 매달려 있었다. 그 나무는 산속의 수많은 수종樹種 중에서도 유독 우뚝했다. 그 순간 문득 그곳에 심어져 있는 야자나무의 존재가 새삼스러운 의혹을 주입했다. 웬 야자나무란 말인가? 비행기를 타고 나라 밖으로 나가본 적이 없는 나로서는 아직 야자나무를 직접 본 적이 없었다. 우리나라에 야자나무가 자란다는 말을 들은 적도 없었다. 그러고 보면 그 나무를 보는 순간 아무 의심 없이 야자나무라고 단정해버린 내 인식 능력에는 무언가 수상쩍은 요소가 분명 있었다. 책이나 텔레비전 같은 것을 통해 야자나무 사진을 숱하게 보아왔다고 하더라도 그렇게 아무렇지 않을 수 있다는 건 어쩐지 석연치 않다. 이국의 나무가 벼랑 위에 세워진 집과 어울려 만들어내는 그 비현실적인 광경이 일종의 환각을 주사注射했는지 모를 일이었다. 나는 문득 갈증을 느꼈고, 웃통을 벗고 나무 위로 기어올라가 야자열매의 수액을 벌컥벌컥 들이켜는 상상을 했다.

그 나무 아래로 어떤 움직임이 감지된 것은 얼마 후였다. 나는 야자나무의 수액 대신 침을 꿀꺽 삼켰다. 혀 아래 붙어 있던 마른 침이 목구멍 속으로 넘어갔다. 두 사람이 보였다. 한 사람이 몸이 불편해 보이는 다른 한 사람을 부축하고 나왔다. 부축을 받은 사람은 아주 천천히 발을 움직였고, 부축을 한 사람도 그에 맞춰 매우 조심스럽게 걸음을 옮겼다. 부축받은 사람의 헐렁한 옷은 뼈밖에 남아 있지 않은 그 사람의 빈약한 육체를 충분히 가리지 못하고 허수아비처럼 보이게 했다. 그들은 야자나무가 만든 기다란 그림자를 밟으며 걸어갔다. 하늘에서 직선으로 떨어지는 햇빛이 시간을 녹여버린 듯 느리고 지루했다. 그들이 밟고 가는 야자나무 그림자는 야자나무 앞에서 멈췄고, 그들의 걸음도 그곳에서 멈췄다.

부축을 한 사람은 여자였다. 나는 굳이 망원경을 통해 확인하지 않고도 그 사람이 어머니라는 걸 알아보았다. 어머니는 부축하고 온 사람을 나무 아래 평상에, 머리를 약간 높게 해서 뉘었다. 야자나무의 기다란 그늘이 이불처럼 그의 몸을 덮었다. 바다에서 몰려온 바람이 그들의 머리카락을 날렸다. 마치 요트의 갑판에 나와 누운 것처럼 한가하게 보이는 장면이었다. 이제 막 그들을 태운 요트가 대양을 향해 떠나려는 것 같기도 했다. 발아래서 바다는 몸을 뒤치며 쉼 없이 물결을 만들어냈다.

나는 평상에 누운 사람의 턱과 뺨에 삐죽삐죽 솟은 수염을 보고 그 사람이 남자라는 걸 알아차렸다. 주름투성이긴 했지만 희미한 웃음이 베일처럼 덮인 남자의 하얀 얼굴은 맑고 고요했다. 어머니는 그 남자의 머리맡에 앉아 야자나무를 올려다보았다. 두 사람의 시선이 함께 야자나무로 쏠렸다. 그녀는 손가락으로 나무를 가리켜가며 무슨 말인가를 했다. 바다는 쉴새없이 흰 이를 드러내며 벼랑으로 몰려와 부딪쳤다.

잠시 후 그녀의 손이 그 사람의 얼굴을 만졌다. 더할 수 없이 감미롭고 부드러운 손놀림이었다. 사람의 감정을 전달하는 가장 예민한 신체기관이 아마도 손일 거라고 나는 그 순간 생각했다. 그녀의 손은 저만치 떨어져서 지켜보고 있는 사람의 신경까지 찌릿찌릿하게 만들 정도로 감도가 높은 온정과 친밀감을 발산하고 있었다. 그녀의 넘치는 친밀감과 사랑의 손은 남자의 머리카락을 만지고 귀를 만지고 눈을 만지고 입술을 만졌다. 그녀의 손이 지나갈 때마다 남자의 얼굴이 환해지면서 금빛으로 빛을 내는 것을 나는 느꼈다.

그녀는 평상에서 몸을 일으키더니 야자나무 뒤로 돌아갔다. 야자나무가 그녀의 몸을 가렸다. 내 눈에는 그녀의 몸이 야자나무의 반듯하고 늘씬한 몸통 속으로 들어간 것처럼 보였다. 그러나 그녀는 오래 기다리게 하지 않았다. 그녀가 야자나무 뒤에서 모습을 드러냈을 때(내 눈에는 그녀의 몸이 야자나무 줄기 속에서 빠져나온 것처럼 보였다), 그녀는 아무것도 걸치지 않은 알몸이었다. 마치 야자나무에서 막 태어난 것 같은 알몸이었다. 에덴동산의 최초의 사람이 그랬던 것처럼 그녀의 몸을 가린 것은 아무것도 없었다. 에덴동산의 최초의 사람이 그랬던 것처럼 그녀의 몸에는 수치심조차 드리워져 있지 않았다. 그녀의 걸음걸이는 너무나 가벼워서 거의 땅을 딛지 않고 걷는 것 같았고, 그래서 흡사 춤을 추는 것처럼 보였다. 그녀는 평상 위로 가만히 올라갔고, 남자는 그런 그녀를 한없이 다감하고 만족스러운 눈빛으로 바라보았다. 그녀는 그의 옆에 조용히 몸을 뉘었다. 그녀의 팔이 그의 몸을 안았고, 그의 팔이 그녀의 몸을 안았다. 그녀의 몸이 그의 몸 위로 올라갔고, 그녀의 얼굴이 그의 얼굴 위에, 그녀의 가슴이 그의 가슴 위에, 그녀의 팔이 그의 팔 위에, 그녀의 손바닥이 그의 손바닥 위에, 그녀의 입술이 그의 입술 위에 놓였다. 그들의 몸은 대칭을 이루며 한몸을 만들었다. 그들의 몸은 대칭을 이루며 한 그루의 나무가 되었다. 마치 이제야 완전한 한몸을 찾은 것처럼 그들의 몸은 자연스럽고 아름답고 신성해 보이기까지 했다. 하늘과 땅, 그리고 바다, 어쩌면 지하세계까지 관통하고 있을 한 그루의 야생의 나무가 감정과 감각의 체계를 헝클어놓았기 때문일까, 뻔뻔스럽다거나 혐오스럽다는 느낌은 들지 않았다. 오히려 뻔뻔스럽거나 혐오스러운 쪽은 숨어서 그들을 지켜보고 있는 나 자신이었다. 그들은 현실 밖에 있었고, 나는 현실 속에 있었다. 현실 밖의 세계는 정결했고, 현실 안의 세계는 추했다. 온전히 이해했다는 뜻이 아니라 이해의 차원이 아니라는 걸 깨달았다는 뜻이다. 나 자신이 너무나 수치스러워서 더이상 망원경을 눈에 대고 있을 수가 없었다는 뜻이다.

나는 나무들 사이에 아무렇게나 몸을 뉘었다. 등에 가시가 박힌 듯 따끔거렸지만 개의치 않았다. 방아깨비와 여치 같은 것들이 내 몸을 타고 지나갔다. 그것들도 내버려두었다. 내버려두자, 하고 나는 중얼거렸다. 내버려두자, 하고 다시 한번 중얼거리고 몸을 일으켰다. 산을 내려오기 전에 슬쩍 야자나무 아래로 시선을 던졌는데 그들은 여태 한몸을 만든 채 움직이지 않고 있었다. 무엇엔가 홀린 것 같았고, 꿈을 꾼 것 같기도 했다.

어머니의 전화를 받은 것은, 그냥 서울로 올라가야 할지 어떨지를 결정하지 못하고 길이 있는 곳까지 차를 몰고 갔다가 먼지 앉은 과자봉지들이 진열되어 있는 바닷가의 조그만 가게에서 냉장이 되지 않은 미지근한 음료수를 사마시고 있을 때였다. "기현이냐?" 어머니의 착 가라앉은 목소리를 듣는 순간 내 가슴에서는 벽에 걸린 선반이 덜컹 소리를 내며 떨어지듯 무엇인가가 아래로 툭 떨어져내렸다. 저요, 아, 네…… 얼버무리는 듯한 내 목소리는 당혹감을 감추지 못했다. 내가 어머니를 따라 남천에 와 있다는 걸 알고 있구나, 하는 생각이 순간적으로 뒷머리에 찬물을 끼얹고 지나갔다. 그 생각을 현시顯示하듯 어머니가, 지금 어디 있냐? 하고 물어왔기 때문에 내 입은 금세 얼어붙어버렸다. 어머니의 음성이 어찌나 침착하던지 조금 전에 내가 산속에서 보았던 정경이 환각이 아니었나 의심스러워질 정도였다.

얼른 대답을 하지 않자 어머니는, 형을 데리고 지금 좀 이리로 내려와라, 하고 말했다. 나는, 형이요? 하고 겨우 물었고, 어머니는 그래, 하고 짧게 대답했다. 나는 형은 왜요? 하고 조심스럽게 다시 물었고, 어머니는 오면 안다, 하고 역시 짧게 대답했다. 그 어느 순간에 문득 내가 지레 겁을 집어먹었다는 생각이 들었다. 어머니는 내가 남천에 있는 걸 모르는 것 같았다. 알고 있으면서 짐짓 모르는 척할 수도 있는 일이긴 하지만, 어쩐지 그렇지 않은 것 같았다. 그렇게 생각하기에는 어머니의 목소리가 만들어내는 분위기가 너무 진지하고 엄숙했다. 얼핏 침울함의 정조까지도 느껴졌다. 나는 안도의 한숨을 내쉬며 마음속으로 서울까지의 거리를 계산해보았다. 곧장 고속도로를 탄다고 해도 네 시간은 족히 걸릴 것이다. 가서 형을 태우고 되돌아온다면 최소한 여덟 시간이다. 오늘 안에 서울에 갔다가 남천으로 다시 온다는 것은 거의 불가능했다.

어느 정도 여유를 회복한 나는 지금 서울에 있지 않기 때문에 당장은 움직일 수가 없다고 능청스럽게 대꾸를 했다. 어머니는, 그럼 내일 날이 밝는 대로 일찍 출발하라고 말했다. 내가, 어디로 가요? 하고 묻자 어머니는 남천에 도착해서 전화를 하라며 전화번호를 불러주었다. 나는 전화번호를 받아 적었다.

"무슨 일 있어요?" 전화를 끊기 전에 나는 아무것도 모르는 것처럼 물었다. 어머니는 와보면 안다…… 하고 더이상은 말을 잇지 않았다.

18

형은 내키지 않아 했다. 자기가 무엇 때문에 한 번도 가본 적이 없고 연고도 없는 남천에 가야 하느냐는 것이었다. 내가 어머니의 말을 전하자마자 그는 여행에 대한 거부감을 민감하게 드러냈다. 형의 폐쇄적인 성격(그런 사람들이 대체로 그렇듯이 형의 경우도 타고난 것은 아니었다. 사고가 있기 전에 그는 오히려 적극적이고 모험심이 많은 편에 속했다)을 감안할 때 어딘지도 모르는 땅으로 영문도 알지 못하는 여행을 감행한다는 건 쉬운 문제일 수 없었다. 나는 어머니가 전화를 걸어왔다는 사실을 알리고 설득을 시도했지만 막무가내로 고개를 흔들어대는 형의 마음을 돌리기가 쉽지 않았다. 형이 나에 대해 분명하진 않지만, 일말의 의혹을 품고 있다는 인상을 풍겼기 때문에 설득을 하기가 더 어려웠다. 형은 어머니가 왜 자기를 데려오라고 했다는 건지 이유를 대라고 다그쳤고, 내가 대답을 못 하자 그것 보라는 듯 입술을 비틀어 묘하게 웃었다. 너나 가라, 하고 말할 때는 안 속는다, 하고 말하는 것이나 목소리의 톤과 표정이 똑같았다. 이유는 모르지만 어머니가 오라고 한 사람은 내가 아니라 형이고, 나는 그저 운전기사에 불과하다는 인상을 받았다고 말해도 형은 고개만 저었다.

나는 하는 수 없이 아버지에게 도움을 청하기로 하고 아버지 방으로 들어갔다. 아버지는, 그럼 너희 어머니가 지금 남천에 있냐?

하고 관심을 보였다. 바둑판에서 눈을 들어 나를 똑바로 바라본 것은 그 문제에 대한 관심이 상당하다는 표시였다. 나는 좀 뜨끔했지만 아무것도 모르는 사람처럼 아마 그런 것 같다고 대답하고, 그곳에 누가 있느냐고 물었다. 아버지는 잠깐 무언가를 생각하는 듯하더니 이윽고 중요한 결정을 한 사람처럼 입을 굳게 다물고 형의 방으로 들어갔다. 나도 따라서 들어갔다. 아버지는 방에 앉지도 않고 나지막하게 형의 이름을 한 번 부르고는 말했다. "갔다 와라. 기다리고 있을 텐데……" 아버지는 그렇게밖에 말하지 않았지만, 나는 아버지가 형을 승복시켰다는 걸 확신했다. 형이 무슨 말인가를 하려고 했지만, 아버지는 듣지 않고 형의 방을 나갔다.

형의 성대 속에 있던 의문문이 나의 성대에도 있었다. 낮에 보았던 벼랑 위의 그림 같은 집과 야자나무와 야자나무 밑의 두 사람의 모습이 꿈을 꾼 것처럼 아득했다. 아버지의 단호하고 적극적인 태도는 어머니가 남천으로 형과 나를, 어쩌면 형만을 부른 이유를 알고 있다는 뜻이고, 그리고 또 어머니가 남천으로 간 이유도 알고 있다는 뜻이고, 그렇다면 남천에 살고 있는 사람이 누구이고, 어머니와 어떤 관계인지도 알고 있다는 뜻으로 읽혔다. 나는 내 성대 안에 웅크리고 있는 의문문을 뱉어내지 않고는 잠을 이룰 수 있을 것 같지가 않았다.

안방으로 들어갔는가 싶었는데 아버지는 정원에 나가 있었다. 정원에서 화초를 보살피는 아버지의 모습은 생소하지도 않고 이상하지도 않았지만, 그러나 어둠이 두껍게 내린 그 시간에 정원에 나가 있는 그의 모습은 생소했고, 그래서 또 조금은 이상하기도 했다. 나는 현관문을 붙잡고 서서 얼마 동안 아버지가 정원의 식물들에게 물을 뿌리는 모습을 가만히 지켜보았다. 내려앉은 어둠에 눌려 더욱 꾸부정해 보이는 그의 굽은 등이 측은지심을 불러일으켰다.

아버지는 행복한 적이 있을까? 하고 나는 속으로 중얼거렸다. 왜 그런지 아버지는 행복한 적이 없었던 것 같고 또 지금도 역시 행복하지 않은 것 같았다. 부부간의 일은 당사자들 말고는 모른다고 하지만 어머니가 아버지에게 그다지 살갑게 대하지 않는다는 건 누구나 알고 있었다. 하기야 그건 물론 아버지도 마찬가지였다. 그들이 어떤 주제를 놓고 진지하게 의견을 교환한다든지 시답잖은 농담을 주고받으며 깔깔거린다든지 하는 모습을 본 기억이 없었다. 겉으로는 아무 문제도 드러나지 않았지만 실은 그것이 훨씬 더 심각한 문제일 수 있었다. 무관심과 최소한의 대화와 불간섭은 관계의 최악의 경지임에 틀림없었다. 그런 뜻에서라면 어머니 역시 행복과는 거리가 먼 것이 아닌가, 하고 나는 반문했다. 그런데도 그날따라 유독 아버지에 대해 연민의 감정이 치솟는 걸 주체하기가 어려웠다. 아마도 아직 실체를 파악하지 못한 남천에서의 야릇한 경험이 어떤 정서적 작용을 일으키고 있는 모양이었다. 나는 낮에 남천에서 있었던 일을 아버지에게 이야기해버리고 싶은 충동을 느꼈다. 하지만 순간적인 측은지심에 따라 행동한다는 것은 사려깊지 못할 뿐 아니라 경솔한 짓이라는 생각이 들었고, 나는 다시는 경솔한 사람이 되지 않을 거라고 결심한 바 있었으므로 내 충동을 억제하기로 했다. 어머니는 옷을 벗었었다. 바다에 뿌리를 내리고 하늘을 향해 치솟은 벼랑 끝의 야자나무 아래서 어머니는 에덴의 하와처럼 수치심도 없이 벌거벗은 채 한 남자의 몸 위로 올라갔다. 수치심은 그들의 몸을 가리지 못했다. 불완전한 두 개의 육체가 모여 비로소 완전한 하나의 육체를 만드는 것 같던 그 기묘한 광경은 엄숙한 어떤 의식儀式을 떠올리게 했었다. 환각이니 비현실이니 꿈이니 하는 것보다 의식 쪽이 훨씬 그럴듯한 번역인 것처럼 여겨졌다. 하지만 무슨 의식이란 말인가?

"누가 기다린다는 거예요?" 나는 아버지의 등뒤로 다가가서 물었다. 아버지는 내가 옆에 온 사실을 눈치채지 못한 사람처럼 하던 일을 계속했다. "아까 아버지는 갔다 와라, 기다리고 있을 텐데, 하고 말씀하셨어요. 남천에서 우리를 기다리는 사람이 어머니라는 뜻으로는 들리지 않았어요. 아버지가 어머니를 지칭해서 말한 건 아닌 것 같았어요. 아버지는 우리가 모르는 사실을 알고 있는 것 같다는 인상을 받았어요. 아버지는 어머니가 왜 남천에 갔는지, 어머니가 형이나 나를 왜 남천으로 불렀는지 알고 있는 것 같았어요. 아버지는……"

나는 거기까지 말하고 입을 닫았다. 그즈음에 내 쪽으로 고개를 돌린 아버지가 조용히 하라는 뜻으로 자기 입술에 손가락 하나를 가져가며 쉿! 소리를 냈기 때문이었다. 아버지는 쭈그려앉은 자세로 키가 작은 나무의 이파리를 쓰다듬고 있는 중이었다. 나는 아버지가 무엇 때문에 내 입을 닫게 했는지 궁금했지만, 일단 입이 닫힌 상태에서는 아무것도 물어볼 수가 없었다.

아버지는 나뭇잎을 어루만지며 무슨 말인가를 중얼거렸다. 그가 나무에게 말을 건네고 있다는 건 확실했다. 그러나 내 귀에는 들리지 않았고, 나무에게는 귀가 없으므로 당연히 나무에게도 들리지 않았을 거라고 나는 생각했다. 내 생각을 수정해주기라도 하려는 듯 나무에게도 감정이 있다, 하고 아버지가 조용히 말했다. "손으로 이 나뭇잎을 만져봐라." 나는 좀 어이가 없었지만, 그러나 식물을 돌보는 것이 거의 유일한 일과인 아버지에게라면 불가능한 일도 아닐 거라는 생각을 하면서 아버지가 시키는 대로 나뭇잎에 손을 올려놓았다. 밤공기의 서늘한 감촉 말고는 아무런 느낌도 전해지지 않았다. 나는 아버지에게 서늘한 감촉 말고는 아무런 느낌도 전해지지 않는다고 말했다. 아버지는 나무에게 사랑과 믿음을 표현하라고 충고했다. 나는 좀 어처구니없는 표정을 짓고 어떻게요? 하고 물었다. "마음속에서 사랑이 우러나와야 한다." 아버지의 설명이었다. 손으로 부드럽게 쓰다듬으면서 사랑한다고 속삭여봐라, 하고 아버지가 덧붙였다. "식물의 피부는 너의 손을 통해 너의 마음을 지각한다."

아버지의 설명이 너무 진지했으므로 나는 나뭇잎을 향해 사랑한다고 속삭였다. 그러나 여전히 아무 느낌도 전해오지 않았다. 나무는 내 고백을 들은 것 같지 않았고, 어떤 반응을 보일 것 같지도 않았다. 하기야 그 나무에게 감정이 있어서 어떤 반응을 보였다고 하더라도 나에게 그것을 받아들일 메커니즘이 없는 상태에서는 어쩔 수 없는 일이었다. 교감이란 상호적인 것이었다. 아버지는 까칠한 나뭇잎의 표면이 마치 사람의 살갗처럼 따뜻하고 부드러워질 거라고 말했다. 나는 내가 만지고 있는 나뭇잎의 표면이 사람의 살갗처럼 따뜻하고 부드러워지기를 기다렸다. 그러나 그런 느낌은 전해지지 않았다. 나는 다시 아무 변화도 느낄 수 없다고 말했다. 아버지는 그건 내가 진심으로 대하지 않기 때문이라고 했다.

"식물들은 사람의 마음을 읽는다. 설명할 수는 없지만 식물들은 감각을 뛰어넘는 놀라운 지각능력을 가지고 있다고 한다. 나무꾼이 다가가면 부들부들 떠는 떡갈나무, 토끼가 다가가면 사색이 되는 홍당무에 대한 기사가 어떤 잡지에 실렸었다. 식물도 감정을 가진 생명이다. 고통을 느끼고 슬픔을 느끼고 행복도 느낀다. 사람이 거짓말을 말하는지 진실을 말하는지 식물들은 본능적으로 알아차린다. 거짓 사랑은 반응을 불러일으킬 수 없다. 사람과 마찬가지로 식물과 교감하기 위해서도 진실해야 한다." 아버지는 교사처럼 말했다. 나는 진실해지려고, 진실로 그 나무를 사랑한다고 마음먹으려고 애를 썼다. 그렇지만 잘 되지 않았고, 나뭇잎이 따뜻해지거나 부드러워지는 일도 결국 일어나지 않았다.

아버지는 다른 나무로 옮겨갔다. 이번에도 나무에게 속삭이는 목소리가 들려왔지만 무슨 내용인지는 여전히 파악할 수가 없었다. 나도 다른 나뭇잎으로 옮겨서 아버지처럼 진심을 주려고, 아버지처럼 진실로 사랑하는 마음을 먹으려고 애를 썼다. 그러나 역시 진실로 나무를 사랑한다는 마음을 먹기가 쉽지 않았고, 따라서 나무로부터 호의적 반응을 이끌어내는 것도 불가능했다. 아니, 호의적이지 않은 어떤 반응도 감지할 수 없었다.

사실을 말하면 아버지의 말을 완전히 신뢰하고 있는 것도 아니었다. 그것은 아버지를 이해한다는 것과는 또다른 문제였다. 나는 문득, 식물들과 교감한다는 것이 외계인과 접촉하는 일만큼 황당하고 비이성적이라는 생각이 들었고, 그러자 이 무슨 엉뚱한 해프닝일까 싶어져서 얼른 손을 떼어내고 말았다. 내 생각을 아는지 모르는지 아버지는 움직이지 않았다. 아버지는 거의 아버지가 만지고 있는 정원의 한 그루 나무처럼 보였다. 나는, 황당하고 엉뚱한 놀이를 그만 끝내겠다는 걸 선언이라도 하듯 그때까지와는 약간 다른 어조로, 아버지는 우리가 남천엘 왜 가야 하는지 대답을 하지 않았어요, 하고 말했는데, 아버지가 만들어낸 그 어두운 정원의 주술적인 기운으로부터 저항을 받아서 그랬는지 내 목소리는 약간 찌그러져서 나왔다. 아버지는 내가 질문을 상기시켰음에도 불구하고 대답을 해야 한다는 의무감을 전혀 느끼지 않는 것 같았다. 그럴 수도 있는 일이긴 했다. 어쩌면 그것이야말로 아버지다운 태도라고 할 수도 있었다. 그렇긴 하지만 나는 좀 서운했고, 아버지가 다른 세계의 사람처럼 낯설었고, 아니 사실은 나 자신이 다른 세계에 속한 사람이라는 걸 그 정원의 공기가 쉴새없이 주시하고 있었고, 그러자 내 열없는 마음은 우선 그곳을 떠나고 보자고 보채기 시작했다. 나는 하는 수 없이 뒷걸음질을 쳐서 정원으로부터 빠져나오고 말았다.

그날 밤에 나는 아버지가 한 그루의 나무로 변신하는 꿈을 꾸었다. 아버지의 몸에서 뿌리가 나오고 가지가 뻗고 잎이 생겼다. 아버지—나무는 두꺼운 땅을 뚫고 뿌리를 깊이 내렸다. 뿌리는 점점 더 깊어졌고, 부드러운 토사층을 지나 딱딱한 암반층에 이르렀고 나중에는 바다에 닿았다. 뿌리는 바다를 품에 안을 듯 옆으로 퍼져갔고 줄기는 하늘에 닿을 듯 위로 솟구쳐올라갔다. 줄기 끝에 바람개비 모양의 잎자루가 달려나왔다. 싱싱한 바다를 배경으로 깎아지른 듯한 절벽 위에 한 그루의 야자나무가 섰다. 나무가 만든 그림자는 지상의 끝을 향해 줄달음쳤다. 그 아래 알몸의 여자와 알몸의 남자가 누웠다. 그들은 서로의 몸속으로 자기 몸을 밀어넣고 있었다. 여자의 몸속으로 남자가 들어가고 남자의 몸속으로 여자가 들어갔다. 그리하여 두 사람은 마침내 한 사람이 되었다. 야자나무 이파리가 하나 툭 떨어지더니 그들의 몸을 덮었다. 내 꿈은 거기서 끝났다. 나는 거기서 이불을 걷어차며 꿈 밖으로 뛰쳐나왔다.

19

남천 바닷가의 절벽에서 보았던 그 비현실적인 야자나무의 잔
영이 나로 하여금 카메라를 챙기게 했다. 그 앞에 서는 순간 형도
카메라 셔터를 누르고 싶은 충동을 어쩌지 못할 거라고 나는 생각
했다. 소풍 가는 기분이었다고까지 말할 순 없지만 어쨌든 남천으
로 향할 때의 내 기분은 형에게 사진에 대한 의욕을 불러일으킬 만
한 장소로 그곳만한 데가 없다는 기대감으로 상당히 고무되어 있
었다. 그러나 나는 여전히 남천행에 대해 아무런 정보를 가지고 있
지 않았고, 그랬으므로 앞일에 대한 막연한 불안과 긴장 또한 피할
수 없었다.

남천까지 가는 네 시간 동안 형은 입을 굳게 다물고 있었다. 발
작을 일으킨 후 형의 침잠은 조금 더 심해졌다. 그는 나와 눈을 마
주치려고도 하지 않았다. 차에 올라타자마자 형은 눈을 감았고, 곧
잠에 빠져든 것처럼 보였다. 그러나 질주하는 자동차 안에서 숙면
을 취하기가 쉽지 않을 게 뻔했다. 형은 자주 자세를 바꿨다. 내 옆
자리에 실린 카메라 가방을 못 보았을 리가 없는데도 형은 알은체
를 하지 않았다. 나는 무슨 말인가를 하고 싶어서 입안이 근질거렸
다. 형이 모르는 비밀이 나에게는 두 가지나 있었다. 그리고 그 두
가지 다 형과 관련이 없지 않은 것들이었다. 이틀 전에 순미가 살
고 있는 도시에 갔었고, 순미를 만나 이야기를 나누었고, 그녀와

함께 밤을 보낸 남자의 신분을 알게 되었다. 하루 전에는 남천에 있었고, 어머니를 보았다. 그러나 나는 그것들을 입 밖에 내지 않았다. 언젠가 말해야 할지 모르지만 아직은 아닌 것 같다는 생각이 들었다.

남천 시내에 들어서자마자 어머니가 가르쳐준 번호로 전화를 걸었다. 전화를 받은 사람은 어떤 남자였는데 잠깐만 기다리라고 하더니 어머니를 바꿔주었다. 어디냐? 하고 어머니가 물었다. 나는 눈에 보이는 큰 건물 이름을 하나 댔다. 어머니는 말로 약도를 그려주었다. 나는 그곳까지 가는 길을 알고 있었으므로 건성으로 들었다. 어머니는 바다가 보이는 언덕이 나오면 차를 멈추라고 했다. "그곳에 나가 있으마." 나는 어머니가 지시한 대로 했다.

"여기야, 경치가 끝내줘." 나는 차를 세우고 형에게 말했다. 형은 눈을 가늘게 뜨고 발아래 펼쳐진 바다를 바라보았다. 여기구나, 하고 말할 때 형의 목소리는, 왜 그런지 그곳이 어디인지 이미 알고 있거나 이전에 언젠가 한번쯤 와본 적이 있는 것 같다는 인상을 풍겼다. 그러나 그것은 사실이 아닐 거라고 나는 고쳐 생각했다. 왜냐하면 형이 나처럼 누군가로부터 어머니를 조사하라는 부탁을 받았을 리가 없기 때문이었다.

우리를 기다리고 있는 어머니의 얼굴은, 그렇게 생각해서 그런지 하루 사이에 많이 수척해 보였다. 그녀는 우리가 타고 온 자동차의 문이 열리고 내가 밖으로 나오는데도 멍한 표정을 짓고 서 있었다. 무슨 궁리인가를 하느라 골똘해 있는 것 같기도 했고, 어떤 충격인가를 받아 의식이 반쯤 빠져나간 것 같기도 했다. 나는 어머니의 벗은 몸을 숨어서 지켜본 어제 일이 떠올라 어머니의 얼굴을 똑바로 바라볼 수가 없었다.

트렁크에서 형의 휠체어를 꺼내면서 나는, 저희들 왔어요, 어머니, 하고 일부러 큰 소리로 인사했다. 어머니는 그제야 알은체를 하며 다가왔다. 나는 형의 몸을 안아 휠체어 위에 앉혔다. 어머니는 휠체어 뒤로 돌아가 손잡이를 잡았다. 내가 트렁크 문을 닫고 운전석의 창문을 올리고 카메라 가방을 꺼내들고 나왔을 때 어머니는 형의 휠체어를 밀며 그 외줄기 산길로 접어들고 있는 중이었다. 그곳으로 얼마쯤 가면 절벽이 나오고 집이 나오고 야자나무가 나올 것이다. 이쯤에서 무슨 이야긴가를 해주어야 하는 게 아닌가, 하는 생각이 들었지만 어머니의 표정이 다른 때와 많이 달랐으므로 감히 그런 말을 꺼내지 못했다. 형도 그런 것 같았다. 그는 무슨 말을 할 듯 말 듯 쭈뼛거리며 나를 돌아보았다.

길이 험해졌고 경사도 있었으므로 형의 휠체어는 속도가 조금씩 느려졌다. 나는, 휠체어의 한쪽 손잡이에 손을 가져가며 제가 할게요, 하고 말했다. 어머니는 거기 네가 있었느냐는 듯한 얼굴로 나를 바라보았다. "기현이 너는……" 어머니는 거기까지 말하고 나를 외면했다. 어머니의 이마 위에 송글송글 땀방울이 맺혀 있었다.

왜요? 하고 나는 물었다. "나는 가면 안 된다는 거예요?" 내 질문은 나에게 조금 당돌하게 들렸다. 어머니에게도 그렇게 들렸던 듯 그녀는, 아니, 그런 건 아니다만, 하고 더듬거렸다. 미처 내 생각을 하지 못하고 있었노라는 표시가 역력했는데, 그것이 나에게는 잘 납득되지 않았다. 평소의 어머니와는 다른 모습이었다.

어머니가 무슨 말을 하기 전에 나는 휠체어의 손잡이를 차지해버렸다. "가세요, 어머니." 나는 힘을 주어 형의 휠체어를 앞으로 쭉 밀었다. "가면서 말씀을 하세요, 여기가 어딘지, 우리가 지금 여기 왜 와 있는지요." 어머니는 잠깐 멈춰 서 있다가 이내 걸음을 내디뎠고, 한두 발짝 걸은 다음 신중하게, 아버지가 아무 말씀도 하지 않더냐고 말문을 열었다. 나는 전날 밤에 아버지가 들려준 식물들의 감정에 대한 이야기가 떠올랐지만, 어머니가 그걸 묻는 게 아니라는 건 분명했으므로, 아니요, 하고 대답했다. "아버지가 이야기를 해줄 줄 알았는데……" 어머니의 중얼거림에는 약간의 원망이 섞여들었다. 아버지도 무슨 말인가를 하고 싶어했던 것 같긴 해요, 하고 말하려다 그만두었다. 그런 생각이 문득 들었지만 확신은 생기지 않았기 때문이었다.

"우리는 어떤 사람을 만나러 간다." 잠시 후 어머니가 말을 이었다. 그러나 그 말 다음에 또 쉼표를 찍고 침묵 속으로 들어갔다. 이번에는 형이 참지 못하고 누군데요? 하고 재촉하고 나섰다. "너희는 처음 보는 사람이다." 어머니는 떨리는 목소리로 대답했다. "누군데요?" 내가 침을 꿀꺽 삼키고 물었다. "그리고, 지금은 이 세상 사람이 아니다." 어머니의 목소리는 여전히 떨렸다. "누군데요?" 형이 금방이라도 자리를 박차고 일어날 것 같은 목소리로 다시 물었다. 오로지 궁금한 건 그것 한 가지뿐이라는 듯 형과 나는 그 사람이 누군지를 교대로 물었다. 어떤 예감 같은 것이 형의 목소리에 묻어 있다고 나는 느꼈다. 형은 또 내 목소리에서 그런 걸 느꼈을지 모를 일이었다.

바다가 눈에 들어왔다. 흰 비늘을 반짝이며 쉴새없이 몸을 뒤척이는 싱싱한 야생의 바다. 바다는 하늘을 반사하고 있었다. 그리고 하늘을 꿰뚫을 듯 높이 솟아 있는 한 그루의 야자나무도 눈에 들어왔다. 아, 눈이 부신 듯 손바닥으로 눈을 가리며 형이 짧게 감탄했다.

"여기가 어디예요?" 형이 믿어지지 않는다는 듯 두 손을 모아 얼굴에 대며 물었다. 나는 카메라를 가져오기를 잘했다고 생각했다. 다시 사진을 찍게 할 수 있을 거라는 기대가 쿵쿵 가슴을 쳤다. 그러나 물론 경솔하게 굴면 안 된다는 걸 알고 있었다. 형을 자극해서는 안 되는 일이었다. 나는 그 자리에 멈춰 섰고 어머니도 멈춰 섰다. 우리의 시선은 먼바다로부터 끌어당겨져 야자나무 꼭대기로 올라가고 있었다.

"저 야자나무를 심었다, 그분이……" 어머니는 눈이 시린 듯 잠깐 동안 눈을 감고 있다가 눈가의 물기를 손가락으로 훔쳐내고는 잔잔하게 말했다.

20

저 야자나무를 심었다, 그분이…… 그렇게 말문을 열었지만,
그러나 어머니는 말을 이어가지 못했다. 망설임과 머뭇거림이 어
머니의 성대에서 빠져나오려는 말들을 붙잡고 있었다. 어머니는
피하고 싶은 숙제를 앞에 두고 있는 사람처럼 보였다. 거북한 진술
을 강요당하고 있는 사람처럼 보이기도 했다. 그녀가 형과 나의 동
정심을 기대하고 있는지 모른다는 생각이 얼핏 들었으나 그것은
사실이 아닐 것이었다. 할 수 있다면 피하고 싶지만 그러나 피할
수 없는 잔이 있다는 것, 그것이 삶이고 운명이라는 것을 어머니가
모를 리 없었다. 그녀는 이제까지 미뤄온 숙제를 더는 미루지 않겠
다는 마음의 결심을 조금 전에 내비쳤고, 그러므로 우리에게 필요
한 것은 동정심이 아니었다. 어머니의 성대에 가시처럼 걸린 말들
이 밖으로 빠져나올 때까지 참고 기다려주는 것이라면 몰라도 어
머니에게 주어진, 어떤 뜻으로는 그녀 스스로 받아든 잔을 물리치
는 것은 아니었다.

　어머니의 성대에 걸린 가시의 실체가 궁금하다는 건 또다른 진
실이었다. 그러나 물론 억지로 빼낼 수 있는 가시는 아니었다. 나
는 그 점을 분명히 인식하고 있었고, 짐작건대 형 역시 그랬던 것
같다. 우리는 그것이 그녀의 진술을 들을 자격을 확보하는 길이라
도 되는 것처럼 길고 답답한 침묵을 견뎠다. 우리는 길고 답답한

침묵을 견딤으로써 어머니의 진술을 들을 자격을 확보했다.

어느 순간, 어머니는 팽팽하게 긴장해 있던 마음의 줄이 끊어진 듯 풀밭에 털썩 주저앉았다. 잘 다림질해놓은 모시옷처럼 빳빳하던 풀들이 술렁이는 소리를 내며 구겨졌다. 어지러운 듯 가벼운 신음소리와 함께 어머니의 손이 이마를 짚었다. 어떤 예감 때문이었을까, 휠체어의 손잡이를 쥐고 있는 내 손아귀에 저절로 힘이 들어가는 것이 느껴졌다. 나는 시선을 먼 곳으로 보냈다. 하늘을 찌를 듯 서 있는 야자나무의 푸른 줄기가 눈에 들어왔다. 야자나무라니…… 이국적인 그 나무 한 그루가 바닷가에 비현실적인 기운을 퍼뜨리고 있었다.

"어떻게 이야기를 해야 하나." 어머니는 난감한 표정이었다. 그러나 그것은 비로소 이제 그녀의 진술이 시작될 거라는 신호와도 같은 것이었으므로 나는 난감하지 않았다. 내 짐작이 맞았다. 어머니는 마침내 성대에 걸린 가시를 뽑아낼 준비를 마친 상태였다. "그분을 처음 만난 건 내가 민들레에서 종업원으로 일할 때였다." 어머니는 힘들게 말을 꺼냈다. 그렇게 말을 시작함으로써 그녀는 망설임과 머뭇거림의 원인이 무엇이었는지를 비교적 정직하게 표현했다. 그것은 그녀의 말이 자신의 공개되지 않은 삶의 일부, 혹은 전부를 드러내야 하는 일이기 때문이었다. 일부가 전부라는 격언은 이 경우에 맞춤하게 들어맞는다. 공개되지 않았던 내용을 공개하는 것은, 그것이 비록 일부에 지나지 않는다 하더라도, 전부를 공개하는 것과 같다. 공개되지 않은 일부는 공개된 전부보다 항상 크다. 지금은 주인이지만 어머니가 한때 민들레에서 종업원으로 일했다고 하는 것은 공개된 사실이었다. 그러나 그녀가 그곳에서 어떤 사람, 저 야자나무를 심은 어떤 남자를 만났다고 하는 것은 공개되지 않은 사실이었다.

그때 나는 스물한 살이었다, 하고 어머니는 말했다. 어머니는 하늘을 올려다보았다. 형은 땅을 보고 나는 바다를 보았다. 우리는 서로의 눈길을 피했다. 우리는 선고를 받기 위해 법정에 서 있는 피의자와 같은 인상을 풍겼다. 어머니만 아니라 형과 나도 그랬다. 아니, 형과 내가 더 그랬다. 어머니가, 그때 나는 스물한 살이었다, 하고 말했을 때 내 가슴이 철렁 소리를 내며 내려앉았다. 그것이 무엇이었을까? 어머니는 강요당한 진술을 하듯 힘들게 자신의 이야기를 시작하고 있는데 왜 내 가슴이 갑자기 철렁 소리를 내며 내려앉았을까? 말하자면 그것이 증거였다. 어머니에 의해 말해질 내용들이 단지 어머니만의 삶은 아닐 거라는 예감에 사로잡혀 있었다는 증거였다. 어머니에 의해 말해질 내용들이 곧 우리들에 대한 선고이기도 할 거라는 예감에 사로잡혀 있었다는 증거였다.

그때 나는 스물한 살이었고, 도시가 낯설었고, 세상을 잘 몰랐다, 하고 말한 후 어머니는 나의 세상은 너무 좁았다, 하고 덧붙였다. 어머니의 아버지, 평생 동안 돈을 벌어본 적이 없는, 희인들을 여럿 거느리고 거드름피우며 살던 지난 시절이나 읊조리며 책을 읽고 술을 마시고 노름으로 소일하던, 말년에는 아내가 죽은 줄도 모르고 여기저기 떠돌아다니다가 갓 스물밖에 안 된 딸에게 병든 몸을 맡긴 어머니의 아버지에 대해 말하면서 어머니는 조금 눈물을 보였다. 어머니가 그 시절을 회상하는 것은 민들레에 들어가게 된 사연을 밝히기 위해서였다. 시절이 수상한 틈을 타서 떼돈을 번 어느 졸부의 머리 나쁘고 버르장머리 없고 게을러터진 아들놈의 가정교사로 숙식을 해결하며 학교에 다니던 어머니 앞에 갑자기 병든 아버지가 나타났다. 아버지를 모른 체하지 않으면 학교를 포기해야 했는데, 아버지를 모른 체하기가 학교를 포기하기보다 더 힘들었다. 아버지가 병들어 있지만 않았더라면, 병이 들었더라도 거동을 자유롭게 할 수만 있었더라면 혹시 외면했을지 모르겠다고 어머니는 말했지만 그러나 그것은 진심이 아니었을 것이다. 왜냐하면 어머니의 세상은 너무 좁았으니까. 스스로 그렇게 말했으니까. 세상의 크기는 세상을 인식하는 사람의 인식의 크기를 넘지 못하는 법이니까.

먼 친척으로부터 연락을 받고 학교를 빼먹은 채 고향으로 내려갔을 때 어머니는 거기까지 어떻게 돌아왔을까 싶게 몸과 정신이 엉망이 되어 있는 아버지를 만났다. 몸과 정신을 통틀어서 망가지지 않은 기관이 하나도 없었다. 어머니는 생각할 겨를도 없이 아버지를 도시에 있는 큰 병원으로 옮겼고, 학교를 쉬었다. 그렇게 하지 않을 수 없었다.

그러나 어머니는 돈이 없었다. 그녀 주변에서 돈을 많이 가진 사람은 그녀가 가르치던 머리 나쁘고 버르장머리 없고 게으르기까지 한 아이의 부모밖에 없었다. 그녀는 다른 방법이 없었기 때문에 그 아이의 부모에게 도움을 청했다. 손쉽게 돈을 구할 수 있으리라고 생각한 것은 아니었다. 그동안 자기네 둔재 아들놈의 성적을 약간 오르게 한 그녀를 좋게 보았다고 해도 쉽게 돈이 나올 거라고 기대할 수는 없는 일이었다.

　"아가씨 사정이 참 딱하긴 하네." 주인집 남자는 그렇게 동정적인 말을 하긴 했지만 어럼 반푼어치도 없는 소리 말라는 표정이 너무나 분명해서 맥이 탁 풀렸다고 했다. 그런데 찬찬히 그녀의 얼굴과 몸태를 뜯어보던 주인집 여자가 이런 방법이 있는데, 하고, 흡사 미끼를 던지듯 넌지시, 뜻밖의 제안을 해왔다. "혹시 우리 가게에서 일 안 해볼래?" 그때까지도 그녀는 그 집이 무슨 일을 하는지 알지 못했다. 관심도 없었고 궁금하지도 않았다. 무슨 가게냐고 묻긴 했지만, 그 대답에 따라 결정하겠다는 뜻으로 그런 건 아니었다. 돈을 구하는 것이 중요했고, 다른 건 나중 문제였다. 아니, 일자리까지 생긴다면 금상첨화라는 생각까지 했었다. "우리가 시내에서 큰 음식점을 하거든. 민들레라고. 아무나 오는 데는 아니고, 힘깨나 쓰고 돈깨나 있는 위인들만 드나드는 고급음식점이야. 우리도 아가씨같이 믿을 만한 사람이 나와서 계산도 봐주고 그러면 좋고……" 주인집 여자는 그녀에 대한 칭찬을 장황하게 늘어놓은 다음 필요한 돈을 먼저 가불해줄 테니 일하면서 천천히 갚으라고 제안했다. 이 정도면 아버지를 입원시키고 방 두 개 있는 전셋집도 얻을 수 있을 거야, 하고 자상하게 이야기하는 그 아주머니가 너무나 고마워서 그날 그녀는 고맙다는 말을 여러 번 했다.

일주일 후에 그녀는 민들레의 종업원이 되었고, 카운터에 앉아 음식값 계산하는 일을 두 달 동안 했다. 음식값을 계산하고 돈을 받아넣고 장부에 적고 하는 일은 너무 간단했고, 편했고, 시간이 많이 남았고, 그만큼 월급이 적었다. 그 돈을 받아가지고는 아버지의 치료비는 물론 주인아주머니가 꾸어준 돈의 이자를 갚기도 어려웠다. 어떻게 빚을 갚아나갈지 까마득하기만 했다. 오히려 빚이 조금씩 더 늘어갔다.

주인아주머니는 이런 방법이 있는데, 하고 처음 미끼를 던질 때처럼 넌지시, 손님방에 들어가서 시중을 들면 훨씬 많은 돈을 벌수 있다고 알려주었다. 그것은 사실이었다. 급료도 더 많았지만, 무엇보다도 힘깨나 쓰고 돈깨나 가졌다는 그 집 손님들이 시중드는 대가로 집어주는 팁이 상당했다. 거짓말이 아니라 음식점에서 받는 급료보다 팁이 더 많았다. 어떤 여자는 팁으로 집을 한 채 얻었다는 소문도 있었다. 다른 종업원들이 부러워하고, 본인이 부정하지 않는 걸로 보아 헛소문은 아닌 듯했다. 그 소문에 고무되어서는 아니었다. 아버지가 입원해 있는 병원에서는 계속해서 진료비를 청구해왔고, 그녀는 모아둔 돈이 없었다. 어떻게 해서든 돈을 벌어야 한다는 중압감이 그녀를 눌렀고, 그녀는 그 중압감으로부터 자유로울 수가 없었다. 그녀는 세 달 후부터 손님들의 음식 시중을 들기 시작했다. 그때 어머니는 스물한 살이었다.

21

스물한 살, 그 나이에 어머니는 민들레에서 한 남자를 만났다. 처음엔 그가 어떤 사람인지 잘 몰랐다. 그 집에 드나드는 사람들에 대해 그녀는 관심이 없었다. 자연스럽게 알게 되는 것 말고 일부러 손님들의 신분에 대해 알려고 한 적은 없었다.

같이 온 사람들은 그 남자를 비서관이라고 불렀다. 그녀는 그 직책이 낯설었다. 그녀는 그런 직책을 가진 사람이 어디서 무슨 일을 하는지 알지 못했고 알고 싶지도 않았다. 그는 민들레에 드나드는 많은 손님 가운데 한 명에 불과했다.

그런데 그 남자가 어느 순간부터인가 그녀에게 관심을 내보이기 시작했다. 민들레에 들를 때마다 그는 그녀를 불렀다. 물론 그 전부터 그는 민들레의 단골이었다. 그가 그녀를 보기 위해 그곳을 찾는다고 할 수는 없었다. 적어도 처음 한동안은 그랬다. 그는 주로 저녁에 서너 명, 또는 그 이상의 사람들과 함께 와서 밥을 먹고 술을 마시고 두 시간이나 세 시간쯤 있다가 돌아갔다. 자정을 넘길 때도 있었지만 그것은 아주 드문 경우였다. 그런 그가 민들레에 출

입하는 횟수가 조금 잦아졌다고 하는 것을 특별한 변화라고 할 수
는 없었다. 전에도 그런 예는 흔했다. 거의 매일 저녁 얼굴을 보이
다가도 육 개월씩 소식이 뚝 끊기기도 했다. 그러나 밤늦은 시간에
혼자 와서 술을 마시고 가는 경우는 그때까지 없었다. 따라서 그것
은 주목의 대상이 될 만한 변화였고, 그 이유가 그녀에게 있다는
사실이 처음에는 민들레의 주인과 종업원들 사이에, 그리고 나중
에는 민들레에 드나드는 다른 손님들에게까지 알려지면서 그녀는
은근한 시기와 수군거림의 대상이 되었다.

그는 별로 말이 없는 남자였다. 술을 좋아하긴 했지만 취할 만
큼 많이 마시지도 않았다. 그녀가 잔을 채우면 그는 아주 조금씩
술을 마시고, 그녀의 잔에도 따랐다. 그러나 술을 억지로 마시라고
강요하지는 않았다. 주정을 부리지도 않았다. 그 점이 술기운을 빙
자해 강제로 술을 먹이고 아무렇지도 않게 추태를 부리는 짓궂은
손님들에게 지쳐가던 그녀가 그에게서 받은 첫번째 호감이었다.
두 사람은 말을 많이 하지 않았다. 그는 그녀의 얼굴을 바라보며
조용히 밥을 먹거나 술을 마시고는 이제 그만 가봐야겠다, 하고는
일어나서 나갔다. 어떤 날은 이십 분 만에 돌아가기도 했다. 갑자
기 일이 생겨서 앉자마자 일어난 것이 아니라 처음부터 그 정도밖
에 시간이 나지 않는데도 그녀의 얼굴을 보고 가려고 일부러 들르
는 일이 많아졌다. 물론 그는 그런 말도 하지 않았다. 그렇지만 그
가 그녀를 보기 위해 없는 시간을 일부러 내서 달려오곤 한다는 걸

모르는 사람은 적어도 민들레 안에는 없었다.

그는 특이하게도 아무것도 요구하지 않았다. 귀찮게 구는 짓은 더욱 하지 않았다. 취기를 빙자해서라도 사랑 타령을 늘어놓았다면 그녀는 꿈쩍도 하지 않았을 것이다. 그는 마음에 드는 여자의 환심을 사기 위해 남자들이 저지르는 이런저런 관행에 대해서는 아는 바도 없고 들은 바도 없다는 듯이 행동했다. 기분좋게 취기가 오르면 네 무릎 베고 한번 누워보자, 하고 말하는 것이 고작이었다. 두 사람 사이에 제법 친밀감이 생긴 후부터 그녀는 그를 위해 무릎을 내줬다. 그녀의 무릎을 베고 누워서 편안하게 눈을 감고 있는 그는 어린아이처럼 보였다. 눈을 뜨고 있는 시간의 팽팽한 정신의 긴장에서 비로소 벗어난 평화로움이 눈을 감고 누운 그의 얼굴에 가득했다. 그럴 때면 마음놓고 잠도 자지 못한 채 바쁘게 살아가는 남자에 대한 연민이 솟구치기도 했고, 그런 그에게 일시적이나마 안식을 제공하는 자신에 대한 자부심으로 마음이 뿌듯해지기도 했다. 삼십 분쯤 달게 자고 일어나서 그가 행복한 표정을 지을 때면 그녀도 같이 행복감에 젖어들었다. 그녀는 누군가의 단잠을 위해 자기 무릎을 내주는 일의 행복을 배웠다.

그렇게 왔다, 사랑은. 마치 눈에 띄지 않은 사이에 꽃봉오리가 벌어지듯이, 그렇게 천천히. 사랑이었을까, 그것이. 그러나 사랑이 아니라면 그것이 무엇이란 말인가.

어느 날 밤에 그 남자가 혼자 민들레를 찾아왔다. 그런 적이 없었는데, 그날은 어디서 술을 많이 마시고 왔더라고 어머니는 회상했다. 몸을 가누지 못할 정도는 아니었지만 말을 할 때 발음이 말려올라갔다. 그런데다가 들어와 앉자마자 술을 청해서 마시기 시작했다. 이미 충분히 마신 것 같다고, 그만 마시라고 말렸지만 막무가내였다. 그는 무엇 때문인지 다른 때와는 달리 흥분해 있었다. 이젠 끝이다, 하고 말했다가 내가 광낸 줄 알아? 하고 소리치기도 했고, 윤희(윤희는 어머니의 이름이었다. 그러나 물론 그것은 민들레에서 지어준 이름이었다. 지금은 그 이름을 쓰지 않는다. 어머니의 본명은 서영숙이다) 앞에 앉으면 내가 한심해진다, 더이상 비겁하게 살지 않을 거다, 하고 중얼거리기도 했다. 워낙에 두서가 없었으므로 그녀는 그가 하는 말의 뜻을 헤아릴 길이 없었다. 말을 하면서 그녀의 손을 어찌나 꼭 쥐던지 손가락에 피가 통하지 않는 것 같았다고 어머니는 회상했다.

그러나 그는 오래 버티지 못하고 쓰러졌다. 그녀 앞에서 한 번도 흐트러진 모습을 보이지 않았던 그가 그날은 술을 이기지 못하고 쓰러져버린 것이다. 그를 쓰러뜨린 것이 꼭 술이었던 것 같지는 않았다고 어머니는 말했다. 쓰러지기 전에 그가 횡설수설 늘어놓았던 말들이 그런 생각을 하게 했다. 그녀는 그에게 무릎을 내주었다. 그러나 다른 때와는 달리 삼십 분 안에 깨어날 상황이 아니었고, 억지로 깨울 수 있는 입장도 아니었고, 깨어날 때까지 마냥 무릎을 베어주고 있을 수 있는 입장도 아니었다. 그녀는 방에 이부자리를 펴고 그를 뉘었다. 양복을 벗기고 양말을 벗기고 발을 씻겼다. 땀내 나는 남자의 발을 씻기면서 어머니는 자기가 그를 사랑한다는 사실을 실감했다. 다른 사람들 앞에서는 어떤지 모르지만 그녀 앞에서는 한없이 약하고 순진하기만 한 사람이었다고, 어느 정도냐 하면 그녀가 지켜주고 감싸주지 않으면 안 될 것 같은 생각이 들었다고, 그녀의 사랑을 불러일으킨 것이 그것이었다고, 그 남자의 힘이나 사회적 영향력 같은 것은 안중에도 없었다고, 어머니는 그 문제에 대해 추궁이라도 받은 사람처럼 단호하게 말했다.

아침에 눈을 뜬 남자는 한동안 넋 나간 표정으로 앉아 있었다. 자기가 어디에 있는지를 확인하고 비로소 현실을 인식한 듯 조금 당황스런 빛을 보이기도 했다고 어머니는 회상했다. 그는 아침상을 앞에 받아놓고도 먹을 생각을 하지 않았다. 무언가를 곰곰이 생각하는 얼굴이어서 그녀도 무슨 말을 할 수가 없었다. 자리를 피해주는 것이 좋을 것 같아서 가만히 뒷걸음질쳐 나오는데, 그가 그녀를 부르더라고 했다. "윤희야." 마치 그 음성을 지금도 선명하게 기억한다는 듯 어머니는 살그머니 그 이름을 불렀다. 목소리는 이름을 부드럽게 쓰다듬는 듯했고, 표정은 이름을 부드럽게 쓰다듬는 목소리를 부드럽게 쓰다듬는 듯했다. 그의 목소리는 그냥 부드럽기만 한 것이 아니었다. 왜 그랬는지 듣는 순간 감전이라도 된 것처럼 온몸이 찌릿찌릿했다. 무슨 예감 때문인지 몸을 움직일 수기 없었다.

고개만 돌린 채 그녀는 남자의 말을 기다렸다. 그러나 그는 얼른 다음 말을 잇지 않았다. 숨이 막히는 것 같은 침묵 후에(스물한 살의 어머니는 왜 숨이 막히는 것 같았을까? 어떤 예감에 사로잡혀 있었던 것이 아니라면, 그의 입에서 나올 어떤 말인가를 예감하며 기다린 것이 아니라면 그 순간에 숨이 멈춘 것 같은 느낌이 어떻게 찾아왔겠는가?) 가까스로 그의 입에서 나온 말은, 나를 위해 시간을 좀 낼 수 있을까, 였다. 그녀가 아무 말도 하지 않자 그도 말을 이어 붙이지 않았다. 그것이 그녀가 기대하고 예감한 말은 아니었다. 하지만 동의를 구하는 듯 쳐다보는 간절한 눈빛은 그녀의 예감에 부응하는 것이었다. 그의 눈빛은, 왜 그렇게 느꼈을까, 벼랑 끝에 몰린 짐승의 애처로움 같은 것을 담고 있었다고 어머니는 회상했다. 그럴 리가 없는데, 자기가 얼른 동의해주지 않으면 벼랑 아래로 떨어져버릴 것만 같았다. 그런 조급증에 내몰려서 그녀는 앞뒤 없이 몇 번이나 고개를 끄덕였다. 그러자 고맙다고 말하고 그는 자리에서 일어났다. "가자." 그녀의 손을 잡으면서 그가 어떤 결심을 한 것처럼 단호하게 소리쳤고, 그녀는 진작부터 붙들려 있던 기운에 휘둘려서 그의 손을 빼지 못하고, 어딘지도 묻지 않고 따라나섰다.

22

그녀와 함께 뒷자리에 탄 그가 운전기사에게 어딘가로 가자고 지시했다. 그러나 그녀는 행선지를 주의해서 듣지 않았다. 설마 서울을 떠나 남해안까지 갈 거라고는 생각하지 못했었다. 그가 원하는 것이 무엇인지 정확하게 파악할 수 없었고, 그가 무슨 일을 계획하고 있는지도 아리송했다. 그가 어떤 일인가를 하려고 한다는 짐작 말고 분명한 것은 아무것도 없었다. 그의 곁에 있어주어야 한다는 다짐 말고 그녀에게 가능한 것은 아무것도 없었다. 출근을 안 해도 되느냐는 따위 평범하고 일상적인 인사말이 끼어들 틈이 없었다. 그녀는 거부할 수 없는 운명이 그녀를 부르고 있다고 느꼈고, 그것은 사실이었다.

겨울이었는데도 남천은 따뜻했다. 여긴 눈이 안 와, 하고 그가 말했다. "왜냐하면 기온이 영하로 떨어지지 않기 때문이지." 그의 말대로 겨울이었는데도 햇빛이 따뜻했다. 그들은 햇빛을 받으며 바닷가를 걸어다녔다. 그들은 추운 줄을 몰랐다. 여긴 천국이야, 지상이 아니지, 하고 그가 말했다. 그녀는 그의 말이 틀리지 않다고 생각했으므로 고개를 끄덕였다. 그 말을 증명이라도 하듯 한 귀퉁이에 들꽃이 무리를 이루며 피어 있었다. 보라색 꽃이었다. 그 꽃무더기 앞에 멈춰 서서, 여긴 겨울에도 꽃이 피어, 하고 그가 말했다. 그의 말이 조금도 이상하게 들리지 않았다. 이상할 수가 없었다. 눈앞에서 무리지어 피어 있는 꽃을 보고 있었으므로. 나말고는 여길 아는 사람이 없어, 하고 그는 또 말했다. 이곳이 지상이 아니라는 내 말의 다른 뜻이야, 그게, 하고 그는 덧붙였다. "사람들에게 여긴 없는 곳이지, 그러니까 천국이고." 어머니는 그가 했던 말을 생생하게 기억했다. 그녀는 그가 했던 말을 단어나 문장의 뜻으로가 아니라 말하는 이의 진정을 헤아림으로써 다 알아들었다.

그곳은 그의 고향 마을에서 가까운 곳이었다. 그러나 근처에 인가가 없었고, 밭이나 논도 없었다. 어렸을 때 땔감을 구하러 산에 올라갔다가 그곳에 오랫동안 앉아 있곤 했다고 그는 말했다. 따뜻했지, 바람이 쌩쌩 부는 날도 신기하게 여기는 바람이 없었어, 하고 그는 말했다. 벼랑 끝에서 바다를 내려다보는 기분도 괜찮았고, 이곳에 오면 이상하게 마음이 편안했어, 하고 그는 말했다. 여기다 집을 짓고 살았으면 좋겠다고 중얼거리곤 했었지, 하고 그는 말했다. 몇 년 전에 문득 어릴 때 생각이 나서 내려와봤어, 하고 그는 말했다. 그런데 어렸을 때와 달라진 게 없었다고, 그래서 아무도 몰래 집을 짓게 했다고, 그리하여 이곳은 자기만의 완벽한 공간이 되었다고, 가끔씩 어딘가로 실종되어버리고 싶은 순간이 있다고, 그럴 때면 며칠씩 이곳에 틀어박혀 죽은 듯이 지내다가 올라가곤 한다고, 세상이 여기까지 자기를 쫓아오지는 않는다고, '없는' 곳이라는 말은 그런 뜻으로 한 것이라고 그는 말했다.

그리고 어느 순간 그는 또 중얼거리는 것 같은 목소리로 말했다. "여기서 나와 함께 살까?" 그렇지만 그 말을 할 때 그의 표정은 어쩐지 어둡고 쓸쓸해 보였다고 어머니는 회상했다. 얼른 대답을 하지 않은 것은 그의 제안이 믿어지지 않아서가 아니라(믿어지지 않을 수는 없었다. 그 공간의 비현실감이, 그 비현실적인 공간을 둘이서만 점유하고 있다는 특별한 인식이 그들에게 흠 없는 믿음을 심어주었다. 남자가 이미 결혼을 했다거나 가정을 가지고 있다는 것은 지상의 사정이었고, 현실의 형편이었다. 그런데 그들은 지상과 현실을 떠나 있었다. 그들이 있는 곳은 '없는' 곳이었다. 그러므로 그런 것들은 고려의 대상이 될 수 없었다) 너무 갑작스러워서였다. 한번 더 물었다면 대답을 했을까. 하지만 그로서도 군이 한번 더 물을 필요를 느끼지 않았을 것이다. 그 말을 해놓고 그는 심한 자괴감에 빠져들었음에 틀림없다. 그 말이 그들을 모독하는 것처럼 느껴졌을 터이므로. 그런 우스꽝스러운 질문은 한 번으로 족했다.

되풀이 질문하는 대신 그는 그녀를 향해 팔을 내밀었고, 그녀는 그의 팔 속으로 들어갔다. 몸이 말했다. 몸이 가장 정직하고 가장 확실하게 말했다. 몸보다 정직한 말은 없었다. 몸보다 확실한 말도 없었다. 그가 그녀의 몸을 안을 때 그녀는 아무런 이물감도 느낄 수 없었다. 그의 몸은 자기 몸처럼 자연스러웠다. 두 개의 몸은 서로를 통해 완벽해졌다. "아리스토파네스가 그랬지, 사랑은 두 개의 몸이 최초의 하나의 몸을 찾으려는 욕망이고 추구라고." 그가 그녀의 몸속으로 파고들기라도 하려는 것처럼 꽉 끌어안은 채 말했다. "플라톤이 『향연』에 썼지요." 그녀가 그의 말을 빌었다. "처음에 사람은 얼굴이 둘이고 손과 발이 넷이고 눈이 넷이고 생식

기도 둘이었지. 그런데 사람들이 신들에게 도전을 하니까 궁리 끝에 제우스가 사람들의 몸을 둘로 쪼갰다지." 그가 말을 이어갔다. "그래서 사람들은 자기의 잃어버린 반쪽을 찾기 위해 사랑을 하게 되는 거구요. 원래의 몸, 원래의 정신을 찾으려고, 원래대로 하나가 되려고……" 이번에는 그녀가 말을 이어받았다. "그게 사랑의 궁극의 목적이겠지. 하지만 진정한 반신半身을 만난다는 건 쉽지가 않아. 세상에 행복한 사람이 많지 않은 것은 그 때문이지." 그가 그녀의 긴 머리카락을 부드럽게 쓰다듬으며 말했다. "난, 지금, 누구보다 행복해요." 그녀가 수줍은 듯 속삭였다. 그는 빙그레 웃었다. 그러고는 그것이 자기의 행복을 증거하는 유일한 방법이라고 생각한 듯 자기의 몸을 그녀의 몸속으로 밀어넣었다. 그는 그녀의 몸과 연합함으로써 최초의 한몸에 이르려고 했고, 그녀는 그의 몸과 합일함으로써 최초의 한몸이 되려고 했다. 그들은 합일의 자리에 엑스터시의 경지가 있다는 것을 몸으로 알았고, 그 경지에서는 정신이 몸의 하부구조, 또는 몸을 이루는 부품에 지나지 않는다는 것을 알았고, 몸으로 알았으므로 그들의 앎은 참된 것이었다.

거기까지 이야기하고 어머니는 숨이 가쁜 듯 심호흡을 했다. 형은 어땠는지 모르지만 나는 갈증이 났다. 나는 하늘을 올려다보았다. 햇빛이 눈을 쏘았다. 나는 눈을 감았다. 눈앞에 구상균처럼 생긴 흰 잔상들이 떠다녔다. 어머니는 무슨 이야기를 하고 있는 것일까. 끼어들 수는 없었다. 나는 잘못 생각했었다. 진술은 어머니의 의무가 아니라 권리였다. 의무를 진 쪽은 오히려 형과 나였다. 진술을 들어야 하는 과제가 형과 나에게 주어져 있었다. 그리고 형은 어땠는지 모르지만, 나는 그 과제가 곤혹스러워지기 시작했다. 할 수만 있다면 어머니의 진술을 그만 멈추게 하고 싶었다. 그러나 그럴 권리가 나에게 없다는 사실을 나는 이해했다. 나는 어머니와 형을 힐끗 쳐다보았다. 형은 아까부터 입을 꽉 다문 채 은빛 비늘을 반짝이며 몸을 뒤척이는 싱싱한 바다에 눈을 주고 있었다. 어머니는 시린 눈으로 허공을 올려다보았다. 그 시선의 끝에 야자나무가 걸렸다. 그녀의 눈빛이 오래전의 시간 속으로 미끄러져들어가 있다는 사실을 눈치채기는 조금도 어렵지 않았다.

"이곳에서 살고 싶었다. 아니, 그 시간 속에서 빠져나오고 싶지 않았다." 어머니는 꿈꾸는 듯한 목소리로 말했다.

스물한 살의 겨울, 그녀에게는 시간에 대한 분별력이 생기지 않았고 시간을 구분하는 일도 불필요했다. 시간은 흐르지 않았다. 얼마나 오랫동안 그곳에 머물렀는지 알지 못했다고 어머니는 회상했다. 시간이 흐르지 않는 곳에서 존재는 상황을 초월한다. 존재를 규정하는 씨줄이 지워진 때문이다. 씨줄과의 연합 없이 날줄만으로 존재의 좌표가 그려질 수는 없는 까닭이다. 그의 말대로 그곳은 현실의 어딘가에 '있는' 곳이 아니었고, 지상이 아니었다.

그러나 이느 순간 그 공간으로 사라졌던 시간이 침투해들이왔고 흐르지 않던 시간이 갑자기 흐르기 시작했다. 그들이 사는 곳이

지상이고, '없는' 곳은 지상에 없고, 현실을 투과한다는 것은 그저 꿈에 지나지 않는다는 사실을 확인시키는 일이 일어났다.

검은 승용차가 그들을 데리러 왔다. 검은 옷을 입은 여러 명의 남자들은 정중했다. 그들은 그에게 무슨 말인가를 간곡하게 했다. 그를 설득하고 있다는 건 분명했지만 어떤 내용인지는 분명하지 않았다. 검은 옷을 입은 여러 명의 남자들과 함께 내려온 그의 운전기사는 죽을죄를 지은 사람의 표정을 짓고 한쪽 귀퉁이에 서 있었다. 운전기사는 그의 얼굴은 쳐다보지도 못했다. 그녀에게 죄송합니다, 하고 꾸벅 고개를 숙이는 것으로 보아 일이 어떻게 진행되었는지 대충 짐작이 갔다. 운전기사로서도 어쩔 수가 없었을 것이었다. 추궁에 못 이겨 그가 머물고 있는 곳을 알리고 만 운전기사를 탓할 수는 없었다. 그러나 그로 인해 초래된 상황은 그와 그녀에게는 더 나쁠 수가 없는 것이었다. 그의 완강함은 검은 양복 입은 남자들의 완력을 불렀다. 그들은 그를 거의 떠메듯이 해서 그를 차에 태웠다. 그녀도 차에 태워졌다.

자동차는 서울을 향해 질주했다. 서울은 그들이 망각하고 있었던 현실의 중심부였다. 차 안에서 그는 그녀의 손을 꼭 잡았다. 그녀는 간절한 눈빛으로 그를 바라보았다. 그녀는 그가 무슨 말을 하든 들을 준비가 되어 있었다. 그에게 무슨 일이 일어나고 있는지는 모르지만, 무슨 일이 일어나든 그녀는 그의 편이었다. 이제 그가 죽으라고 해도 따를 수 있을 것 같았다. 그에 대한 그녀의 믿음은 그렇게 깊고 간절했다.

현실을 향해 달려가는 그 자동차 안에서, 그는 자기가 지금까지 헛살았고 가짜로 살았다고 고백하듯 말했다. "내가 무슨 일을 하며 어떻게 살았는지를 알면 놀랄 것이다. 이젠 그렇게 살지 않을 거다. 윤희가 나에겐 유일한 희망이다."

그녀는 궁금한 것이 많았지만 묻지 않았다. 그 대신 그에 대한 자신의 전적인 신뢰를 표시하는 뜻으로 그의 품속에 안겼다. 정말이지 정치 같은 것에는 티끌만큼의 관심도 없었다. 그녀의 관심은 오직 그 남자 한 사람이었다. 그것으로 그녀는 말이 필요 없다는 뜻을 전했고, 그것으로 그는 말이 필요 없다는 뜻을 전달받았다. 그들은 오래 침묵했다.

"내가 당신에게 희망인 것처럼 당신은 나의 희망이에요. 난 언제나 한자리에 있을 거예요." 차에서 내리기 전에 그녀가 한 말이었다. 그는 고맙다고 했다. 그 말을 듣는 순간 그녀의 눈에서 눈물이 나왔다. 그는 손수건을 건넸다. 그녀는 그의 손수건으로 눈물을 닦고 그것을 손에 말아쥐었다. 그것이 긴 이별의 시작일 줄을, 그녀는 몰랐다. 그렇지만 예감까지 없었던 것은 아니었다. 차가 떠나갔는데도 자꾸만 눈물이 나와서 견딜 수 없었다고 어머니는 회상했다. 내면 깊숙한 곳으로부터 터져올라오는 듯한 무겁고 비장한 슬픔이 목을 타고 넘어오더리고, 참으려고 헤도 안 되디라고, 처음에는 실처럼 가느다랗던 울음이 폭포수와도 같은 오열이 되고 통

곡이 되어 땅바닥에 그녀를 주저앉히더라고, 그것이 그와 자신의
운명을 예감한 징후가 아니었겠느냐고 어머니는 회상했다.

23

"그러고는 그분을 못 봤구나." 어머니는 슬픔을 목 안으로 억지
로 밀어넣는 듯한 목소리를 냈다. 나는 어머니의 내면에 실처럼 가
느다란 울음이 장만되고 있다는 느낌을 받았고, 그렇게 시작된 울
음이 폭포수와 같은 통곡으로 발전하지 않을까 적이 걱정스러웠
다. 그런 사태를 감당할 수 있을 것 같지 않았다. 만나지를 못했다
니, 도대체 얼마 동안이나 만나지 못했다는 거냐고 서둘러 질문을
하고 나선 것은 순전히 어머니의 울음을 예방해야 한다는 내부의
요청 때문이었다.

"어제까지." 어머니는 짧게 대답한 다음 다시 말을 끊었다.

그 순간 그녀의 기억 안쪽에서부터 치밀어올라온 격한 감정이
그녀의 입을 막고 있다는 걸 나는 느꼈다. 내 입도 덩달아 닫혔다.
내 속의 어떤 목소리가 세상에! 하고 중얼거렸다. 어머니는 먼 하
늘에 눈을 주고 한참이나 그대로 있었다. 그것이 치밀어올라오는
격한 감정을 달래기 위한 그녀 나름의 방법이라는 것을 눈치채기
는 어렵지 않았다. 그렇게 하지 않으면 그녀는 눈물을 보이고 말
것이었다. 그 눈물이 오열이 되고 통곡이 되리라는 짐작은 너무나

막강해서 피할 수가 없었다. 그것은 형이나 나로서도 원하는 바가 아니었다. 감정을 다스리는 그녀 나름의 방법이 성공하기를 바랄 수밖에 없는 일이었다. 그 상황에서 질문이라니, 주제넘은 짓을 한 것이었다. 진술은 그녀의 권리이고, 그것이 그녀의 권리라는 것은 그녀가 누군가의 추궁이나 재촉을 받지 않는다는 뜻이었다.

이윽고 그녀가 한참 만에 이야기를 계속했다. "그날 그렇게 떠나간 뒤로 나를 찾아오지 않았다." 찾아오지 않았다고 했지만 실은 찾아올 수가 없었다. 그는 민들레에도 나타나지 않았다. 나타나지 않은 것이 아니라 나타날 수가 없었다. 그로부터 소식이 끊어졌다. 아니, 완전한 두절은 아니었다. 우선 그가 더이상 비서관이 아니라는 소식이 들려왔다. 근무하던 자리에서 떨려나왔을 뿐만 아니라 무엇 때문인지 심한 조사를 받고 어딘가에 감금되었다는 소식이 들려왔다. 감옥이라는 소문도 있었고 병원이라는 소문도 있었다. 몸이 엉망이라는 말도 들렸고 정신이 망가졌다는 소리도 들렸다. 폐인이 되었다는 소문도 있었고 이 나라를 떴다는 소문도 있었고 심지어는 이미 죽었다는 소문도 나돌았다. 소문이 다양한 만큼 확실한 것은 아무것도 없었다. 민들레에 드나드는 손님들 가운데 그에 대해 무언가 알고 있을 것 같은 사람도 있었지만 그들의 입은 납처럼 무거웠다. 오히려 그들은, 노골적이진 않지만 은근히 그녀를 피하는 눈치를 보였다.

그녀가 비교적 사실에 가까운 내용을 듣게 된 것은 그녀의 뱃속에서 아이가 다섯 달쯤 자라고 있을 때였고, 그녀에게 비교적 사실에 가까운 내용을 들려준 사람은 남천의 그 바닷가로 검은 양복의 남자들을 끌고 왔던 그의 운전기사였다.

저도 잘은 모르는데요, 하고 그는, 몹시 주저하고 망설이면서, 그러나 자기가 모시던 상사에 대한 예의와 존경심과 호감, 그리고 동정심을 숨김없이 드러내면서, 그렇게 숨김없이 감정을 드러내는 자신에 대한 이해할 수 없는 대견함을 은근히 과시하면서 자기가 알고 있는 내용을 전해주었다. 운전기사에 따르면, 그는 매우 심각하고 치명적인 혐의를 받고 있었다. 국가의 안전을 위태롭게 하는 공산계열의 활동을 봉쇄하고 국가의 안녕과 국민의 자유를 확보한다는 목적으로 반공법이 제정된 것이 몇 년 전이었다. 그 법을 운용하는 대통령 직속기구의 핵심일원이었던 그가 그 법의 굴레를 쓰고 있다는 것은 아이러니가 아닐 수 없었다. 그러나 그것이 사실이라고 했다. 자세히는 모르겠지만, 이라는 단서를 수없이 붙이면서 운전기사는 그가 국가 기밀을 유출했다는 혐의를 받고 있다고 전했다. 그 정보가 친북 성향의 인물들이 모여 만든 과격 단체에 유입되었으며, 그 역시 북의 지령을 받아 사회 혼란을 조성하려는 그 위험한 단체의 일원으로 포섭되었고…… 말도 안 되는 끔찍한 말들이 그녀의 가슴을 떨리게 했다. "자세한 내막은 모르지만, 일단 그런 혐의를 받고 있다는 것은, 현재까지는 사실인 듯합니다." 운전기사는 자신의 난처한 처지를 이해해달라는 듯 우물우물 그렇게 말하고 서둘러 돌아갔다.

실제로 그 며칠 후에 대학생과 노동자 들을 포함한 일단의 재야 인사들이 내란을 음모했다는 이유로 구속된 사건이 신문에 실렸다. 무슨 범죄 집단의 계보를 그려놓은 듯한 조직표에는 그러나 그의 이름이 없었다. 다행이라는 생각은 들지 않았다. 어떻게 된 영문인지, 그에게 무슨 일이 벌어지고 있는지도 가늠할 수 없는 그 깜깜한 불통의 상황이 더 불안하고 견디기 어려웠다. 사람이 이렇게 흔적 없이 사라질 수 있는가, 생각하니 아찔하고 무서웠다. 뱃속에서 자라나고 있는 아이 때문에도 그를 만나야 했다. 그녀는 그의 소식을 전해줄 만한 사람을 찾아 여기저기 돌아다녔다. 그러나 헛일이었다. 그에 대한 정보는 이상스러울 정도로 완벽하게 차단되어 있었다.

몇 달 후에 믿을 만한 사람에게서 들었다면서 민들레의 주인남자가 전해준 소식이 유일했는데, 그 소식을 전해듣는 순간 그녀의 가슴은 그리움과 안타까움으로 출렁거렸다.

"그 사람, 부인과 헤어졌다고 한다." 민들레의 주인남자는 말했다. "사실은 그 사람, 출세한 거, 그게 다 마누라 집안이 빵빵해서 그런 거였는데, 그 사람 장인어른이 이 정권의 실세 아니냐, 그런데 그걸 뿌리치다니, 나는 알다가도 모르겠다. 마누라가 아무리 드세고 싸가지 없고 남편을 무슨 좆처럼 대한다고 해도 그렇지, 실제로 그렇긴 했다더라, 그 부인이 그 사람을 얼마나 무시하고 자존심을 상하게 했는지 아는 사람은 다 안다더라. 그래도 그렇지. 좆처럼 대하면 좆입네 하며 살면 되는 거지. 그게 뭐 어렵냐……? 윤희 너한테 각별하게 대했다는 거 안다. 그 사람 그런 면이 있는갑더라. 순정파라는 건데, 글쎄, 큰일을 하는 남자한테 그런 게 무슨 내세울 만한 장기라고 할 수 있을지 모르겠다. 더이상 더러운 꼴 보고 싶지 않다면서 자기 스스로 마누라 팽개치고 나온 거란다. 그 용기는 가상하고 기백도 좋긴 하지만, 그런 자리를 스스로 뿌리칠 게 뭐냐. 말이야 바른 말이지, 그 사람이 뭐 자기 능력 가지고 출세하고 대접받고 그랬냐. 다 마누라 집안 덕이지, 그러니까 나 같으면 찍소리 안 하고, 까짓 마누라 시건방 좀 참아가면서 계속해서 그 자리 지키겠다. 그게 어디 좀 대단한 빽이냐. 아무튼 나는 그 사람 이해가 안 간다. 이거는 순전히 내 생각이고 추측이다만, 그 사람 이번에 곤욕 치르는 거, 그거 다른 이유 없다. 무슨 얼어죽을 반공법이고 귀신 잡아먹을 내란 음모냐. 나는 이렇게 생각한다. 그 사람 제 목에 밧줄을 건 거다. 칼자루 쥐고 있는 사람한테는 사람 하나 살리고 죽이는 거 식은 죽 먹기다. 그 사람 그렇게 출세시킨 게 식은 죽 먹기였던 것처럼 그 사람 쥐도 새도 모르게 매장시키는 거 그것도 식은 죽 먹기다. 권력 무서운 걸 나도 아는데 그 사람이 몰랐을 리는 없고, 왜 그랬을까? 왜 제 무덤을 스스로 팠을까? 나는 참말로 모르겠다. 윤희 너를 그 사람이 특별한 감정으로 대했다는 거 그 사람들이 알면 너도 가만두지 않을 거다. 내 생각이 그렇다만 아마 틀림없을 거다. 그러니까 너, 고만 나대라. 충고하는데, 그 사람한테서 마음 거둬라. 그 사람 인제 끝났다. 인제 시체나 마찬가지다."

믿을 수 없었지만 믿지 않을 수 없었다. 그리고 어쩌면 스스로 제 목에 밧줄을 건 그의 그런 선택에 자기가 어떤 역할을 했을지 모른다는 생각이 들자 도리어 걷잡을 길 없는 그리움이 몰려왔다. 주인남자가 그에게서 그녀를 떼어내려는 의도로 그렇게 장황하고 어수선하게 이야기를 늘어놓은 것이라면 그의 의도는 빗나갔다. 그 사람이 끝났다고 말함으로써 주인남자는 그녀의 마음에 더 큰 불을 질렀다. 그 사람이 끝났다면, 끝났으므로 더욱더 마음을 거둘 수가 없는 일이었다. 그 사람의 끝은 그들을 위한 끝이었다. 그 사람의 끝은 그녀와 그에게는 시작이라고 그녀는 생각했다. 그녀의 마음 졸임과 탐문은 계속되었고, 그러나 소득은 없었고, 소득은 없었지만 뱃속의 아이를 분만할 때까지 그 일을 그만두지 못했고, 아이가 태어난 후에도 그만둘 수 없었다.

여기도 몇 번이나 왔다 갔었다. 행여 여기 와서 나를 기다리고 있을지 모른다는 생각이 들어서, 하고 어머니는 회상했다. "하지만 허사였다." 어머니의 회상은 물기에 젖어 축축하고 더디고 쓸쓸했다. 그러나 제 갈 길을 알고 있는 나그네처럼 결코 중단하지는 않았다. 여기서 내 첫아이를 낳았다, 하고 말할 때까지.

"여기서 내 첫아이를 낳았다."

어머니의 그 문장은 창세기의 첫 문장처럼 들렸다. 태초에 하나님이 세상을 창조하셨다, 는 문장만큼이나 그 말은 선언적이었다. 그 말을 듣는 순간 뜨거운 기운이 내 온 신경을 빠르게 훑으며 지나갔다. 무언가 뭉클한 것이 가슴속을 가득 채운 것 같기도 했다. 그 말을 할 때 어머니의 목소리 속으로 은밀하게 끼어든, 이제까지와는 매우 다른 뜻밖의 의연함과 당당함을 이해할 수 없었다. 모성에 대한 자각이었을까? 그녀 스스로도 이해하지 못했을 그 의연함과 당당함의 원천은 하나의 문장이었다. 일체의 의혹과 질문 들을 흡수해버리는 크고 절대적인 하나의 문장 앞에서 나는 할말을 잃었고, 형도 할말을 잃었다. 형의 표정을 살폈던가? 그랬던 것 같은데, 형이 어떤 표정을 짓고 있었는지 기억이 나지 않는 걸 보면 그렇지 않았던 것 같기도 하다. 어머니는? 어머니는 처음부터 아들들의 얼굴을 외면하고 있었다. 그러나 이제 어머니는 기억에 의해, 기억을 재생해야 하는 제 역할에 의해 휘둘리지 않았다. 기억은 이제 어머니에게 순종했다. 어머니는 자기 몸을 덮치려는 큰 파도를 헤치고 마침내 해안에 도착한 뱃사람의 자긍심을 얼굴에 지닌 채 형과 나를 번갈아 쳐다보며 내 첫아이, 하고 말했다. 어머니는 더 말할 필요가 없었다. 적어도 그 상황에서는. 그녀는 더 할말이 있었고 우리는 더 들을 말이 있었지만 그러나 상황은 말을 필요로 하지 않았다.

24

어떻게 남천을 떠났는지, 어떻게 남천을 떠나 서울로 왔는지.
단 이틀간의 일정이 이 년, 아니 이십 년처럼 길게 느껴졌다.

나는 형과 함께 망자의 빈소에 분향했다. 빈소는 조용하고 초라
했다. 조문객들의 모습도 거의 보이지 않았고, 그나마 그들은 약속
이나 한 것처럼 말들을 아꼈다. 그렇게 생각해서 그랬는지 사람들
이 우리를 훔쳐보며 수군거리는 것 같았다. 어머니는 빈소 한쪽에
쭈그리고 앉아 있었다. 마치 잘못 이식된 나무를 보는 것처럼 보기
가 민망했다. 그 상가喪家에서 어머니가 차지하는 자리는 애매하
고 불안정했다. 애매하고 불안정하기로 하면 내 자리도 못지않았
다. 생각이 잘 정리되지 않았다기보다 어떤 생각을 붙들고 있어야
할지 갈피를 잡지 못하겠다는 쪽이었고, 그것이 더 문제였다. 어머
니를 비롯해서 우리 가족들이 그 자리에 있어야 하는 사람인지 아
닌지도 판단하기가 쉽지 않았다.

그 가운데서도 가장 혼란스러워하고 어리둥절해할 사람은 사
실은 형이었다. 그렇지만 겉으로 보기에 그는 나보다 훨씬 침착했
다. 충격을 받고 발작이라도 일으키면 어쩌나 마음을 졸이고 있었
으므로 그의 침착함은 내게는 더 뜻밖이었고 이해할 수 없는 일처
럼 여겨졌다. 그는 향을 피웠고, 오랫동안 영전에 고개를 숙였고,
그리고 말없이 어머니의 옆자리를 지켰다. 그가 어머니의 손을 꼭

잡고 있는 모습은 경이롭기까지 했다. 마치 그 모든 사실을 사전에 감지하고 있기라도 한 것처럼 보였다. 어머니에게 의연함과 자부심을 심어준 '내 첫아이'의 영상이 잠깐 스쳐갔지만 그것이 나에게 제대로 된 생각의 길을 터주지는 않았다.

어머니를 알아본 몇 사람이 다가와 예의를 갖춰 절하는 모습을 나는 낯설고 어리둥절한 심사로 지켜보았다. 그 가운데 나와 형과 사람들의 시선을 유난히 끈 한 조문객이 있었다. 머리가 희고 주름이 많고 허리가 꾸부정한 노인이었다. 그 사람은 한눈에 어머니를 알아보았다. 대뜸 어머니 앞으로 다가가더니 무릎을 꿇고 울음부터 터뜨렸다. 어머니가 그의 팔을 붙잡아 억지로 일으키려고 했지만 노인은 일어나려 하지 않았다. 하는 수 없이 어머니도 땅바닥으로 내려앉았다.

노인이 울음과 울음 사이에, 내가 어른과 사모님께 큰 죄를 지었습니다, 하는 말을 섞어넣었다. 울음소리가 너무 컸기 때문에 노인의 부정확한 발음을 알아듣기가 쉽지 않았다. 그러나 노인이 어머니의 사죄를 구하고 있으며 오랜 세월 가슴속에 묻어두었던 사연들을 털어내고 있다는 짐작은 어렵지 않게 할 수 있었다. 노인은 자기가 큰 죄를 지었다는 말을 몇 번이고 반복했다. 자기는 벌써 죽었어야 할 사람인데 아직 욕된 목숨을 유지하고 있다고 한탄하기도 했다. 그러면서도 자기를 변명하는 말도 빼놓지 않았다. "이해하시겠지만, 그때는 사정이 워낙 나빴어요."

그 사람이 누구인지 알 것 같았다. 어머니의 인생 가운데 가장 행복했던 한 정점의 순간, 지상에는 없는 그들만의 땅 남천을 알고 있었던 유일한 타인. 그가 사람들을 데리고 그곳으로 왔었다. 그와 함께, 그의 안내를 받으며 들이닥친 검은 양복의 남자들은 그들을 엄연한 현실 속으로 끌고 갔다. 그들은 천국이란, 적어도 이 지상에는 없다는 사실을 알게 했고, 어머니는 연인을 잃었다. 연인은 어디론가 사라졌고, 소식조차 들을 수 없게 되었고, 그 와중에 어머니는 아이를 낳았고, 그리고 세월이 흘렀고, 그래도 어머니의 연인은 나타나지 않았고, 그 완벽한 실종을 이해할 수 없어하며, 그러나 어쩔 수 없이 받아들이며 어머니는 결혼을 했고, 그리고 또 세월이 흘렀고, 몇십 년 만인가, 어머니는 어머니의 연인을, 현실 밖의 그 장소에서 다시 만난 것이었다. "얼마 전에 이분이 일러주었다, 여기 가보라고……" 어머니가 우리를 돌아보며 말했다. 노인은, 마치 그것이 자기가 저지른 죄 가운데 가장 무거운 죄라도 된다는 듯 더욱 서럽게 울었다. "더 일찍 연락을 드리려고 했는데, 어르신께서 필사적으로 막으셨어요, 절대로 연락을 하면 안 된다고, 그래서……" 노인은 울먹였다. 그는 형과 나를 향해서도 머리를 주억거려서 우리를 불편하게 했다. "치료는 그만 받겠다고 하셨어요. 남천으로 데려다달라고 하셨지요. 거기서 이 세상의 마지막 시간을 보내고 싶다고 하신 것이 육 개월 전이었어요." 노인은 눈물을 훔쳤다.

"그새 삼십 년이 흘렀구나." 어머니는 회한이 묻어나는 목소리로 말했다. "삼십 년 동안 어른께서는 늘 사모님 생각을 하셨어요." 노인이 울먹였다. "삼십 년 동안 그분을 잊지 않았어요, 나도." 어머니가 말했다. "세상이 좀 바뀌고 들어와도 되겠다 싶어서 귀국을 하셨지만, 귀국했을 때 이미 병이 깊으셨지요." 노인의 어투는 마치 그 병이 자기 때문에 생겼다는 사실을 고백하는 듯했다.

"외국에 나가 계셨다는구나. 일종의 추방이었겠지. 귀국은 물론 연락도 할 수 없었다는구나." 어머니가 이번에는 나를 돌아보며 말했다.

"두 분이 재회하지 않고 그냥 돌아가시면 한이 너무 클 것 같아서, 두 분보다 내가 더 견딜 수 없을 것 같아서, 그래서 어른의 뜻을 거역했던 것인데, 어른께서도 무슨 예감 같은 것이 있었던가봐요. 사모님께서 오시던 날은 의식도 또렷하셨고, 아침에 눈을 뜨자마자 몸을 씻고 싶다고 하셨어요. 그러고는 야자나무 아래로 데려다달라고 하시더군요." 노인이 울먹였다.

"야자나무가 이렇게 멋지게 서 있을 줄은 정말 몰랐어요. 혹시 하는 마음으로 이곳에 몇 번 내려왔을 때는 저 나무를 발견할 수 없었는데……"

"놀라기는 어른도 마찬가지였던 것 같아요. 이곳에 도착하던 날, 하늘을 향해 우뚝 선 저 야자나무를 올려다보며 몇 번이나 믿을 수 없다, 믿을 수 없다, 하셨어요."

"믿을 수 없는 일이지요. 하지만 저 나무는 저렇게 서서 믿을 수 없는 일의 믿을 수 있음을 역설하고 있는 거예요."

"어른께서는 햇빛이 좋은 날이면 야자나무 아래 나와 오래 앉아 있곤 했지요. 저 야자나무에 얽힌 이야기도 들려줬구요."

"그때, 그분과 바닷가를 산책하다가 처음 보는 열매 하나를 모래밭에서 발견했었다." 어머니가 나와 형을 번갈아 바라보며 말했다. "브라질이나 인도네시아 같은 데서 태평양을 건너왔을 거라고 하셨다지요." 노인이 자못 신기하다는 투로 말했다. "야자나무의 씨를 저 집 앞 절벽에 심었어요. 그 열대식물이 우리들만의 공간인 남천, 이 바닷가에서 자랄 수 있을지 시험해보자는 심정이었던 것 같기도 해요." 어머니는 야자나무를 올려다보며 한숨처럼 말했다.

그 열매가 태평양을 건너왔다고 생각하니까 갑자기 그것이 무슨 상징처럼, 예컨대 두 사람의 숨찬 사랑처럼 여겨지는 것이어서 숙연해졌다고 했다. 사랑을 걸었다고 했다. 그들의 사랑에 대한 믿음과 희망을 그 나무에도 전이시켰던 거라고 했다. 하지만 그 나무가 정말로 자랄 거라고는 생각하지 않았었다고 어머니는 말했다. "토양이 다르고 기후가 다르니까……" 그 말을 할 때 어머니는 울컥 속에서 치미는 무엇인가를 삼켰다. 토양이 다르고 기후가 다르지만 보란듯이 하늘을 향해 서 있는 한 그루의 야자나무가 그녀의 눈시울을 축축하게 하고 있었다. 상징목이라는 단어가 소화되지 않은 음식물처럼 내 목에 걸려 넘어가지 않고 있다는 걸 나는 알았다. 나무가 서 있는 절벽 위의 공간과 내가 훔쳐보았던 그 공간에서의 어머니의 기이한 행동이 비현실적으로 보였던 사정을 이해할 수 있을 것 같았다. 병들고 늙은 남자의 몸 위에 올라가 팔과 팔, 가슴과 가슴, 얼굴과 얼굴, 다리와 다리를 맞댄 그녀의 벗은 몸이 조금도 추해 보이지 않고 오히려 순결해 보이기까지 했던 까닭도 어렴풋이 깨달을 수 있을 것 같았다.

돌아오는 차 안에서 우리 식구들은 침묵했다. 어머니는 지친 것 같았고, 형은 생각들을 정리하는 것 같았다. 분위기가 납처럼 무거웠다. 나는 앞만 보고 운전했다. 그러나 자꾸만 브라질이나 인도네시아 어느 밀림에서부터 태평양을 건너와 남천의 그 절벽 위에서 태평양을 바라보며 자라고 있는 키 큰 야자나무가 눈앞에 어른거려서 제대로 운전을 할 수가 없었다. 나무는 기후가 다르고 토양이 다른 이국의 땅에 싹을 틔우기 위해 흙 속에서 몇 년을 버텼다. 그냥 버틴 것이 아니라 적응하고 참고 기다렸다. 이 땅의 기후와 토양에 맞는 체질을 획득할 때까지.

나무의 뿌리는 바다에 닿고, 바다는 나무를 품는다. 아니, 그 반대다. 나무가 바다를 품고 있다. 나무는 바다보다 크고 넓다. 내 눈앞에는 나무의 길고 깊은 뿌리가 태평양을 헤엄쳐서 브라질이나 인도네시아의 어느 밀림에 닿는 그림이 그려졌다. 나무가 밤마다 한 번씩, 혹은 두 번씩 태평양의 물밑을 오가는지 누가 알겠는가. 나무가 움직이지 않고 한곳에 고정되어 있다는 생각만큼 악의적인 편견도 없다, 라고 나는 생각했다. 태평양을 건너온 야자나무를 보라. 건너온 나무가 건너가지 못하겠는가. 내 생각은, 나무는 움직이지 않는 것이 아니라 움직이는 모습이 보이지 않을 뿐이라는 데로 귀착했다. 어머니와 형은 내 무한정한 생각의 회로를 방해하지 않았다. 형은 지친 것 같았고, 어머니는 생각들을 정리하는 것 같았다. 분위기가 무거웠다. 나는 앞만 보고 운전했다.

25

남천으로부터 돌아온 뒤에 식구들은 마치 그 집에 자기 혼자 사는 것처럼 지냈다. 어머니는 아침 일찍 나갔고 저녁 늦게 들어왔다. 형은 자기 방에서 꼼짝도 하지 않았고, 아버지도 그랬다. 식구들이 밥을 같이 먹는 일도 거의 없었다. 집안일을 맡아 하는 아주머니가 네번째 아침 밥상을 차리다 말고 별 희한한 집 다 본다고 투덜거리는 소리를 들었다. 아주머니의 말이 맞았다. 하지만 가만히 생각해보면 그것은 남천행 이후에 생긴 특별한 변화라고 할 수는 없었다. 정도가 좀 심해졌다고 하면 혹시 모를까, 우리 식구들의 무관심과 상호 불간섭주의가 어느 날 갑자기 싹튼 것은 아니었다. 그것은 장롱 틈새의 먼지들이 세월과 함께 두꺼운 층을 이루며 조금씩 쌓여가듯 그렇게 오랜 세월에 걸쳐 서서히 형성된 것이었다. 다른 사람들 눈에 이상하고 부자연스러운 것이 우리들에게는 전혀 이상하지 않고 자연스럽기만 한 것은 그 때문이었다.

내가 남천에 가 있는 동안 내 응답 전화기는 나에게 걸려온 몇 개의 전화 목소리를 충실히 채집해 가두고 있었다. 가출한 딸을 찾아달라는 중년 여인의 것으로 추측되는 목소리와 크리스마스 연휴 무렵의 제주도 항공권을 구해달라는 젊은 남자의 목소리가 녹음돼 있었다. '벌과 개미'로 걸려온 전화였다. 제주도 항공권을 구한다는 사람은 나중에 한번 더 전화를 걸어서 매우 짜증스런 목소리로 뭐야, 일을 하는 거야, 안 하는 거야, 씨팔, 어쩌구 욕설을 늘어놓고 끊었다.

나는 은근히 순미의 목소리를 기대했으나 그녀의 목소리는 들어 있지 않았다. 어머니의 뒷조사를 부탁한 남자의 목소리도 없었다. 나는 조금 실망스러웠다. 그 작자가 어머니와 우리 가족에 대해 알고 있는 것이 나보다 훨씬 많을 거라는 생각이 들었고, 그것은 수치스러운 일이었고, 수치스럽다기보다 끔찍한 일이었다. 나는 그자가 알고 있는 것이 무엇인지, 그리고 알고 싶어하는 것이 무엇인지 알아내야 했다. 내가 정말로 알고 싶은 것은 작자의 의도였다. 작자가 나를 택해 그 일을 시킨 것이 우연이라고는 생각되지 않았다. 우연이 아니라면 무엇일까? 내가 누구인지 알면서, 내가 어머니의 아들이라는 걸 알면서 아무것도 모르는 척 그 일을 나에게 시킨 거라면 거기에 어떤 의도가 숨겨져 있다는 것은 명백했다. 자기가 알고 있는 사실을 나에게 알게 하려는 것이 그자의 목적이었을까? 그렇게 해서 그 자가 얻을 유익이 무엇일까? 그 질문에 대한 대답은 그자가 누구냐에 따라 달라질 수밖에 없었다. 그자가 누구인지 궁금해지지 않을 수 없는 사정이었다.

하지만 그자의 목소리는 녹음되어 있지 않았다. 내가 기다릴 때 그는 연락을 해오지 않았다. 그자에게서 일방적으로 연락을 받기만 해야 하는 조건이 짜증스러웠지만 어쩔 수 없었다.

이틀쯤 후에 내 응답 전화기는 순미의 목소리를 채집해서 들려주었다. 나는 그 목소리를 듣는 순간 가슴이 두근거렸고, 그것은 그녀에 대한 내 감정이 아직 투명해지지 않았다는 증거였다. 그것은 내가 바라는 바가 아니었으므로 가시에 찔린 것처럼 뜨끔했다. 그럴 가능성은 전혀 없는데도 나는 혹시라도 그녀의 목소리가 밖으로 새어나가 형에게 들리지 않을까 저어하며 응답기의 볼륨을 줄였다. 그럴 가능성이 전혀 없다는 걸 누구보다 잘 알면서도 그녀가 개인적인 감정을 토로하기 위해 은밀한 전화를 걸어오기라도 한 것처럼 설레는 내 꼴불견의 심정을 헤아리기가 어려웠다. 저, 윤순민데요, 하고 말해놓고, 그녀는 잠깐 머뭇거렸다. 나는 숨을 죽였다. 그녀는, 좀 만났으면 하는데요, 해놓고 말을 중단했고, 잠시 후 아니에요, 라고 서둘러 자기 말을 부정했다가 슬그머니 전화기를 내려놓아버렸다. 그녀의 망설임을 나는 이해할 수 있을 것 같았다. 그녀는 무엇인가에 대해 용기를 냈지만, 그러나 그녀의 용기는 자의식을 완전히 해체할 정도로 충분하지는 않았다. 나는 그녀의 자의식을 이해할 수 있을 것 같았다. 그러나 그녀가 발휘한 용기의 내용이 무엇인지는, 그녀를 만나기 전까지는 이해할 수 없었다. 그리고 그녀를 만나 그 용기의 내용이 무엇인지를 이해한 후에는 그녀가 그런 용기를 냈다는 사실이 믿어지지 않았다.

그녀의 망설임은 내 행동에 어떤 영향도 미치지 않았다. 나는 그녀에게로 한달음에 달려갔다.

집을 나서면서 응답기에 휴대전화의 번호를 남겼다. 그것은 혹시라도 그사이에 그녀에게서 다시 전화가 걸려올지 모른다는 기대 때문이었다. 그녀에게 다시 자기 목소리를 녹음해야 할지 말아야 할지 망설이게 하고 싶지 않았다. 가출한 딸을 찾아달라는 메시지를 남긴 고객이 다시 전화를 걸어올 확률은 거의 없다고 나는 판단했다. 다만 확률과는 상관없이 어머니의 뒷조사를 부탁한 사람에게서 어쩌면 걸려올지도 모르는 전화를 놓쳐서는 안 된다는 강박증은 있었다. 하지만 그녀에게서도, 가출한 딸을 찾아달라는 고객에게서도, 그리고 또 어머니의 뒷조사를 부탁한 고객에게서도 전화는 걸려오지 않았다.

그녀는 도서관에 있었다. 내가 열람실 안으로 들어갔을 때 그녀는 자기 자리에 앉아 키보드를 두드리고 있었다. 그렇게 생각해서 그랬는지 침울하고 창백해 보였다. 예전과 마찬가지로 고개를 들지 않았다. 나는 으흠으흠, 헛기침을 했다. 회원증을 주세요, 하고 그녀가, 여전히 고개를 들지 않은 채 조그만 소리로 말했다. 나는 지갑에서 운전면허증을 꺼내 그녀에게 건넸다. 내 얼굴과 이름을 확인한 그녀는 한동안 가만히 있었다. 하지만 키보드 위의 손놀림이 멈춘 것으로 나는 그녀가 내 이름과 얼굴을 알아보았다는 걸 눈치챘다. 그녀의 내리뜬 눈썹이 가볍게 떨렸다.

그녀는 면허증을 밀어놓고 가만히 일어섰다. 나는 그녀를 따라나섰다. 그녀의 담담한 태도가 어쩌면 나를 기다리고 있었을지 모른다는 생각을 하게 했다. 그녀는 사무실에 들어갔다가 겉옷을 걸치고 바로 나왔다. 베이지색 트렌치코트가 화장기 없는 그녀의 얼굴과 잘 어울린다고 나는 생각했다. 체로 걸러낸 듯 결 고운 햇빛이 거리에 가득했다. 그녀는 얼굴을 찡그렸다. 하지만 꼭 햇빛 때문인지는 알 수 없었다.

그녀가 들어간 곳은 도서관 근처의 조그만 찻집이었다. 다듬지 않은 통나무를 얼기설기 붙여놓은 것 같은 천장은 낮았고, 지은 지 얼마 되지 않은 듯 실내에서는 마른 나무 냄새가 났다. 오래전에 들었던, 제목은 생각나지 않는 영어 노래가 잔물결처럼 일렁이고 있었다. 우리는 창가에 자리를 잡고 앉았다. 턱수염을 기른 남자가 다가와 그녀에게 인사를 하고 커피를 마실 거냐고 물었다. 그녀는 고개를 끄덕였고, 남자는 나에게만 손바닥만한 차림표를 내밀었다. 나도 커피를 마시겠다고 했다.

우리 앞에 커피잔이 놓일 때까지 어색하고 쓸쓸한 침묵이 흘렀다. 나는 갑자기 피곤을 느꼈다. 남천에서 있었던 며칠 전의 일들이 꿈처럼 아득하게 떠올랐다. 이상한 무력감 같은 것이 밀려오면서 눈이 스르르 감기려고 했다. 나는 남천의 그 야자나무 그늘 아래서 그녀의 팔에 안겨 잠이나 한숨 잤으면 좋겠다는 생각을 했고, 실내에 흐르고 있는 낯익은 음악 속에 일종의 신경안정제 같은 것이 섞여 있어서 그것이 내 혈관 속으로 침투해들어오는 건지 모른다는 따위 되지도 않는 상상을 했다.

한참 만에 턱수염을 기른 남자가 커피를 내왔다. 남자는 공치사를 하듯 방금 커피를 내렸어요, 향이 좋은 거예요, 하고 말했다. 생긴 것과는 달리 남자의 목소리는 가늘고 부드러웠다. 다른 손님이 없어서 그랬는지 남자는 우리에게 유난히 친절하게 굴었다. 우리의 테이블을 떠나기 전에 남자는, 그녀 쪽으로 약간 몸을 기울이고, 어떻게 들으면 거의 속삭이는 듯한 목소리로 그 노래를 틀까요? 하고 물었다. 그녀가 당혹스러워하는 빛을 얼굴에 띠고 황급히 손을 젓는 것으로 보아 아무래도 남자의 친절은 상황에 맞지 않았던 것 같다. 남자는 곧 물러갔지만 그녀의 상기된 얼굴은 쉽게 물러가지 않았다. 저 사람이 무슨 말을 한 거냐고 질문한 것은 나로서는 자연스러운 일이었다. 하지만 받아들이는 사람의 입장은 그렇지가 않은 듯 그녀는 아무것도 아니라고 말하면서 서둘러 장면을 바꾸려고 했다. "뭔데요?" 내 목소리가 커진 것은 그녀가 아니라 찻집 남자를 겨냥했기 때문이었다. 나는 내 질문이 그녀를 지나 남자에게 꽂힐 거라고 계산했고, 내 계산은 틀리지 않았다.

"저 손님이 혼자 오시면 늘 듣고 가는 음악이 있거든요." 남자
가 커피잔을 뜨거운 물에 담그며 친절하게 대답했다. 그게 무슨 얼
굴 붉힐 일이란 말인지 이해할 수가 없어서 나는 얼굴을 들지 않은
채 커피잔의 손잡이만 만지작거리고 있는 그녀를 한번 더 쳐다보
고 턱수염을 기른 남자를 향해 소리쳤다. "무슨 노랜지 모르지만,
틀어요. 상관없으니까." 남자는 곧바로 내 말에 따르는 대신 허리
를 펴고 우리 쪽 테이블을 쳐다보았다. 순미의 눈치를 살피고 있는
기색이었다. 그녀의 얼굴에 떠 있는 여전한 곤혹스러움을 그 남자
가 눈치채기에는 실내가 좀 어두웠을지 모르겠다. 아니면 내가 그
랬던 것처럼, 그 역시 특정한 음악을 틀고 안 트는 문제를 심각하
게 고려하지 않았을지도 모르겠다. 고객 취향에 맞는 음악을 틀어
야 하는 의무 같은 건 처음부터 없었다. 고객에 대한 서비스라면
몰라도 의무라고 할 수는 없었다. 그것은 차라리 특정 고객에 대한
찻집 주인의 호의적 특혜라고 해야 옳았다. 호의나 특혜는 베푸는
것이고, 그 베풂이 감사의 조건을 만들어내는 건 자연스럽지만 베
풀지 않음이 책망이나 비난의 조건으로 작용할 수는 없는 법이라
는 따위 상식적인 생각을 그 남자가 하고 있었다고 해서 나무랄 수
는 없다. 고객에게 호의적 특혜를 베풂으로써 그 남자가 누리게 될
자부심도 무시할 수 없는 요인이겠다. 찻집 안에 그가 신경써야 할
다른 손님이 전혀 없었다는 것도.
  찻집 남자는 특혜를 베풀기로 마음먹은 것 같았다. 그는 물 묻

은 손을 수건에 닦고 오디오가 있는 쪽으로 몇 걸음 걸어갔다. 곧이어 그동안 실내에 흐르고 있던 오래된 팝송이 멈추더니 잠깐 쉬었다가 다른 곡이 흘러나왔다. 그와 동시에 순미의 고개가 조금 더 아래로, 거의 탁자에 닿을 정도로 꺾이면서 창 쪽으로 기우는 걸 나는 보았다. 기타 전주가 느리게 흘러나오는 순간 나는 그녀가 왜 그렇게 곤혹스러워하는지를 이해했다. 익숙한 가사였고 귀에 익은 멜로디였다. 당신을 위해 준비했어요, 내 마음. 언제부터 서 있었는데 눈길 한번 안 주나요? 더 얼마나 서 있으란 말인가요? 녹아내리기 전에, 스르르 녹아 흔적도 없이 사라지기 전에 내 마음을 찍어줘요, 사진사 아저씨⋯⋯

나는 그 노래 속의 사진사 아저씨가 누구인지 알고 있었고, 그 노래가 누구를 위해 작곡되고 연주된 것인지도 알고 있었다. 그러나 그 노래를 어떻게 그 찻집의 오디오를 통해 들을 수 있게 된 것인지 그 까닭은 알 수 없었다. 그 노래가 녹음된 테이프가 나에게 있었다. 물론 다른 테이프가 없으란 법은 없었다. 하지만 나의 의구심은 거기서 멈추지 않았다. 노래를 부르고 있는 사람은 그녀가 아니었다. 녹음 상태도 내가 가지고 있는 테이프와는 사뭇 달라서 집에서 녹음한 것이라고 생각하기가 어려웠다. 나는 그녀가 내 의심에 대해 어떤 해명인가를 해줘야 한다고 생각하며 그녀에게서 눈을 떼지 않았다.

내 추궁의 눈빛을 알아챘는지 그녀는 커피잔을 만지작거리던 손으로 머리를 쓸어넘긴 후 우연이었어요, 하고 아주 조그맣게 말했다. "우연히 이 찻집에 들어왔는데, 저 노래가 나왔어요." 그녀의 대답은 만족스럽지가 않았다. 자기 대답이 만족스럽지 않다는 사실을 그녀가 모를 리 없었다. 저 곡을 노래 잘하는 서클 후배한테 줬었거든요, 하고 그녀는 큰 잘못이라도 저지른 사람처럼 아주 조그만 목소리로 이어 붙였다. "그애가 대학가요제에 나갔나봐요, 저 곡을 가지고…… 장려상인가 받았다고 해요. 가요제 음반에 저 노래가 실렸다는 말을 듣긴 했는데, 그걸 이 집에 와서 확인한 거예요. 그래서……"

그래서 놀랐겠지. 놀랍고 반가워서 주인남자를 불러 음반을 보여달라고 했겠지. 한번 더 들려달라는 부탁도 했겠지. 어쩌면 자기가 그 노래를 지은 사람이라는 걸 밝혔을지도 모르지. 그리고, 그래서 그녀가 들어오기만 하면 저 남자는 마치 선심을 쓰듯, 〈사진사 아저씨〉를 트는 거겠지. 사진사 아저씨가 누구인지도 모르면서. 그 노래가 그녀와 맺고 있는 내밀한 사연에 대해서는 아는 게 없으면서. 그 노래를 들으며 그녀가 떠올릴 아련한 기억에 대해서는 쥐뿔도 모르면서……

나는 그녀의 마음속에 아직도 자리잡고 있는 사진사 아저씨에 대해 질투를 느꼈다. 그녀가 그를 위해 노래를 부르는 장면을 숨어서 엿듣던 스물한 살 때부터 내 소원은 나 혼자만을 앞에 두고, 오직 나만을 위해 부르는 그녀의 노래를 듣는 것이었다. 그러나 가망 없는 꿈이었고 이제는 그것이 가망 없다는 것쯤 모르지 않는데도, 모르지 않는다고 생각해왔는데도 빌미만 주어지면 뾰루지처럼 톡톡 불거져나오는 미련을 어떻게 해볼 수가 없었다. 사람의 마음이란 게 참 미묘하다는 생각은 새삼스럽지도 않았다.

사진사 아저씨는 요새 사진을 안 찍어요, 하고, 얼마간의 장난기를 섞어서 한마디한 것은 그 순간에 내 마음의 동요가 징글맞게 여겨진 때문이었다. "그래서 말인데요⋯⋯" 마치 내 말을 기다리고 있기라도 했다는 듯 그녀가 입을 열었다. 부담스런 과제를 서둘러 끝내버리고 싶다는 그녀의 의욕을 그 순간 나는 읽었다. 다음 순간 그녀가, 나를 만나면 형이 정말로 사진을 다시 찍을까요? 하고 물어왔을 때 나는 무엇에 손톱 밑을 찔린 듯 아찔한 기분이 되었다. 애초에 내가 그녀에게 부탁한 것이 그것이었는데도 그랬다. 내가 그녀를 찾아가 그런 부탁을 할 때와는 상황이 많이 달라져 있다는 생각을 속으로 하고 있었던 것 같기도 했다. 형의 손에 다시 사진기를 쥐여줄 유일한 사람이 그녀라고 생각했었다. 내 속마음은 그녀를 보고 싶어했는지 모르지만, 그 마음이 더 크고 절실한 동기였는지 모르지만, 나를 설득하고 내가 설득해서 내세운 표면의 동기는 형과 사진이었다. 사진을 다시 찍게 함으로써 형을 세상과 연결시키려는 내 이타적인 동기에 가해질 부도덕의 혐의가 두려워서 나는 부러 내 속마음을 들여다보지 않으려 했는지 모른다. 순미를 찾아내려는 욕구가 눈을 가려서 그랬는지 그때는 순미만 찾으면 형을 구원해낼 거라는 확신이 있었다. 그런데 형은 정말로 순미를 만나면 사진을 다시 찍게 될까? 그녀의 질문을 받자 갑자기 마음이 흔들렸다. 어쩌면 남천으로부터 돌아온 지가 얼마 되지 않아서였는지 몰랐다. 수십 년의 세월이 흘러온 것처럼 느껴졌다. 남천은 공간만 비현실적인 것이 아니었다. 그곳에서는 시간의 흐름도 어릿어릿했다. 흐르는지 넘치는지 맴도는지 숨죽이는지 알 수 없는 것이 그곳의 시간이었다.

형을 만나게 해주세요, 하고 그녀는 나지막한 음성으로 말했다. 찻집에는 〈사진사 아저씨〉의 후렴 부분이 흐르고 있었다. 내 마음을 찍어줘요 사진사 아저씨 내 마음을 찍어줘요 사진사 아저씨…… 머릿속은 분주한데 나는 입속에서 한가하게 노래를 따라 부르고 있었다.

"나를 그 호텔에 넣어줘요." 거기서 나는 더이상 노래를 따라 부를 수가 없었다. 나는 내 귀를 의심했다. 입속에서 따라 하던 노래 부르기를 그친 것은 비단 〈사진사 아저씨〉가 끝났기 때문은 아니었다. 무슨 말을 하느냐는 뜻으로 나는 눈썹을 치켜떴다. 잘못 들었다면 얼마든지 다시 말해줄 수 있다는 뜻인지 그녀는 강변하듯 또렷한 어조로, 형이 여자를 기다리는 그 호텔에 나를 넣어줘요, 하고 반복했다. 나는 그녀의 목소리가 미세하게 떨리는 걸 느꼈다. 넣어줘요, 하고 말할 때는 침을 뱉는 것처럼 들렸다. 나는 그녀가 자신을 모독하고 싶어한다는 느낌을 받았다. 그녀는 자기 자신에게 침을 뱉고 있는 것이나 마찬가지였다. 그녀는, 나는 창녀예요, 창녀나 진배없어요, 하고 다시 또 침을 뱉었다. 나는 거의 울 것 같은 얼굴로 그러지 말라고 말했지만, 내가 무슨 말을 하는지 알지 못했다. 목소리는 더듬거렸고 가슴은 두근거렸다. 엉겁결에 주인남자를 손으로 부르며 여기 커피 좀 채워줘요, 했다. 하지만 그녀는 커피를 한 모금도 마시지 않은 상태였고, 내 커피잔에도 커피가 반이나 남아 있었다.

26

그녀는 말했다. 나는 창녀예요. 창녀나 진배없어요. 나는 그 말을 견딜 수 없었다. 나는 그녀에게 제발 그만하라고 사정했다. 그녀가 걱정되어서가 아니라 내가 그 말을 견딜 수 없어서였다. 그러나 그녀는 내 말을 듣지 않았다. 그녀는 작정하고 나선 사람처럼 매몰차게 자기를 비하하고 모독했다. 자기는 창녀이기 때문에 형의 호텔에 넣어질 자격이 충분하다는 그녀의 말은 자기를 오물통에 던지겠다는 각오 없이는 나올 수 없는 말이었다. 나는 듣지 않겠다고 했고 그녀는 들어야 한다고 했다. 나는 들을 이유가 없다고 했고 그녀는 들을 의무가 있다고 했다. 내가 자기를 찾아왔고 자기에게 형 이야기를 했기 때문이라고 했다. 자기를 발견하게 하고 자기를 돌이켜 찾게 했기 때문이라고도 했다. 자기가 창녀라는 사실을 깨닫게 했기 때문이라는 말도 했다. 나는 동의할 수 없었다. 그녀가 창녀라는 것도, 그녀가 창녀라는 사실을 내가 깨닫게 했다는 것도 동의할 수 없었다. 그녀는 창녀일 수 없었고, 창녀여서는 안 되었다. 나는 그녀를 창녀처럼 대하지도 않았고 창녀라고 생각한 적도 없었다. 나에게는 그녀를 모독할 하등의 이유가 없었다.

나는 그녀에게 말했다. 형을 만나게 해줄 수는 있다. 그것은 애초에 내가 순미씨에게 부탁했던 내용이었다. 하지만 창녀의 역할은 아니다. 그것은 순미에게 어울리지 않을 뿐 아니라 무엇보다도 형이 원하는 바가 아니다. 그렇게 자기를 비하하는 것은 순미에게도 그렇고 형에게도 결코 유익한 일이 아니다…… 내 말은 그녀를 설득시키지 못했다. 그녀는 이상한 고집을 내세웠다. 병적인 자의식이 그녀를 비좁은 외딴 골목으로 몰아가고 있다는 생각을 하지 않을 수 없었다. 나는 미칠 것 같아졌고, 조금 더 앉아 있다가는 정말로 미쳐버릴지 모른다는 생각이 들었기 때문에 그만 자리에서 일어나버렸다. 커피포트를 들고 우리 탁자로 다가온 턱수염의 남자가 어리둥절한 얼굴로 나와 그녀를 번갈아 쳐다보았다.

찻집 안에는 다른 노래가 떠다니고 있었다. 노래는 화장이 잘 먹지 않아 들뜬 창녀의 얼굴처럼 푸석푸석했다. 그녀가 울고 있다는 걸 나는 그때까지도 눈치채지 못했다. 그리고 그녀가 울고 있다는 걸 알아차린 순간 내 몸은 딱딱하게 굳어버렸다. 나는 나무토막이 쓰러지듯 도로 자리에 풀썩 주저앉으며 그녀가 죄책감에 사로잡혀 있는 것 같다는 생각을 했고, 그녀의 죄책감을 이해할 것도 같고 이해하지 못할 것도 같다는 생각을 했다.

"우현씨와 헤어진 후에 나는 아주 엉망인 삶을 살았어요." 내가 자리에 앉기를 기다렸다가 그녀는 쓸쓸하게 말했다. "우현씨 때문이라는 뜻은 아니에요. 그냥 그렇게 되어버렸다는 말을 하는 것이고, 어떻게 되든 상관없어져버렸다는 말을 하는 거예요."

나는 그녀의 집을 엿본 사실을 알리지 않았었다. 그녀는 어떤 남자와 함께 있었고, 그 남자는 뜻밖에도 그녀의 형부였다. 그러나 나는 그 사실을 말하지 않았다. 다만 그녀에게 형에 대한 거짓 정보를 주어서 형을 포기하게 한 정보기관 사람이 그 사람이 아니었는지를 넌지시 물어보았을 뿐이었다. 그렇게 질문을 던질 때 나는 나 자신을 민완 형사처럼 느꼈고, 그녀는 당혹감과 의구심을 내비쳤다. 그것만으로도 그녀의 죄의식을 불러일으키기에 충분했을 거라는 연상이 자연스럽게 따라왔다. 하지만 나는, 충격을 받은 건 사실이지만, 그것과는 상관없이, 그녀에게 무엇을 추궁할 마음이 없었고 그녀를 비난하려는 마음 같은 것은 더욱 없었다. 다만 이해할 수 없다는 정도였다.

형부를 만났어요, 하고 그녀가 말했다. 나는 그 문장의 시제를 얼른 파악하지 못했다. 그녀의 서술 시점이 십 년 전으로 거슬러 올라가 있었기 때문이었다. "언제요?" 내 질문은 거의 자동적으로 튀어나왔는데, 혹시라도 그녀가 따지는 것처럼 듣지 않았을까

적이 걱정스러웠다. 그러나 다행히 그녀는 그렇게 생각하는 것 같지 않았다. "지난번 기현씨가 도서관으로 나를 찾아온 후에요. 어떻게 된 일인지를 따졌어요." 그렇게 말함으로써 그녀는 지난 시절에 거짓 정보를 주어 형을 단념하게 한 정보기관 사람이 자신의 형부라는 사실을 확인시켰다. "어떻게 된 일이냐고, 왜 그랬느냐고…… 왜 나에게 거짓을 말했느냐고…… 처음에는 그런 일 없다고 부정하더니, 다 알고 있다고, 기현씨가 왔다 갔다고 하니까, 그때야……" 그때야 그 사람은 순미를 위해서 선의의 거짓말을 할 수밖에 없었노라고 변명을 했다는 것이었다. 다리도 없는 병신을 계속 사귀게 해서 처제의 장래를 망치게 할 수는 없었다는 것이 그의 변명이었다.

좋은 형부로군요, 하며 나는 차갑게 웃었다. 내 말 속에 스며 있는 비아냥을 그녀가 눈치채지 못했을 리 없었다. 나는 순미의 장래를 망친 것은 형이 아니라 바로 그 사람이 아니냐고 힐난하고 싶었고, 그녀는 내 심중의 힐난을 알아들은 듯했다. 나는 그날 밤에 그녀의 아파트 상가 옥상에서 내려다본 것을 말해버리고 싶은 충동을 꾹 참았다. 그녀는 내가 어디까지 알고 있는지 묻고 싶은 것을 꾹 참는 눈치였다. 그녀는 그제야 커피를 한 모금 마셨다. 여유를 찾아서가 아니라 좀처럼 여유가 찾아지지 않아서 그러는 것 같았다. 더욱 어이없는 것은, 하고 그녀는 가만히 커피잔을 탁자 위에 내려놓고 말을 이었다. "그 사람이 우현씨 어머니를 만났다는 거예요." 우리 어머니를요? 하고 나는 반문했다. 우리 어머니를 그 사람이 왜 만났다는 것일까? 우리 어머니를 만나서 그 사람이 무얼 어쨌다는 것일까? "우현씨 어머니가 한 말들, 그게 다 그 사람이 지어낸 거였대요. 그 사람이 그렇게 하라고 시킨 거였대요. 그렇게 하지 않으면 좋지 않을 거라고 협박도 했대요. 우현씨 어머니가 나한테 한 말하고 나중에 그 사람이 알려준 정보가 일치했던 게 그래서 그런 거였어요." 그녀는 숨이 턱에 차는지 숨을 몰아쉬었다.

나는 그녀가 자기 형부를 그 사람이라고 호칭하고 있다는 걸 의식하고 있는지 궁금했다. 의식적이든 무의식적이든 그것은 분명히 그녀의 마음을 표현하는 중요한 기호일 수 있었다. 요컨대 그녀에게 그 사람은 단지 형부만은 아닌 것이다. 그러나 그 점을 추궁하고 들어갈 수는 없었다. 도대체 그 사람이 왜요? 하고 물은 것이 그 상황에서 내가 보일 수 있는 유일한 반응이었다. 대답이 곧바로 건너왔다. "욕심이 많은 사람이에요, 그 사람, 원하는 건 뭐든 가져요." 그녀의 말은 알 것도 같고 모를 것도 같았다. 그러나 처음부터 그 사람에게 모종의 혐의를 두고 있었던 나는 그녀가 그 말로써 그 혐의의 내용을 어느 정도 확인시켜준 것이라고 나름대로 생각해버렸다. 나에게 그자는 의심의 여지가 없이 나쁜 놈이었다. 나에게 치욕을 주고 폭력을 휘둘렀기 때문이 아니었다. 그런 것은 견딜 수 있고 잊을 수도 있었다. 원하는 건 뭐든 가지는 사람이라는 그녀의 완곡한 진술 속에 그자가 명백하게 나쁜 놈이라는 힌트가 들어 있었다. 나는 바보가 아니었다. 그자가 순미에게 입혔을 상처를 추측하는 것은 어려운 일이 아니었다.

공교롭게도 그때 다시 〈사진사 아저씨〉가 흘러나왔다. 주인남자는 친절한지 모르지만 눈치가 없는 사람임이 분명했다. 순미의 눈썹이 의식하지 못할 만큼 가볍게 경련하는 걸 나는 보았다. 노래가 그녀의 입을 막았다. 모직 커튼의 성긴 틈 사이로 햇살이 비집고 들어왔다. 먼지들은 햇살을 먹기 위해 하루살이처럼 날아다녔다. 그 흐름 속으로 음악이 미끄러져들어갔다. 음악은 느리고 울적했다. 그녀는 〈사진사 아저씨〉가 다 끝날 때까지 입을 꼭 다물었다. 그 눈치 없고 친절한 찻집 남자가 다시 또 그 노래를 틀지 않으리라는 보장을 할 수가 없었으므로 노래가 끝나기 전부터 내 마음은 조마조마했다. 다행히도 〈사진사 아저씨〉가 끝날 무렵에 다섯명의 젊은 여자들이 조금 요란한 소리를 내며 찻집 안으로 들어왔다. 남자가 더이상 우리에게 친절을 베풀지 않아도 될 상황을 만들어주었으므로 나는 와자지껄 요란한 젊은 여자들의 수다를 고맙게 들어주기로 했다.

식은 커피를 후루룩 소리나게 마시고 나서 나는 그것이 이유예요? 하고 물었다. "순미씨가 자기를 비하하고 모독하면서 창녀의 역할을 맡겠다고 한 게 그거예요?" 나는 자의식의 감옥에서 그녀를 빼내야 한다고 생각하고 있었으므로 일부러 목소리를 씩씩하게 해서 아무렇지도 않은 것처럼 말했다. 그녀는 내 질문에 대답하지 않았다. 그녀의 찡그린 얼굴이 마음의 괴로움을 호소하고 있었다. 그러나 나는 마음이 흔들려서는 안 되었다. 그게 이유라면 그 제안에 동의해줄 수 없다고 나는 단호하게 말했다. 형의 몸과 정신이 정상은 아니고, 그를 한 달에 한 번씩 모텔로 데리고 가는 것이 발작을 예방하고 치료 효과를 기대해서이긴 하지만, 형도 그렇고 나도 그렇고 기분이 개운한 것은 아니라고 말했다. 순미씨에게 그 사실을 알린 건 내 마음이 안타까웠기 때문이고 순미씨에게 도움을 청하자면 이쪽의 사정을 알려야 할 것 같았기 때문이지 결코 떳떳하거나 자랑스러워서는 아니었다고 말했다. 순미씨는 자기를 모독하고 학대하려 하고 있다고, 그것은 누구에게든 좋은 일이 아니라고, 순미씨의 자기학대와 모독을 통해서는 형을 구원시킬 수 없다고, 그것은 방법이 아니라고, 그러니 제발 그런 말은 꺼내지도 말라고 타이르듯 말했다.

말없이 내 이야기를 듣고 있던 순미는 마침내 탁자에 얼굴을 묻고 울먹였다. "난 어떻게 해요. 이제 난 어떻게 해요……"

나는 그녀의 어깨 위에 얹어지는 내 손을 상상했다. 그러나 내 손은 탁자 밑에서 꼼짝도 하지 않았다. 말아쥔 손바닥이 땀으로 흥건했다. 나는 가만히 손을 펴서 바짓단에 문질렀다. 무슨 예감처럼 찻집에 노래가 다시 흘렀다. 당신을 위해 준비했어요, 내 마음. 언제부터 서 있었는데 눈길 한번 안 주나요? 더 얼마나 서 있으란 말인가요? 녹아내리기 전에, 스르르 녹아 흔적도 없이 사라지기 전에 내 마음을 찍어줘요. 사진사 아저씨……

27

잘한 일인지 모르겠다. 감추거나 부끄러워할 일이라고 생각하지는 않지만 옳은 일이었는지는 장담하지 못하겠다. 내가 말할 수 있는 것은 그 순간의 진실에 충실했다는 것이다. 어떤 책에선가 행동의 옳고 그름을 결정하는 것은 상황이고, 상황 속에 들어 있거나 들어 있지 않은 진실이라는 말을 들었다. 그 책에는 동기가 사랑이면 그 행동은 선이다, 하고 쓰여 있었다. 그 문장을 나는, 동기가 사랑이 아니면 그 행동은 선이 아니라는 뜻으로 읽었다. 동기가 사랑이면 아무리 나쁜 행동도 선이고 동기가 사랑이 아니면 아무리 좋은 행동도 선이 아니란 말인가? 하는 의문을 전에는 가졌었다. 그러나 이제는 아니었다. 나는 그 상황주의자의 특별한 주장을 정언적인 어떤 명령처럼 받아들였다. 나는 그 상황주의자의 특별한 주장이 나를 위해 만들어진 것처럼 받아들였다. 동기가 사랑이라면 모든 것이 용납된다. 사랑은 모든 상황과 문제에 대한 유일한 규범이기 때문이다.

내가 그 도시를 쉽게 떠나지 못한 것은 찻집 탁자에 엎드려 울먹이던 순미의 목소리가 너무나 선명하게 내 귀청을 울렸기 때문이었다. 난 어떻게 해요. 이제 난 어떻게 해요…… 모르겠다, 어떤 순간에 그녀를 지켜주어야겠다고 결심하게 되었는지. 그녀를 지킬 사람이 나밖에 없다는 사실을 어떻게 깨닫게 되었는지. 그 말을 듣던 찻집 안에서였을 수 있다. 땀에 젖어 축축해진 손바닥을 바짓단에 닦으면서 저 여자를 보호해주어야 한다고 속으로 중얼거렸던 것 같기도 하다. 그녀를 보호하는 일이 내 권리로 주어진다면, 아니면 의무로라도, 그런다면 목숨을 내놓을 수도 있을 거라고 몇 번이고 되뇐 것은 그녀와 헤어지고 햇살이 거미줄처럼 살갗에 달라붙는 거리를 걸으면서였다. 그녀에게는 미안한 말이지만, 탁자에 엎드려 어떻게 해요, 하고 울먹일 때처럼 그녀가 나에게 가깝게 느껴진 적은 없었다.

그러나 그래서 어쩌겠다는 작정을 하고 있었던 것은 아니었다. 그녀는 도서관으로 돌아갔고 나는 그녀가 가르쳐준 대로 길을 걷고 있었다. 난 어떻게 해요…… 그녀의 목소리가 너무나 생생하게 자꾸만 들려와서 나는 걸음을 멈추고 몇 번이나 뒤를 돌아보았다. 그녀가 빠져 있는 괴로움의 심연이 들여다보였다. 할 수 있다면 그녀를 그 심연에서 건져올리고 싶었다. 할 수 있을까? 하고 나는 나에게 물었다. 그 순간 그녀가 빠져 있는 심연이 다시 보였다. 그녀가 빠져 있는 심연은 그녀의 형부였다. 그녀로 하여금 스스로 창녀를 자처하게 만든 자가 그자였다. 그녀를 창녀로 만든 자가 그자였다. 나는 그 작자를 향해 치솟는 불같은 증오를 느꼈다.

그자로 인해서 불행해진 사람은 순미만이 아니었다. 형의 얼굴이 떠올랐다. '내 첫아이'의 자긍심을 심어주었던 형의 갑작스런 질병 때문에 마음이 상할 대로 상한 어머니의 얼굴이 떠올랐고, 그자에게 당한 내 치욕이 떠올랐다. 내 증오는 가슴을 뚫고 혈관을 뚫고 뼈와 살을 뚫고 밖으로 터져나오려고 했다. 나는 도로변의 가로수를 발로 걷어찼다. 나는 내 증오를 그자에게 보여주고 싶었다. 순미에 대한 내 사랑과 그자에 대한 증오는 한 가지였다. 나는 그자를 증오함으로써 순미에 대한 내 사랑을 확보하고자 했다. 사랑으로서의 증오, 혹은 사랑을 불러내는 원천으로서의 내 증오는 아름답고 정결하고 성스러운 것이라고 주문을 외듯 속삭였다. 내 증오가 아름답고 정결하고 성스러우며 그자를 증오하는 것이 순미를 사랑하는 방법이라는 내 생각이 극단적으로 가파르고 비좁은 길이라는 건 나도 안다. 그러나 그 가파르고 비좁은 길이 외길일 때는 어쩔 수 없는 것이다. 걸어가지 않을 다른 방도가 없는 것이다.

　나는 그자를 찾아야겠다고 마음먹었다. 사람을 찾는 일은 내가 해온 일이었고 그중에서도 내가 잘하는 일 가운데 하나였다. 나는 그자가 타고 왔던 승용차의 번호를 기억하고 있었다. 그 번호만 있으면 기본적인 인적사항을 파악해내는 건 어려운 일이 아니었다. 나는 집을 나와 떠돌 때 상당한 기간 동안 내 잠자리와 먹을 것을 해결해주었던 '대신 달리는 사람들'에 전화를 걸어서 그자의 이름과 나이와 주소와 전화번호를 쉽게 확보했다. 그리고 나는 망설이지 않고 그자의 집에 전화를 걸었다.

전화를 받은 사람은 여자였다. 음색이 순미와 비슷한 것으로 보아 그녀의 언니일 거라고 나는 추측했다. 그러나 물론 추측일 뿐이었다. 나는 장영달씨를 찾는다고 말했다. 장영달은 그 작자의 이름이었다. 여자는 나더러 누구냐고 물어왔다. 나는 정차장이라고 둘러댔다. 그런 경우에는 소속을 확인할 길 없는 막연한 직책을 내세우는 것이 효과적이라는 걸 '대신 달리는 사람들'에서 배웠다. 어떤 정차장이냐고 물어오면 또 둘러댈 말이 준비되어 있어야 하지만, 집안일을 하는 대부분의 여자들은 거기서 의심을 거둬버리기마련이었다. 남편의 바깥 세계에 대해서 그만큼 참견할 것이 없는이들이 이 땅의 여인네들이었다.

그렇지만 내 전화를 받은 여자는 남편의 바깥 세계에 대해 참견할 것이 전혀 없지는 않은 모양이었다. "실례지만 무슨 일로 그러시는데요?" 여자의 질문은 조심스러웠다. "아, 연락을 할 게 있는데, 수첩을 보니까 집 전화번호밖에 적혀 있지 않아서요, 내가 외부에 나와 있거든요……" 나는 태연하게 거짓말을 늘어놓았다. "회사로 연락해보세요." 여자는 심드렁한 목소리로 그렇게 불쑥한마디하고는 전화기를 내려놓아버렸다. 전화기가 툭 소리를 내며끊어졌다. 나는 그걸 몰라서 전화를 걸었다고 얼른 둘러댔지만 내목소리는 빠져나갈 길을 찾지 못하고 전화선 안에 갇히고 말았다.

나는 빈 전화기를 노려보면서 그녀가 자기 남편과 동생의 관계를 알고 있을지 생각해보았다. 그 짧은 통화만으로는 어떤 추측을 한다는 것이 불가능했다. 나는 그 여자가 자기 남편과 순미의 관계에 대해 어느 정도나 알고 있는지 궁금했지만, 내 아름답고 정결하고 성스러운 증오가 통속적인 호기심에 의해 더러워지는 걸 바라지 않았기 때문에 궁금증을 자제했다. 나에게 필요한 것은 내 증오를 아름답고 정결하고 성스럽게 유지시키는 일이었다.

순미에게 전화를 하면 아마도 작자의 근무처를 어렵지 않게 알아낼 수 있겠지만, 나는 그러지 않았다.

저녁이 되어 내 발걸음이 순미의 집으로 향한 것은 내 속의 증오가 스스로 길을 낸 결과였다. 나는 내 속에 있는 증오의 시녀였다. 그가 이끄는 대로 끌려다닐 각오가 이미 되어 있었다. 내 속의 증오는 아름답고 정결하고 성스러웠지만 동시에 지혜롭기도 했다. 비둘기처럼 순결하되 뱀처럼 지혜로워야 한다는 충고를 어머니가 읽는 성경의 어떤 곳에선가 본 기억이 있다. 나는 그 대칭적인 이미지의 중첩을 이해하지 못했었다. 순결과 지혜보다 그것들의 현현인 비둘기와 뱀의 모순된 이미지가 가시처럼 걸려서 소화되지 않았었다. 그런데 문득 그 문장의 모순이 한순간에 사라지면서 어떤 깨달음이 찾아왔다. 그 문장은 내 속의 증오를 설명하기에 아주 적합했다. 그 문장이 내 속의 증오를 설명하기 위해 만들어진 경구인 것처럼 갑자기 반갑고 친근했다. 순결과 지혜, 비둘기와 뱀.

나는 지난번처럼 순미의 아파트 상가 옥상으로 올라갔다. 그녀를 지키기 위한, 나에게 가능한 방법이 그것 말고는 없다는 생각을 끄집어내서 나의 행동에 정당성을 부여하려고 했지만 마음은 다리 미질을 하지 않은 면바지처럼 후줄근하고 꼬깃꼬깃했다. 정당화가 순조롭게 이루어지지 않았다는 증거였다. 나는 깡통에 든 맥주를 몇 병 사들고 난간에 기대었다. 그녀는 집에 늦게 들어왔다. 나는 그녀가 돌아올 때까지 맥주 캔을 두 개 비웠다. 그녀의 늦은 귀가는 걱정스럽긴 했어도 내 마음을 상하게 하지는 않았다. 그러나 그녀와 동행한 남자의 얼굴을 보았을 때 내 마음은 심하게 상처를 입었고, 나는 설명할 수 없는 배신감과 분노로 어쩔 줄 몰라 하며 옥상 위에서 서성거렸다. 그 도시에 남아 있게 하고 그 옥상으로 올라가게 하고 그녀의 집안을 훔쳐보게 한 내 속의 신통력에 대한 자긍심 같은 것이 생겨날 여유가 없었다. 내 꼴이 꼭 우리에 갇힌 짐승 같았다. 실제로 나는 의미 없는 소리로 으르렁거리기도 했다.

남자는 소파에 앉았고, 앉자마자 텔레비전에 전원을 넣었고, 텔레비전에서는 공교롭게도 내가 마시고 있는 맥주를 광고하고 있었고, 그는 맥주 광고에 이어 나온 증권회사 광고가 보기 싫은지 채널을 돌려버렸고, 그래서 텔레비전 화면에는 운동장의 야구 선수들이 나타났고, 곧 야구 선수들이 사라지고 축구 선수들이 나타났고, 그는 마음에 드는 프로그램을 찾은 듯 그제야 들고 있던 리모컨을 탁자 위에 내려놓았다.

그녀는 이리저리 왔다갔다했다. 안방으로 생각되는 곳의 문을 열고 들어갔다가 옷을 갈아입고 나오고 화장실로 생각되는 곳의

문을 열고 들어갔다가 수건으로 머리를 동여매고 나오고 부엌에서 베란다로 갔다가 베란다에서 다시 부엌으로 들어갔고 거실로 잠깐 나왔다가 다시 부엌으로 들어갔다. 나는 옥상 난간에 떨어졌다 붙었다를 되풀이하며 그들의 공간을 훔쳐보았다. 내 서성이는 동작에 따라 집안의 그림은 이어졌다가 떨어지고 떨어졌다가 이어졌다. 나는 그녀에게 실망하고 그 작자에게 분개했다. 할 수만 있다면 나는 그 그림을 망가뜨리고 싶었다. 그러나 어떻게 해야 좋을지 모르고 있었다. 내 실망과 분개는 너무나 개인적이고 사소한 것이어서 그들에게까지 미칠 수 없었다. 심리의 움직임은 아주 미묘한 것이어서 다른 사람의 공감을 이끌어내기가 어렵다는 걸 나는 알고 있었다.

그 어느 순간 옥상 난간에 바짝 붙어서 내려다보는 내 눈에 믿을 수 없는 장면이 들어왔다. 나는 곧 그들의 몸이 엉키고 커튼이 쳐질 거라고 예상하고 있었다. 불이 꺼질 수도 있었다. 나는 그런 상황을 각오하고 있었다. 하지만 내 예상은 빗나갔다. 그들의 몸은 엉키지 않았고 커튼도 쳐지지 않았다. 물론 불도 꺼지지 않았다. 그 대신 긴장감 넘치는 대화를 주고받는 듯 두 사람은 뻣뻣하게 선 채 서로를 노려보았다. 남자의 손이 그녀의 목덜미를 세차게 후려친 것은 얼마 후였다. 그녀는 목덜미를 싸쥔 채 바닥에 쓰러졌다. 남자의 발이 그녀의 허리를 짓밟았다. 남자가 무슨 소리인가를 지르는 것 같았지만 나에게까지 들리진 않았다. 심장의 피가 거꾸로 치솟는 것 같았다. 그녀에게 저럴 수는 없었다. 누구도 그녀에게 손찌검을 해서는 안 되었다. 그 남자는 더욱 그래선 안 되었다. 사정이 어떻든 그녀에게 폭력을 휘두르는 것을 묵과할 수 없었다. 나는 내가 보는 앞에서 그녀를 괴롭히는 걸 용납할 수 없다고 이를 악물었다. 남자는 한 손으로 그녀의 머리를 모아쥐고 다른 손으로 연신 얼굴이며 팔, 가슴이며 허리를 때리고 있었다. 그녀는 저항을 하지 않았다. 그녀는 그저 방바닥에 쓰러진 채 울고만 있었다. 울음소리는 들리지 않았지만 나는 그녀가 울고 있다는 걸 확신할 수 있었다. 들리지 않았지만 나는 들었다. 그것은 신호와도 같았다. 나를 부르는 신호와도 같았다. 나는 치욕과 아픔을 동시에 느꼈다. 그녀의 정신인 것처럼 치욕을 느꼈고 그녀의 육체인 것처럼 아픔을 느꼈다. 그것은 피할 수 없는 신호와도 같았다.

나는 급히 휴대폰을 꺼내들고 그녀의 전화번호를 눌렀다. 전화 벨이 울리고 있을 텐데도 집안의 움직임에는 변화가 생기지 않았다. 남자는 그렇게 하기로 역할이 정해진 무대 위의 배우처럼 마구잡이로 폭력을 휘둘렀고 여자는 그렇게 하기로 역할이 정해진 무대 위의 배우처럼 아무 저항도 하지 않고 남자의 폭력을 받아들였다. 조급한 마음이 받아라, 제발 좀, 하고 소리치게 만들었다. 받아라 제발 좀…… 그러나 길게 이어지는 전화벨을 멈추게 할 것 같은 조짐은 전혀 보이지 않았다. 그들은 자신들의 배역에 너무 열중해 있었다.

다급해진 나는 먹다 남은 맥주 캔을 내버려두고 옥상에서 뛰어내려갔다. 어떻게 하겠다는 작정 같은 건 아직 없었다. 어떻게 하든 작자의 손에서 그녀를 구해야 한다는 생각 말고는 없었다.

그녀의 집까지 한달음에 달려가서 다짜고짜 초인종을 눌렀다. 누르고 또 눌렀다. 안에 누구 없어요? 하고 소리치며 주먹으로 철문을 쾅쾅 두드렸다. "누구요?" 남자의 목소리에는 신경질이 잔뜩 묻어 있었다. 귀찮은데 누가 이 밤중에 남의 집 문을 두드리느냐는 투덜거림이 그대로 전해져왔다. 쉽게 문이 열리기를 기대할 수 있는 상황이 아니었다. 나는 엉겁결에 경비원이라고 둘러대고, 이어서 다급한 목소리로 아래층에서 불이 났다고, 빨리 대피해야 한다고 소리쳤다. "무슨 불이 났다는 거야?" 그렇게 중얼거리긴 했지만 작자의 목소리에는 신경질이 현저하게 줄어들어 있었다. 나는 정말로 그 상황을 돌파하기 위해 불이라도 지르고 싶은 심정이었다. 빨리 움직여요, 빨리요, 하고 대사를 외면서 이만하면 나도 제법 연기를 잘한다는 생각을 언뜻 했다. 그 엉뚱한 자부심은 곧 문이 열릴 거라는 믿음으로 이어졌다. 나는 붙임성 없는 사람처럼 뚱한 얼굴을 하고 있는 회색의 철문을 초조하게 노려보며 내 가슴속에서 이글거리는 증오를 떠올렸다. 사랑의 원천인 증오, 사랑의 다른 쪽 얼굴인 증오, 그래서 아름답고 정결하고 성스러운 내 안의 증오를 떠올렸다. 순미를 지키기 위해서라면 나는 뭐든 할 것이었다. 뭐든 할 것이었다. 내 증오는 금방이라도 폭발할 것만 같았다.

뚱한 얼굴의 회색 철문이 열린 것은 내 증오가 폭발하기 직전이었다. 그리고 문이 반쯤 열리고 그자가 얼굴을 내미는 순간 증오가 어떻게 폭발하는지, 증오가 무엇을 통해 폭발하는지 순식간에 알게 되었다. 그것은 근육이었다. 팔과 주먹의 근육이었다. 팔과 주먹의 근육들이 증오에 의해, 아름답고 정결하고 성스러운 내부의 증오에 의해 쇠처럼 단단해지는 걸 나는 느꼈다. 쇠처럼 단단해진 내 팔과 주먹의 근육들이 그자의 얼굴과 가슴과 복부를 향해 쏟아질 때 어쩌면 그자가 죽을지도 모른다는 생각을 했다. 그자의 얼굴과 가슴과 복부를 향해 주먹을 뻗으면서 나는 그자가 죽어도 상관없다고 생각했다.

28

순미는 울었다. 그녀의 여린 영혼은 울음으로밖에 자기를 표현하지 못했다.

나는 무작정 그녀를 끌어내서 내 차에 태웠다. 그리고 차에 시동을 걸기 전에 그자의 감색 승용차를 찾아내서 네 개의 타이어를 모두 펑크냈다. 그것으로도 분이 풀리지 않았기 때문에 화단에 쳐진 철제 울타리를 뽑아서 유리창에 다섯 번이나 내리쳤다. 유리창이 거미줄처럼 잘게 부서졌다. 그녀는 울기만 했다. 우는 것 말고는 다른 표현 방법을 알지 못하는 어린아이처럼 울기만 했다. 경비원이 저쪽 어둠 속에서 소리를 지르며 달려왔기 때문에 나는 자동차에 시동을 걸고 거칠게 가속페달을 밟았다. 내 차는 순식간에 아파트 단지를 빠져나갔다.

세상이 깜깜했다. 단지를 빠져나가자 가로등이 하나도 보이지 않았다. 나는 어디가 길인지, 어디로 가야 하는지도 모른 채 속도를 냈다. 어디든 가야 했다. 여기가 아니라면 어디든 상관없을 것 같았다. 그녀는 울었다. 그녀가 심하게 몸을 떨고 있다는 게 느껴졌다. 나는 그녀가 떨고 있다는 게 싫었다. 우는 건 몰라도 떠는 건 싫었다. 나는 떨지 말아요, 하고 소리쳤다. 떨지 말아요, 하고 소리치면서 나는 내가 왜 그녀가 떠는 걸 싫어하는지 알았다. 그것은 내가 떨고 있었기 때문이었다. 나도 모르게 몸이 저절로 떨렸다. 두려움이 내 폭주의 원동력인지 모른다는 생각이 들었다. 장막처럼 드리워진 어둠을 뚫고 내 차는 폭격기처럼 달렸다. 어딘가에 가서 폭탄이라도 터뜨릴 기세였다. 그것은 사실인지도 몰랐다. 내 몸은 그 안에 들어 있는 폭탄을 싸고 있는 껍데기인지도 몰랐다. 나는 어디든 가서 내 안의 폭탄을 터뜨려버리고 싶은지 몰랐다. 어디든 가서 그녀와 함께 폭발해버리고 싶은지 몰랐다.

순미는 계속 떨었고 울음을 그치지도 않았다. 나는 가속페달을 있는 힘껏 밟으면서 악을 썼다. "어쩌겠다는 거예요? 그 작자가 나쁜 놈이라는 걸 몰라요? 그 작자가 순미씨의 몸과 정신을 더럽히고 영혼을 폐허로 만들고 있는 게 안 느껴져요? 그렇게 둔해졌어요? 그렇게 어리석어졌어요? 왜 그렇게 됐어요? 왜 그래요? 왜 그 작자예요? 난 이해하지 못하겠어요. 왜 자신을 지키지 않으려고 하는지. 왜 자신을 내팽개치려고 하는지. 몰라요? 그 작자는 악마예요. 그 작자는 악마라구요."

그녀는 울음을 그치지 않았다. 마치 그것 말고 다른 의사표현 방법을 잊어먹은 사람처럼 그저 울기만 했다. 나는 솟구치는 연민의 감정을 어쩌지 못하고 하마터면 그녀를 따라 울 뻔했다. 그러나 나는 용케 울음을 이겨냈다. 그리고 아까보다 한층 누그러진 목소리로, 하지만 이제 걱정하지 마세요, 하고 말했다. "걱정하지 말아요. 이제부터는 내가 순미씨를 지킬 겁니다. 순미씨가 괴로워하는 걸 견딜 수가 없어요. 순미씨에게 상처를 입히는 사람은 누구든 용서하지 않을 겁니다. 이제 걱정하지 말아요. 언제나 내가 곁에 있을 테니까……" 나는 나에게 다짐하는 것처럼 비장하게 말했다. 그래도 그녀의 울음은 멈추지 않았다. 오히려 울음소리가 조금 더 커진 것 같기도 했다. 그 순간 내 눈에서 갑자기 눈물이 비어져나왔다. 내 말에 내 속 사람이 감동을 한 것일까? 처음에는 나도 속을 뻔했다. 그러나 꼭 그래서는 아니었다. 오히려 내 말이 믿어지지 않아서 그런 것 일 수도 있었다. 내 내부의 각오와 외부의 조건 사이를 가로지르는 어둡고 깊은 협곡을 그때 예감해서 그랬는지 모르겠다. 나는 어쩔 수 없이 울먹이면서, 끊임없이 울기만 하는 그녀를 향해 무슨 말인가를 계속했다. 그자는 악마라고 소리지를 때 내 마음은 격렬하게 요동을 쳤고, 어떤 상황에서든 그녀를 지키겠다고 다짐할 때 내 마음은 어딘가로 깊이 침잠해들어갔다.

어디로 길이 난 것일까? 길은 길을 만나 길을 이루고 있었다. 어디든 길 아닌 곳이 없었다. 무작정의 내 폭주 자동차는 어딘지도 모르는 길을 폭격기처럼 달리다가 어느 순간에 고속도로로 진입해들어갔고, 고속도로에 진입한 이후에도 폭주를 그만두지 않았다. 놀란 자동차들이 황급히 길을 터줬다. 어떤 차는 끼익 소리를 내며 서기도 했고 어떤 차는 카앙카앙 경적을 울려대기도 했다. 그러나 내 귀에는 그런 소리가 들려오지 않았다. 그 시간에 나와 같은 고속도로를 달린 운전자들 가운데는 119나 112에 전화를 걸어 브레이크가 고장난 자동차 한 대가 맹렬한 속도로 고속도로를 질주하고 있다고 신고했을지도 모를 일이었다. 그러나 나는 내 차를 추적해오는 순찰차를 보지 못했다. 그것으로 보아 예상과는 달리 아무도 내 차를 신고하지 않았을 수도 있었다. 그리고 사실 그건 그렇게 중요한 일이라고 할 수는 없었다.

중요한 일은 따로 있었다. 내 차는 날이 밝을 때까지 어딘지도 모르는 곳을 휘젓고 다녔고, 그런데도 사고를 일으키지 않았고, 그건 물론 다른 운전자들이 방어운전을 잘해준 덕택이었을 테고, 그 사이에 우리는 고속도로를 빠져나와 있었고, 언제인지는 모르지만 옆자리의 순미는 울다가 지쳐서 양볼에 눈물 자국을 묻힌 채 의자에 기대 잠이 들었고, 동쪽 하늘이 밝그스름해질 무렵이 되어서 기름이 바닥까지 떨어진 내 차는 한적한 도로변에 멈춰 섰다. 그렇게 맹렬하게 질주하던 자동차가 부르릉 소리도 내지 않고 스르르 잠들어버린 것이다.

무언가 가득 부풀어 있던 것이 다 빠져나가버린 것처럼 허전했다. 나는 의자 등받이에 머리를 받치고 가만히 눈을 감았다. 불과 몇 시간 전의 일이 까마득하게 먼 옛날 일처럼 여겨졌다. 꿈을 꾼 것처럼 아뜩하기도 했다. 수 시간이 아니라 수백 년, 수백 년이 아니라 다른 생에서 이 생으로 질주해온 것처럼 긴박하고 아득하게 느껴지기도 했다.

눈을 뜨고 등받이에서 머리를 들고 옆자리의 순미를 돌아보았다. 잠든 그녀의 모습은 뜻밖에 평화로워 보였다. 내가 사랑한 여자의 얼굴이 옆에 있었다. 그녀가 내 곁에서 아무런 의혹도 없이 (적어도 그 순간의 내 눈에는 그렇게 보였다) 잠들어 있다는 사실이 믿어지지 않았다. 내가 그녀와 붙어앉아 잠든 그녀의 평화로운 얼굴을 바라보고 있다는 사실이 실감나지 않았다. 꿈을 지나온 것이 아니라 아직도 꿈을 꾸고 있는 것만 같았다. 나는 그녀의 눈물 자국이 묻은 볼에 손을 대고 싶었다. 내 손으로 그녀의 볼에 묻은 눈물 자국을 지워주고 싶었다. 그러나 내가 손을 대면 꿈이 깨버릴 것 같아서 그렇게 하지 못했다. 나는 그녀의 얼굴 언저리를 맴돌던 내 허전한 손을 가만히 거둬들였다. 그리고 그녀의 이마에 내 머리를 살짝 갖다대고 눈을 감았다. 그녀의 여리고 약한 콧김이 느껴졌다. 나는 말할 수 없는 행복감에 젖어들었다. 이렇게 세상이 끝난다고 해도 좋을 것 같았다. 아무것도 생각하고 싶지 않았다.

29

꿈을 꿨어요, 하고 순미가 말했다.

그녀의 머리에 내 머리를 기대고 세상이 끝날 때까지 가만히 있으려고 했는데, 얼마든지 그럴 수 있을 것 같았는데, 나도 모르게 그만 잠이 들어버렸던가보았다. 그러나 깊은 잠에 빠진 것은 아니어서 그녀가 몸을 뒤척이면 깜짝 놀라 상체를 일으키곤 했다.

그녀의 약한 콧김을 느끼면서 야릇한 상상에 빠져든 것이 사실이었다. 가망 없는 것으로 밀어두었던 그녀와의 사랑이 현실화된 듯한 기분은, 비록 착각일지라도 그다지 나쁘지 않았다. 심장의 박동소리가 천둥소리처럼 들렸다. 적어도 그녀에게 몸을 기대고 눈을 감은 그 순간만은 그녀가 내 여자라는 생각이 조금도 주제넘은 것 같지 않았다. 그렇지만 평온하게 잠들어 있던 그녀가 몸을 뒤척이는 순간 화들짝 놀라 눈을 뜬 걸 보면, 그런 생각이, 기분과는 달리 그렇게 녹록하지는 않았던 모양이다. 그녀는 등받이에서 몸을 일으켜세우고 똑바른 자세로 정면을 응시했다.

눈앞에 펼쳐진 길은 꾸불꾸불하고 아득해 보였다. 길을 따라 달리는 햇빛이 저만치 끝에서 산자락 속으로 모습을 감추고 있었고,

그녀의 시선은 길을 따라 달리는 햇빛을 따라 산자락에 이르고 있었다. 한없이 한가로운 길이었다. 그러나 간밤의 난폭한 질주를 증명이라도 하듯 차창에는 크고 작은 얼룩들이 덕지덕지 달라붙어 있었다. 껍데기만 남은 하루살이들도 있었다. 알맹이를 잃고 검불처럼 가벼워진 그것들이 차창에 떼를 지어 붙어 있는 모습은 좀 괴기스러웠다. 나는 하루살이들의 무게를 생각하고 내 차의 속도를 생각했다. 하루살이들에게 치명적인 충격을 주기 위해서는 얼마만한 속도가 필요했을까. 하루살이들을 차창에 달라붙게 하기 위해서 폭주를 한 것은 아니었다. 그렇지만 하루살이들에게 내 폭주의 동기를 헤아리라고 요청할 수도 없는 노릇이었다. 햇살은 검불과도 같은 하루살이들의 날개 위에 은색으로 부서졌다. 우리 옆으로 어쩌다 한 대씩 자동차들이 지나갔다.

"이상한 꿈이에요." 순미는 꿈꾸는 듯한 목소리로 말했다. 아직 꿈에서 깨어나지 않았다는 것이 아니라, 꿈을 데리고 밖으로 나온 것 같은 느낌이 들었다. 햇빛이 그녀의 옆얼굴을 비추고 있었다. 잠에서 깨어난 사람 같지 않게 말갛고 깨끗한 얼굴이었다. 그녀의 얼굴에서 빛이 나고 있다는 느낌이 든 것은 필시 옆얼굴에 어린 역광 때문이었을 것이다. 나는 그녀의 볼에 입술을 갖다대고 싶은 욕구를 애써 주저앉히며 무슨 꿈이요? 하고 물었다. "이상한 꿈이에요." 그녀는, 아직 꿈에서 깨어나지 않은 것이 아니라 꿈을 데리고 밖으로 나온 것 같은 목소리로 되풀이 말했다. "그 사람이 나였을까요? 꿈은 일인칭이다가 삼인칭이 되고, 그러다가 다시 일인칭으로 바뀌곤 해요. 그 여자가 나였을까요?" 그녀는 꿈의 길을 되짚어들어가는 것처럼 가만가만 말했다. 나는 비스듬하게 비치는 햇빛을 반사해내는 그녀의 옆얼굴을 홀린 듯 바라보았다. 그녀는 어떤 꿈을 꾸었는지 모르지만, 나는 그녀를 꿈꾸고 있는지 모른다는 생각이 문득 들었다.

서로 몹시 사랑하는 두 사람이 있어요, 하고 그녀는 말을 이어갔다. "남자는 악사예요. 나팔을 불어요. 나팔을 불어서 사람들이 일어날 시간과 잠잘 시간과 일할 시간과 일을 마칠 시간을 알려줘요. 성 안의 모든 사람들이 그 사람의 나팔 소리에 따라 움직여요. 성 안에 특별한 행사가 있을 때도 그 사람이 나팔을 불어요. 그 악사에게 사랑하는 여자가 있어요. 남자가 사랑하는 여자는 귀족의 딸이에요. 예쁘고 사랑스러워요. 그가 그녀를 사랑하는 것만큼 그녀도 그를 사랑해요. 그래서 그들은 행복해요. 남자는 나팔을 불어 성 안의 모든 사람들을 잠재운 뒤 여자를 만나러 가요. 그들은 밤마다 별 아래서 사랑을 맹세해요. 하늘에는 그들이 걸고 맹세할 별이 너무나 많으므로 그들의 맹세도 끝이 없어요. ……그런데 그들의 사랑에 갑자기 먹구름이 덮쳐요. 성의 주인이 그 여자를 탐내요. 성주가 그녀에게 구애를 해요. 그녀는 당연히 거절하지요. 안 돼요, 나에게는 사랑하는 사람이 있어요…… 성주는 거듭 구애를 해요. 그녀는 거듭 거절해요. 안 돼요, 나는 다른 사람을 사랑해요.

성주는 자기의 신하인 그녀의 아버지에게 지시해요. 딸의 마음을 돌리게 해달라고. 그녀의 아버지가 그녀를 설득해요. 성주의 사랑을 받아들이지 않을 이유가 뭐냐고. 성주의 사랑을 받아들이면 세상이 모두 네 것이 되는데…… 그녀는 고개를 저어요. 안 돼요, 나에게는 사랑하는 사람이 있어요. 그녀의 아버지는 포기해요. 그러나 성주는 포기하지 않아요……"

짐을 잔뜩 실은 대형 트럭이 속도를 내고 달려가며 요란하게 경적을 울렸다. 그 바람에 우리가 타고 있는 차가 흔들렸다. 갓길도 아닌 곳에 위험하게 서 있는 내 차를 향해 보내는 경고라는 건 모르지 않았지만, 내 차는 움직일 수 없었다. 나는 비상등을 켰다. 내 차는 새벽에 저절로 섰다. 연료통에는 기름이 한 방울도 남아 있지 않을 것이다. 나는 연료 표시등에 붉은 불이 들어오는 것도 보지 못했다. 이곳은 어디일까?

"동화 같군요." 그것은 진정이었다. 나는 진정으로 그녀의 꿈 이야기가 동화 같다고 느꼈다. 그녀 말대로 이상한 꿈일지는 몰라도 나쁜 꿈인 것 같지는 않았다. 조금 긴장했던 것일까, 안도하는 마음도 생겼다. "동화요?" 그녀는 쓸쓸하게 웃었다. "아닌가요?" 나는 일부러 환하게 웃었다. 그녀는 긍정도 부정도 하지 않았다. 그 대신 한숨을 내쉬고 창문을 조금 열었다.

"여기가 어디예요?" 그녀는 숨을 몰아쉬며 물었다. 나는 잘 모르겠다고 대답했다. 그녀는 고개를 돌려 내 얼굴을 쳐다보았다.

"기름이 떨어졌어요. 밤새 달렸거든요." 나는 겸연쩍게 웃었다. 그녀는 웃지 않았다.

아버지는 포기했지만 성주는 포기하지 않았다는 대목까지 이야기했어요, 하고 말한 것은 반드시 꿈 이야기가 궁금해서라기보다 그녀의 말을 듣지 않으면 이제 무엇을 해야 할지 아무 궁리도 되어 있지 않았기 때문이었다. 그녀가 잠에서 깨어나지 않았다면 제일 좋았을 것을. 그러나 그녀에게 다시 잠을 자라고 요청할 수는 없는 노릇이었다. 더 듣고 싶어요? 하고 그녀가 물었다. 나는 고개를 끄덕였다. 성주는 욕망의 좌절을 한 번도 겪어본 적이 없는, 자기가 원하는 것은 수단 방법을 가리지 않고 얻어내는, 끈질기고 집요하고 욕심이 많은, 그런 유형의 인간인 것 같았다고 그녀는 말을 이어갔다. 그녀의 음색에 희미하게 스며드는 불안한 기운을 나는 감지했다.

"성주는 오래지 않아 그녀가 사랑하는 남자가 자기의 신하들과 군대들과 백성들을 위해 나팔을 부는 한낱 천한 악사라는 사실을 알아냈어요. 자존심이 몹시 상한 성주는 그에게서 나팔을 빼앗아버려요. 그러고는 나팔 대신 창을 들려서 전쟁터로 보내요. 전쟁은 격렬하고 참혹했어요. 평생 나팔밖에 불어본 적이 없는 그 청년이 창을 어떻게 쓰는지 알 리가 없지요. 나팔 대신 창을 들고 전쟁터에 나간 악사는 눈을 잃고 팔을 잃어요. 눈을 잃고 팔을 잃은 채 돌아왔지만 여자는 그래도 여전히 악사를 사랑해요. 눈을 잃고 팔을 잃은 악사는 괴로워해요. 제발 자기를 그만 사랑하라고 호소해요. 눈도 없고 팔도 없는 나를 계속 사랑하는 것은 나를 고문하는 것이다. 나를 사랑하지 마라, 나를 떠나라, 하고 외쳐요. 그녀는 그럴 수 없다고 고개를 저어요. 우리가 밤마다 별을 보면서 했던 맹세들을 생각해봐요, 하고 여자는 말해요. 하늘에 별이 사라진다면 내 사랑도 사라질 거예요. 하지만 하늘에 별이 남아 있는 한 내 사랑도 남아 있을 거예요. 기억하세요, 당신이 어디를 가든 나는 언제나 당신 곁에 있을 거예요…… 어느 날, 눈을 잃고 팔을 잃은, 그래서 더이상 악기를 연주할 수 없게 된 불행한 악사는 바닷가에 서서 바다의 신에게 간청을 해요. 나를 내 사랑으로부터 멀리 떠나게 해주세요. 내 사랑이 나를 찾을 수 없는 곳으로, 아주 먼 곳으로 떠나보내주세요…… 그러고는 바닷속으로 뛰어들어요. 바다의 신은 그의 슬픔을 이해했어요. 바다의 신은 사랑을 거부할 수밖에 없는 그의 크고 깊은 사랑에 감동했어요. 바다의 신은 그를 나팔 모양의 씨앗으로 만들어 파도에 떠밀려가게 해요. 씨앗은 파도를 타고 바다를 건너가요. 그리고 얼마 후에 건너편 바닷가에 한 그루 나무가 자라요. 나무는 하늘을 향해 솟구쳐올라가요. 마치 그들이 전에 밤마다 바라보면서 맹세했던 그 별들에게 닿기라도 할 것처럼…… 밤이 되면 그 나무는 나팔 소리를 내요. 나팔 소리는 파도를 뚫고 바다를 건너가요. 애인이 사라진 후 먹지도 않고 자지도 않아 쇠약해질 대로 쇠약해진 여자는 바다 건너편에서 들려오는 귀에 익은 나팔 소리를 듣고 바닷가로 달려가요. 그 소리가 애인의 악기 소리라는 걸 모를 리 없지요. 그녀는 바다의 신에게 눈물을 흘리면서 간청해요. 저리로 나를 건너가게 해주세요. 내 사랑이 저 바다 건너에서 나를 불러요. 나를 건너가게 해주세요. 바다의 신은 고개를 저어요. 그럴 수는 없다. 바다의 신은 눈을 잃고 팔을 잃은 불행한 악사에게 했던 약속을 어길 수가 없었어요. 마음은 아팠지만 바다의 신은 악사와의 약속을 지키기 위해 그녀의 눈물을 외면해요. 그러나 그녀는 바닷가를 떠나지 않고 눈물을 흘리면서 간청을 계속해요. 바다의 신은 대꾸도 하지 않아요. 얼마 후 먹지도 않고 자지도 않아 극도로 쇠약해진 여자는 몸안의 수분을 모조리 눈물로 쏟아낸 후 그 자리에 쓰러져 죽어요……"

그녀는 답답한 듯 창문을 조금 더 열었다. 햇빛이 열린 창문으로 투명한 손을 집어넣었다. 차창에 붙은 하루살이들의 날개가 은색으로 반짝였다. 그것들은 햇빛을 받아 몸을 뒤척이는 싱싱한 아침 바다를 떠올리게 했다. 어쩌면 근처에 바다가 있을지 모른다는 생각이 그 순간 문득 들었다. 불어오는 바람 속에 염분 냄새가 섞여 있는 것 같기도 했다.

그녀의 꿈 이야기가 단순한 동화가 아니라는 건 자명했다. 이상한 꿈이라는 그녀의 말은 틀리지 않았다. 그녀의 목소리에 묻어 있던 불안정한 정서가 어느새 나에게 전이된 것일까, 나의 감각은 진기에 감전이라도 된 것처럼 예민하게 흔들렸다. 그녀가 아직 모르고 있는 것을 나는 알고 있었다. 그녀가 막연하게 예감하고 있는 것의 실체를 나는 이해하고 있었다. 그녀의 꿈은 나의 해몽을 기다리고 있었다. 그녀는 꿈을 꿨고, 나는 그 꿈을 해몽할 사람이었다. 나는 그녀의 꿈속에 들어가지 못하고 다만 꿈 밖에서 해몽을 할 뿐이었다. 나는 단지 해몽하는 자에 지나지 않는다는 생각, 단지 그녀의 꿈을 해몽하기 위해 내가 그곳에 있다는 생각은 나를 갑자기 비참하게 했다. 나는 문득 누더기를 걸친 것 같은 수치심을 피할 수 없었다. 얼굴이 화끈거렸다.

그녀는 아직 꿈 이야기를 끝낸 것이 아니었다. 잠깐 사이를 두었다가 이야기를 계속했다.

"그녀의 죽음은 그렇게 냉정하기만 하던 바다의 신을 감동시켜요. 바다의 신은 자기가 너무 심했다고 뉘우치지요. 그래서 죽은 그녀 역시 씨앗으로 변하게 해요. 조금 후에 그녀가 죽은 자리에 한 그루 나무가 자라나요. 나무는 하늘을 향해 쑥쑥 커가요. 마치 그들이 전에 밤마다 바라보며 맹세했던 그 별들에게 닿기라도 할 것처럼…… 하늘과 땅을 잇는 두 그루의 키 큰 나무가 바다 이쪽과 저쪽에 서 있어요. 금방이라도 바다 위를 달려갈 것 같은 기세로. 그러나 나무는 달려갈 수가 없어요. 날아갈 수도 없어요. 나무는 움직일 수 없기 때문에 한곳에 고정되어 있어요. 안타깝게도 나무로 변신을 한 후에도 두 사람의 사랑은 이루어지지 못하는 것처럼 보여요. 그런데 그게 아니에요. 그게 끝이 아니에요. 내 꿈의 마

216

지막은 신비스럽고 경이롭고 기묘해요. 밤이면, 그들이 벌판에서 만나 별을 보며 끝없이 사랑을 맹세했던 그 밤이 오면, 두 그루의 나무는 놀랄 만큼 민첩하게 움직여요. 온 감각과 에너지가 뿌리로 집중해요. 뿌리는 쏜살같이 빠르게 바다 밑으로 뻗어나가요. 나무의 뿌리는 바다 밑을 가로질러 이쪽에서 저쪽으로, 저쪽에서 이쪽으로 달음질쳐요. 바다 밑을 달려온 두 나무의 뿌리는 바다 한가운데서 만나 서로 엉켜요. 나무의 뿌리는 사랑하는 사람의 손처럼 부드럽게 뻗어 상대방을 애무하고 끌어안아요. 애무는 부드럽고 포옹은 뜨거워요. 무슨 꿈이 이럴까요? 꿈이 너무 선명해요. 현실처럼 또렷하고 구체적이기까지 해요. 꿈을 꾸는데 내 얼굴을 진짜로 누군가 만지는 것 같았어요. 그녀가 나였을까요? 왜 이렇게 이상한 꿈을 꾼 걸까요?"

그녀는 이야기를 끝냈다. 나는 그녀가 꾼 꿈의 마지막 부분이 낯설지 않은 데 놀랐다. 노인의 장례식이 끝나고 서울로 돌아가는 자동차 안에서 나는 남천의 그 야자나무에 대한 상상에 몰두해 있었다. 나는 상상했었다. 나무의 뿌리는 바다에 닿고, 바다는 나무를 품는다고. 아니, 나무가 바다를 품고 있다고. 나무는 바다보다 크고 넓다고. 나는 나무의 길고 깊은 뿌리가 태평양을 헤엄쳐서 브라질이나 인도네시아의 어느 밀림에 닿는 그림을 눈앞에 그렸었다. 나무가 밤마다 한 번씩, 혹은 두 번씩 태평양의 물밑을 오가는지 누가 알겠는가, 하고 속으로 생각했었다. 나무가 움직이지 않고 한곳에 고정되어 있다는 생각만큼 악의적인 편견도 없다, 라고 속으로 말했었다. 태평양을 건너온 나무가 태평양을 건너가지 못하겠는가, 하고 속으로 중얼거렸었다. 내 생각은, 나무는 움직이지 않는 것이 아니라 움직이는 것이 보이지 않을 뿐이라는 데로 귀착했었다.

그때 나는 밤마다 한 번씩 바다를 건너가는 나무를 상상했었지만, 그러나 그 나무가 밤마다 한 번씩 바다를 건너가야 하는 사연에 대해서는 상상하지 못했다. 그 부분이 빠져 있었으므로 내 상상은 불완전했다. 하지만 불완전한 내 상상을 완성시키기 위해 그녀가 꿈을 꾼 것이라고 할 수는 없었다. 그런 해몽은 자의적이고 엉터리다. 나는 그렇게 파렴치해지고 싶진 않다.

모든 나무들은 좌절된 사랑의 화신이다…… 그 문장이, 미리 대기하고 있었던 것처럼 불쑥 떠올랐다. 어디서 뚝 떨어진 것도 같았다. 입안에서 그 문장을 가만히 굴려보고 있는데, 가슴 한구석이 움찔했다. 그것은 형의 문장이었다. 언젠가 훔쳐본 형의 노트에서 그 문장을 읽었었다. 그것은 이백 페이지도 더 되는 파일의 첫 문장이었다. 기억이 정확하지는 않지만, 그다음 문장은 다음과 같은 것이었다. '신화들 속에서 나무들은 흔히 요정이 변신한 것으로 나온다. 요정들은 신들의 욕정과 탐욕을 피해 육체를 버리고 나무가 된다. 신들은 권력을 가진 자이고, 권력을 가진 자들은 한결같이 탐욕스럽다. 그들의 욕망은 도무지 좌절되는 법이 없다. 그들의 절대욕망으로부터 달아나기 위한 유일한 방법이 변신이다. 탐욕스런 권력자인 신들의 욕망으로부터 자신들의 사랑을 지키기 위해 요정들은 어쩔 수 없이 나무가 된다. 나무들마다 이루어지지 않은 아프고 슬픈 사랑의 사연들을 하나씩 가지고 있는 것은 그 때문이다.' 그리고 꽃과 나무에 붙은 가지가지 변신 이야기가 이어졌다. 그 파일의 모든 페이지들이 그가 수집한 나무들의 변신 이야기로 가득 채워져 있었다.

나는 형이 무엇 때문에 그런 걸 쓰고 있는지 의아스러웠다. 시간을 때우기 위해서, 라고 할 수 있긴 하지만, 시간을 때우기 위해 굳이 나무들에 얽힌 사연들을 주워모으고 있어야 하는 것은 아니었다. 어떤 일에 몰두하는 것이 그의 정신 건강에 해롭지 않을 거라는 막연한 판단이 생기지 않았다면 나는 그에게 쓸데없이 그런 작업을 왜 하느냐고 물었을 것이다. 집 근처 숲에 있는 때죽나무와 소나무에게 형이 과도하게 집착해 있다는 인상을 새삼 확인하였고, 또 그것이 형에게 엉뚱한 열정을 부여하고 있는 것 같다는 생각도 들었지만 그러나 중단시켜야 할 필요는 느끼지 않았었다.

그런데 형의 노트에서 옮겨온 것 같은 순미의 이 꿈은 무엇일까? 그녀는 자기의 꿈이 구체적이고 사실적이라고 했지만, 이것은 숫제 신화가 아닌가. 나의 생각도 자연스럽게 신화적으로 되어가는 걸 어쩔 수 없었다. 나는 형이 나무가 되고 싶어하는지 모르겠다고 생각했다. 나무가 되고 싶은 자신의 염원을 그녀의 꿈속에 투사한 건지 모르겠다고 생각했다. 그렇지만 어떻게? 어떻게 다른 사람의 꿈속에 자신의 염원을 투사한단 말인가? 그녀가 형의 파일들을 본 것일까? 불가능한 일이다. 그렇다면? 형이 그녀에게 그런 꿈을 꾸게 했다는 것일까? 나는 그녀의 꿈속으로 들어가지 못하고 바깥에서 서성이고 있는데, 그는 그녀의 꿈속으로 들어갔단 말인가? 그는 아직도, 심지어 그녀의 꿈까지 지배하고 있는 것일까? 형의 그녀에 대한, 혹은 그녀의 형에 대한 놀랍고 신비스런 감응 앞에서 나는 한낱 남루에 지나지 않은 것 같은 기분이 들었다. 그는 그녀의 꿈을 연출하고, 나는 그가 연출한 그녀의 꿈을 해몽한다. 그것이 나의 존재다. 나는 자학하듯 중얼거렸다.

혼자 중얼거리는 말을 들었는지, 뭐라고 했어요? 하고 순미가 물어왔다. "야자수였나요?" 불쑥 그런 말이 나왔다. 그녀가 뭐라고요? 하고 다시 물었을 때 어떻게 설명해야 좋을지 몰라 허둥대다가 순미씨가 꾼 꿈이요, 하고 우물우물 둘러댔다. 햇빛이 그녀의 눈에 들어가 있었다. 햇빛을 밖으로 반사해내고 있는 그녀의 눈은 투명하고 아름다웠다. 아름답다고 생각하는 순간 왈칵 눈물이 솟으려고 했다. 나는 눈물을 흘리지 않으려고 눈두덩에 힘을 주었다.

"꿈에 본 나무, 야자수였나요?" 내 목소리는 탐색이라도 하듯 조심스러웠다. "그걸 어떻게 알아요?" 그녀는 눈을 동그랗게 뜨고 쳐다보았다. 그럴 거라고 짐작은 했지만 그녀의 입을 통해 직접 그 사실을 확인받는 기분은 좀 참담했다. 더이상 의문의 여지가 없었다. 나는 나에게 주어진 역할이 무엇인지를 인식했다. 어떤 보이지 않는 힘에 의해 조종되고 있다는 느낌은 그 힘에 저항할 수 없다는 인식으로 이끌어갔다. 그 힘이 반드시 형이라고는 생각하지 않았다. 그렇지만 형이 아니라고도 할 수 없었다. 나는 그녀를 남천, 야자나무가 서 있는 절벽 위의 그 집으로 데리고 가는 것이 내 역할이라는 사실을 깨달았다.

나는 무게를 잃고 껍데기만 남은 채 차창에 달라붙어 있는 하루살이들을 물끄러미 바라보다가 자동차 밖으로 나왔다. 차창에 달라붙은 하루살이들을 손으로 뜯어냈다. 그것들은 잘 떨어지지 않았다. 나는 트렁크에서 기름걸레를 꺼내 문질렀다. "우리가 지금 어디에 있는지 알아봐야겠어요. 차에 기름도 넣어야 하고요." 나는 걸레를 잡은 손에 힘을 주며 말했다. "여기가 어딘지도 몰라요?" 그녀도 밖으로 나왔다. "아직은…… 마구 달렸거든요." 그렇게 대답하는데 문득 스쳐가는 바람 속에서 다시금 염분 냄새가 맡아졌다. 기름걸레를 트렁크에 집어넣다 말고 나는 아, 하고 소리를 질렀다. 어떤 예감이 내 가슴을 쿡 찔렀다. 나는 얼른 고개를 들고 햇빛이 달음박질쳐 넘어가는 정면의 꾸불꾸불한 길을 유심히 살폈다. 길의 끝이 슬몃 산자락으로 숨어들고 있었다. 낯이 익다 싶더라니…… 불쑥 그런 말이 나왔다. 아무리 무작정의 질주였다고는 하지만, 그 질주의 끝에 내가 그곳에 와 있다는 것은 결코 심상한 일일 수 없었다. 내 무작정의 질주는 실은 작정된 것이었다?

우연도 필연이다. 저 산자락을 돌아가면 바다가 나오고, 야자수도
볼 수 있으리라는 걸 나는 의심하지 않았다. 우리는 남천에 와 있
었던 것이다.

30

혹시 하고 시동을 걸어보았지만 자동차는 움직이지 않았다. 나
는 산자락 사이로 꼬리를 감추는 꼬불꼬불한 길을 한번 더 쳐다보
고는 그녀에게 조금만 걷자고 했다. 어딜 가려고 하느냐고 그녀가
물었다. 순미씨가 꾼 꿈속으로요, 하고 말하면서 나는 조금 쓸쓸하
게 웃었다. 그녀는 사람을 놀리느냐는 표정으로 내 얼굴을 쳐다보
았다. 나는 결코 놀리는 게 아니라는 표정을 지어 보이고는 앞장을
섰다.

"여기가 어딘지도 모른다고 했잖아요?" 따라오긴 하면서도 못
내 미심쩍어하던 그녀는 바다가 내려다보이는 언덕에 이르러서
내가 산을 향해 뻗은 좁은 길로 접어들자 참지 못하고 마음속의 의
혹을 드러냈다. 그녀는 내 얼굴을 똑바로 보지 않았다. 나는 웃음
이 나오려고 했지만, 그러면 그녀가 더 불안해할지 모른다는 생
각이 들었으므로 웃음을 참았다. "다 왔어요, 저기만 돌아가면 돼
요." 바다는 온통 은빛이었다. 햇살은 바다 위에서 잘게 부서졌다.
부서진 햇살들은 물결을 따라 출렁이며 은빛으로 반짝였다. 모퉁

이를 돌기 전에 그 벼랑 위에 세워진 야자나무에 대해 이야기해주어야 하지 않을까, 잠깐 망설였다. 하지만 어느 대목부터 말해야 할지 얼른 판단이 서질 않았다. 결정적으로 내 설명이 굳이 필요하지 않을 거라는 뒤이은 생각이 말을 하지 못하게 했다. 대개의 경우 설명이 아니라 눈으로 봄으로써 깨달음에 이른다. 그녀는 그 나무를 보는 순간 직관에 이를 것이고, 그것은 어떤 설명도 요청하지 않을 것이었다.

"어쩌면, 이럴 수가!" 순미는 탄성부터 질렀다. 나는 왜 그러느냐고 묻지 않았다. 물을 필요가 없었기 때문이다. 그녀는 야자나무를 보고 있었다. 가파른 벼랑 위에 하늘을 떠받치고 서 있는 야자나무는 필시 그녀가 꿈에서 보았던 나무와 같은 나무일 것이었다.

"아직도 내가 꿈을 꾸고 있는 건가요?" 순미는 눈앞에 펼쳐진 그림을 믿을 수 없다는 듯 바라보았다. "세상에! 이럴 수가……어떻게 이럴 수가……" 그녀의 말은 앞으로 나가지를 못했다. 이것이 꿈이거나, 순미씨가 꾸었던 꿈이 꿈이 아니었던 거예요, 하고 나는 자신 없는 목소리로 말했다. 그렇게 말할 때 나는 무엇에 홀린 것 같은 기분이었고, 어이없게도 신비주의자가 된 것 같은 기분이었다. 모든 나무는 좌절된 사랑의 화신이다. 형의 문장이 입안에서 자꾸만 맴돌았다. 이곳은 지상에 없는 곳이에요, 순미씨가 꾸었던 꿈의 무대와 같은 곳이지요, 저 나무도 꿈이에요, 하고 말할 때 나는 내가 꿈을 해몽하는 것이 아니라 꿈을 꾸고 있는 것처럼 느꼈다. 그것은 결코 바람직한 일이 아니었고, 또 내가 원하는 바도 아니었다. 그래서 나는 서둘러 덧붙였다. "하지만 나는 주인공이 아니에요. 나는 꿈의 밖에 있어요." 그녀는, 주인공이 누군가요? 하고 묻지 않았다. 나를 쳐다보지도 않았다. 그쯤이면 내 말의 뜻도 알아차리고 대강의 상황 판단도 하게 되었다는 것일까. 예상한 일인데도 마음속이 허전해지는 건 어쩔 수 없었다.

나는 내가 맡은 역할을 상기했다. 처음에 나는 형을 만나게 하겠다는 명분으로 그녀를 찾았고, 그녀는 마침내 형을 만나겠다고 했다. 창녀의 신분을 내세웠지만, 그것은 아마도 그녀가 내세운, 내세우지 않을 수 없는 명분이었을 것이다. 내가 그녀를 찾을 때 명분이 필요했던 것처럼 그녀 역시 형을 만나기 위해서는 명분이 필요했을 것이다. 그들 사이에 내가 있다. 나무가 되고 싶은 형과 창녀가 되고 싶은 순미 사이에 내가 있다. 나무가 되고 싶은 형과 창녀가 되고 싶은 순미의 염원의 안쪽 동기는 같다. 그것은 사랑이다. 더 정확하게는 좌절된 사랑에 대한 보상이다. 그들은 나무가 되고 창녀가 되어서라도 이루어지지 않았던 사랑을 이루려고 한다. 나무가 아니고 창녀가 아닐 때는 이룰 수 없었던 사랑을 나무가 되고 창녀가 되어서 이루려고 한다. 그들의 염원은 현실 속에서는 이루어지지 않는다. 그렇기 때문에 꿈이 필요하다. 비현실, 이세상에는 없는 무대가 필요하다. 내 역할은 정해져 있다. 그리고 나는 이미 그 역할에 충실하기로 작정한 터였다.

"저 나무…… 삼십 년 전에 이 바닷가에 씨앗의 형태로 밀려왔어요. 긴 항해 끝에 이 벼랑 아래 상륙했을 때 이곳에는 한 명의 남자와 한 명의 여자가 머물고 있었어요. 어려운 사랑을 하고 있었지요. 그들은 이 세상이 아닌 곳으로 옮겨가기를 원했어요. 여기가 그런 곳이라고 생각했던가봐요, 그 사람들. 아니면, 이곳을 그런 곳으로 만들고 싶어했던 것인지도 모르지요. 하지만 그들의 기대는 무너졌어요. 그들의 사랑은 외부의 힘에 의해 부서졌어요. 그 대신 그들이 심은 그 열대식물의 씨앗이 발아를 했지요. 순미씨는 지금 그 나무를 보고 있는 거예요. 나무 속에 투사된 그 사람들의 염원과 꿈을 보고 있는 거예요. 나무로 변신한 그들의 좌절된 사랑을 보고 있는 거예요."

이야기를 하다 말고 나는 설명이 필요 없을 거라는 조금 전의 내 예감을 떠올렸다. 그녀는 단지 봄으로써 그 나무가 간직한 사연과 그 공간에 감돌고 있는 기운을 감지해낼 것이라고 나는 생각했었다. 내가 예감한 것은 그녀와 야자나무의 감응이었다. 그럼에도 불구하고 나는 말을 피할 수 없었다. 어쩌면 나는 그녀에게가 아니라 나 자신에게 말을 하고 있는지 몰랐다. 그녀는 말이나 설명을 필요로 하지 않는지 모르지만, 나는 말이나 설명을 필요로 했던 것 같기도 하다. 내 입에서 나온 말들은 내 안에서 나온 것 같지가 않았다. 어투도 그랬고 어휘들도 그랬다. 남을 이해시키기 위해 내가 하는 말이 아니라 나를 이해시키기 위해 남이 하는 말처럼 들렸다. 그녀는 경이로운 표정으로 야자수의 꼭대기를 바라보기만 했다. 그녀는 내 말을 듣고 있는 것 같지 않았다. 아니면, 내 말들이 밖으로 나오지 않았는지도 모르겠다.

"삼십 년이 지난 후 그 두 사람이 저 야자수 아래에서 재회를 했다면 믿겠어요? 믿어지지 않겠지만 사실이었어요. 한 사람은 늙은데다가 병이 깊었고, 다른 사람은 병은 없었지만 늙었어요. 운명은 그들에게 아주 조금밖에 시간을 주지 않았어요. 병든 남자가 그녀를 만난 후, 기다렸다는 듯 숨을 거뒀으니까요. 나는 그 노인이 죽기 전에 그들이 저 야자나무 아래에서 태초의 인간들처럼 옷을 벗은 채 한몸을 이루고 있는 장면을 여기 숨어서 지켜보았어요. 그 모습은 아름답고 감동스러웠어요. 그 모습이 왜 아름답고 감동스러웠을까? 나는 그 이유를 몰랐어요. 조금 전까지. 순미씨가 꿈 이야기를 해주지 않았더라면 영원히 몰랐을 거예요. 그것은 그들이 시간으로부터 보호되는 공간에 있었기 때문이었어요. 시간은 그들을 간섭하고 규정하고 구속해요. 야자나무는 그들의 염원과 사랑이 변신한 것이었어요. 그들은 현실의 가장 안쪽에 숨어 있는 진공의 공간, 그들만의 성소에 들어와 있었던 거예요. 시간은 그 공간을 침범하지 못했어요. 간섭도 규정도 구속도 없었어요. 그것이 내가 받은 감동의 이유였어요."

나는 야자나무 아래 섰다. 그녀도 야자나무 아래 섰다. 야자나무가 만든 그늘이 우리를 밟고 지나갔다. 그늘은 평상을 반쯤 덮었다. 두 육체를 하나의 완벽한 몸으로 만들었던 나무 밑 평상은 비어 있었다. 나는 그곳을 손으로 쓸어보았다. 가는 입자의 모래가 만져졌다. 나는 하릴없이 손바닥으로 사그락거리는 모래를 쓸어내다가 그녀에게 평상에 앉으라고 말했다. 그녀는 내 말을 들은 것 같지 않았다. 그녀는 말없이 야자나무 그늘 아래 서 있었다. 그 공간의 비현실적인 분위기가 그녀를 감싸고 있다고 나는 느꼈다. 그런 분위기는 그녀에 의해서 고조되고 있었다. 그녀가 꿈속으로 들어갔다, 는 것이 아니라 그녀에 의해 그 공간이 꿈으로 바뀐 것 같은 느낌.

그녀의 꿈은 지속된다. 그녀가 꿈을 꾸는 동안 꿈의 공간은 확장된다. 그녀는 주인공처럼 잘 어울렸다.

31

나는 바닷가 마을 한가운데 있는 남천 농협의 연쇄점에서 쌀과 배추김치와 시금치와 두부와 손질해서 냉동시킨 갈치를 샀다. 빵과 우유와 즉석 카레도 샀다. 칫솔과 치약과 세숫비누와 샴푸를 샀다. 수건과 두 켤레의 양말과 스킨로션과 티슈도 샀다. 봉지에 든 인스턴트커피와 설탕과 커피크림과 종이컵과 캔에 든 주스도 샀다. 연쇄점 아가씨는 아저씨, 살림 차려요? 하고 물었다. 나는 질문에 대답하는 대신 이 근처에 주유소가 있느냐고 반문했다. "주유소는 읍내에 가야 있는데, 왜 그러세요?" 나는, 내 차가 길가에 서버렸어요, 하고 사실대로 말했다. 그녀는, 어떻게 해요? 하고 자기 일처럼 걱정을 해주었다. "기름집이 있긴 있는데, 휘발유는 안 팔 텐데. 그래도 혹시 모르니까 가보시든지요." 연쇄점 아가씨는 기름집의 위치를 알려주었다. 나는 쇼핑 봉투 두 개를 양손에 한 개씩 들고 연쇄점을 나와 기름집으로 향했다.

연쇄점 아가씨의 말대로 기름집에서는 휘발유를 팔지 않았다. 기름집 남자는 내 행색을 위아래로 훑어보더니 휘발유는 왜요? 하고 물었다. 나는, 차가 길에 서버렸다고 사실대로 말했다. 기름집 남자는 기름때 묻은 작업복 소매로 이마의 땀을 닦으면서, 이따가 기름을 사러 읍내에 갈 텐데, 급하지 않으면 조금 기다리겠소? 내가 한 통 사다줄 테니…… 하고 말했다. 나는 그렇게 해달라고 부탁했다.

"내 차는 산 아래 서 있어요. 오다 보면 보일 겁니다." 나는 내 차의 번호를 일러주었다. 기름집 남자는 차 옆에 휘발유 통을 내려놓겠다고 했다. 나는 휘발유 한 통 값을 건넸다.

순미는 나의 계획에 동의했다. 나는 형을 남천으로 데리고 올 작정이었다. 이곳에서 형에게 순미의 사진을 찍게 할 생각이었다. 그녀가 형을 만날 장소는 호텔이 아니었다. 그녀는 창녀가 아니었고, 창녀여서도 안 되었다. 야자나무가 있는 남천의 그 바닷가보다 그들에게 더 어울리는 공간은 없었다. 그 공간은 지상에 없는 공간이었고, 시간이 침범해들어올 수 없는 공간이었으므로 그랬다. 그것은 물론 내 생각이었다. 그러나 순미가 내 계획에 이의를 달지 않은 것은 그녀 역시 나와 생각이 같다는 증거였다. 나는 그렇게 판단했다.

순미는 그래도 된다면, 서울로 가지 않고 그곳에 있겠다고 했다. 그러면 안 될 이유야 없지만 여자 혼자서 괜찮을지 걱정이 되었다. 그녀는 그런 건 걱정하지 말라고 했다. 집으로 가는 것이 더 안전할 것 같지도 않았으므로 나는 그녀의 의견에 동의했다. 농협 연쇄점에 가서 생필품을 산 것은 그 때문이었다. 그녀는 먹고 싶지 않다고 말했지만 나는 억지로 빵과 우유를 먹게 했다. 그리고 연쇄점에서 사온 물건들을 꺼내놓았다.

집은 깨끗이 치워져 있었다. 혹시 누군가 집을 지키고 있을지 모른다는 생각을 했었는데, 아무도 없었다. 그 집에 살던 노인이 죽었으므로 더이상 그 집을 지킬 사람은 없었다. 마지막까지 노인을 간호하던 그의 운전사도 그곳에 더 있을 이유가 없었을 것이다.

"괜찮겠어요?" 나는 준비를 다 해놓고도 떠나지 못하고 머뭇거리며 물었다. 그녀는 나를 외면한 채 고개를 끄덕였다. 내일은 올 거예요, 늦어도 이틀을 넘기진 않을 거예요, 그러니까 하루나 이틀은 여기서 혼자 지내야 해요, 괜찮겠어요? 하고 나는 거듭 물었다. 결정을 하고 동의를 얻은 후인데도 막상 그녀를 혼자 남겨두고 떠날 생각을 하니 마음이 놓이지를 않았다. 곧 밤이 올 것이다. 산속의 낯선 밤을 그녀가 견뎌낼 수 있을지 걱정이 되었다. 어떤 경우에도 그녀를 지켜주겠다고 스스로 다짐하고 약속한 것이 하루 전이었다. 까마득하게 오래된 것 같은데 사실은 고작 하루밖에 지나지 않았다. 하루밖에 지나지 않았는데 그녀를 혼자 두고 떠나야 한다니. 마음이 아팠다.

"여기…… 이상하게 마음이 편해요. 어쩐지 익숙하고……" 그녀는 나를 쳐다보지 않고 나지막한 목소리로 말했다. 무언가 미안해하는 것 같기도 했다. 그만 떠나야 하는데도 나는 멈칫거리고 있었다. 단순히 그녀가 걱정되어서만은 아니었다. 어떤 미련 같은 것이 자꾸만 발걸음을 붙잡고 있었다. 그것은 일종의 상실감 같은 것이었다. 자발적인 결단과 각오에도 불구하고 그녀를 영원히 잃어버리게 될 거라는 예감의 파장은 생각 밖으로 길고 심각했다. "꼭 밥을 해먹어야 해요. 귀찮으면 이 길을 따라 바닷가 쪽으로 걸어가세요. 이십 분쯤 걸어가면 연쇄점 근처에 식당이 나와요." 나는 그렇게 당부하고 벗어두었던 겉옷을 걸치고 신발을 신었다.

그 순간 그녀가 기현씨, 하고 내 이름을 불렀다. 모르긴 해도 그녀가 나를 향해 이름을 부른 것은 그때가 처음이었다. 가슴속이 은단을 삼켰을 때처럼 환해지는 느낌이었다. 나는 천천히 몸을 돌려 세웠다. "고마워요." 그녀의 목소리는 들리지 않을 정도로 희미했지만, 나는 그녀의 표정에서 진심을 읽어냈다. 내 안에서 무언가가 울컥 솟구쳤다. 나를 떠나지 못하게 발걸음을 붙잡고 있던 내 속의 미련이 실체를 드러냈다. 내가 오래전부터 꿈꿔왔던, 그러나 이제 까지 능숙하게 절제해왔던 열망이 그 순간 충동적으로 솟구쳤다. 나는 불쑥 말했다. "내 부탁을 들어줄 수 있어요?" 그녀는 불안하게 눈을 깜박였다. "들어준다고 말해요. 부탁이에요." 내 목소리는 혹시 거절당할지 모른다는 우려와 거절당하면 안 된다는 간절함으로 떨렸다. 그녀는 희미하게 고개를 끄덕였다. 나는 그것을 긍정의 뜻으로 받아들였다. 그리고 나는 그녀의 긍정을 이끌어낸 것은 내 간절함이 아니라 나에 대한 그녀의 믿음일 거라고 믿으려고 했다.

"내가 형에게 최초로 질투를 느낀 것이 언제였는지 알아요? 형의 방에서 순미씨가 형을 위해 노래를 부를 때였어요. 형의 방에 숨어들어가서 순미씨가 형을 위해 부른 노래 테이프를 몰래 듣고는 했어요. 그중 한 개의 테이프는 나에게 있어요. 훔쳤지요. 그 테이프에는 '우현을 위한 순미의 노래'라는 타이틀이 붙어 있었어요. 집을 떠나 떠돌 때 그 테이프를 얼마나 자주 들었는지 모를 거예요. 테이프가 늘어져서 이젠 들을 수가 없게 되었어요. 그 노래를 들을 때마다 세상에 단 한 사람, 오직 나만을 위해 부르는 순미씨의 노래를 듣고 싶은 열망으로 가슴이 뜨거워지곤 했어요. 그것이 당신에 대한, 아, 용서하세요, 그동안 무의식 속에서 나는 순미씨를 수없이 당신이라고 불렀어요, 그것이 순미씨에 대한 사랑을 표현하는 방식이었어요. 당신의 사랑에 대한 갈구를 당신이 부른 노래에 투사했던 거예요. 당신의 노래를 엿듣던 첫날부터 내 꿈은 오직 나 한 사람만을 위해 당신이 부르는 노래를 듣는 것이었어요. 노래를 불러주겠어요? 나만을 위해서." 나는 속에 있는 말들을 단숨에 쏟아냈다. 얼굴이 화끈거렸다. 콧등과 이마에 식은땀이 났다. 그녀는 울 것 같은 얼굴을 하고 나를 보았다. 그녀는 불편해하는 것 같았고, 어쩔 줄 몰라 하는 것 같았다. 거절해도 어쩔 수 없다는 마음이었다. 그러나 무엇 때문인지, 필시 내가 스스로 연출해낸 대단원의 분위기 때문일 가능성이 크지만, 그녀가 거절하지는 않을 거라는 확신이 있었다.

잠시 후에 그녀는, 기타는 없어요, 하고 아주 조그맣게 말했다. 나는 그녀가 어린아이 같다는 생각을 했다. "기타가 왜 필요하겠어요?" 입가에 엷은 웃음을 물고 내가 말했다. 파도가 해안선을 기웃거리며 출렁거렸다. 그 소리는 노래 뒤에 깔리는 반주처럼 들렸다. 나는 그녀가 그 파도 소리를 노래를 재촉하는 전주로 들어주기를 바랐다. 그녀는 바다 쪽으로 몸을 돌렸다. 바다에서 불어온 바람이 그녀의 머리카락을 뒤로 날렸다. 그녀의 머리카락은 나를 향해 날아오는 듯하다가 그 머리카락을 끌어당기는 구심력의 저항을 받고 다시 돌아갔다.

"뭘 불러요?" 그녀는 혼잣말처럼 중얼거렸다. 그러나 나는 그녀의 말을 알아들었다. 나는 망설이지 않고 내가 듣고 싶은 노래가 〈사진사 아저씨〉라고 말했다. 그녀는 몸을 돌려 의구심이 가득

한 눈길로 나를 보았다. "알아요. 그 노래는 형을 위해 만든 곡이지요. 그 노래를 부를 때 순미씨는 가장 사랑에 넘치는 얼굴을 하고 있어요. 물론 노래를 부르는 순미씨의 모습을 본 적은 없어요. 하지만 목소리만으로도 진정을 전달받을 수 있었어요. 당신이 어떤 감정으로 노래하는지. 노래를 듣고 있으면 순미씨가 짓고 있는 표정이 눈앞에 선명하게 그려져요. 그러니까 나는 그 노래를 들을 때마다 순미씨의 얼굴도 함께 보았던 거예요. 내 마음을 찍어줘요, 사진사 아저씨…… 그 노래를 불러줘요." 그녀가 그 노래를 부르면서 형을 떠올린다고 해도 그건 어쩔 수 없는 일이라고 나는 생각했다.

그녀는 눈을 감고 야자나무 줄기에 등을 기댔다. 야자나무 그늘이 그녀의 몸을 감싸안는 환영을 보면서 나는 눈을 감았다. 나의 모든 신경은 귀에 집중했다. 그 순간 나는 단지 듣기 위해 존재했다. 다른 감각기관들은 무뎌지고 사그라지고 내재화되었다. 벼랑을 쓰다듬는 파도 소리가 반주처럼 깔렸다. 나는 기다렸다. 이윽고 아주 먼 곳에서부터, 거의 바다 저쪽에서부터, 혹은 아주 먼 과거의 시간으로부터 생성되어 건너오는 것과 같은, 그렇게 희미하고 아련한 노랫소리가 들려왔다. 나는 그 노래의 가사를 알고 있었고 선율도 알고 있었다. 희미하고 아련해도 나는 그녀가 부르는 노래를 완벽하게 들을 수 있었다. 당신을 위해 준비했어요, 내 마음. 언제부터 서 있었는데 눈길 한번 안 주나요? 더 얼마나 서 있어야 하나요? 녹아내리기 전에, 스르르 녹아 흔적도 없이 사라지기 전에 내 마음을 찍어줘요, 사진사 아저씨…… 노래는 파도를 타고 아주 먼 곳으로, 거의 바다 저쪽으로, 혹은 아주 먼 과거의 시간 속으로 흘러가는 것 같았다. 그것은 장엄한 의식과도 같았다. 하늘과 땅과 바다가 숨을 죽이고 그녀의 노래를 들었다. 나는 내 눈이 울고 있다는 것을 몰랐다. 당연히 그녀의 눈이 울고 있다는 것도 몰랐다. 나는 내가 그녀에게 원한 것이 무엇이었는지를 알았다. 내가 원한 것은 나를 위해 부르는 그녀의 노래였다. 나는 내가 원하는 것을 얻었다. 나는 나의 눈물을 이해했다. 내 눈물은 흐르지 않을 수 없는 눈물이었다. 그렇지만 그녀의 눈물은 알 수 없는 눈물이었다. 그녀는 왜 눈물을 흘렸을까? 나는 그녀의 눈물을 이해하지 못했다. 혹시 그녀도 나를, 아주 조금은 사랑했을까? 아니면, 적어도 그 순간만은 나를, 아주 조금이라도 사랑하고 있었던 것일까?

32

서울에 거의 도착했을 때, 전화벨이 울렸다. 어머니였다. 어머니의 목소리는 다급하고 불안했다. "어딨니?" 그것이 어머니의 첫 번째 음성이었다. 나는 무슨 일이 있는 거냐고 물었다. 어머니는 빨리 와라, 빨리 좀 와라, 하고 다그치듯 말했다. 어머니는 무엇 때문인지 몹시 허둥거리고 있었다. 나는 어쩐 일이냐고 다시 물었다. "형이…… 니 형이 없어졌다." 형이 없어지다니. 한 번도 그런 생각을 해본 적이 없었다. 형의 몸의 부자유를 지적하는 것이 아니다. 몸의 상태와는 상관없이 형은 집을 떠나 어딘가 다른 곳으로 갈 수 있는 인물이 아니었다. 집을 떠나 어딘가 다른 곳으로 사라질 수 있는 사람은 나였지 형이 아니었다. 나는 오랫동안 집을 나가 살았다. 그러나 형은 언제나 집안에 있었다. 형은 우리집에 빛을 비추는 존재였다. 내가 집에 들어가지 않아도 어머니나 아버지는 그다지 신경쓰지 않는다. 당장 지난밤만 해도 그렇다. 지난밤에 나는 순미를 태우고 전국의 도로를 쏘다니다가 남천에 가서 멈췄다. 그런데도 나에게는 어디서 잤느냐는 인사조차 없다. 그들 탓이 아니다. 어머니나 아버지는 나에게 길들여졌다. 어쩌면 그들은 내가 어젯밤에 집에 들어왔는지 들어오지 않았는지도 모르고 있을 것이다. 그렇지만 형은 나와 다르다. 나는 없어질 수 있는 사람이지만 그는 그럴 수 없는 사람이다. 나는 없어져도 되는 사람이지만 그는 없어지면 안 되는 사람이다. 그런 그가 없어졌다는 사실이 믿어지지 않았다. 더구나 그 불편한 몸으로 그가 집을 떠나 어디로 간단 말인가.

"무슨 말씀이세요?" 내 목소리도 덩달아 급해졌다. "모르겠다. 해 질 무렵까지는 있었다는데…… 여기저기 찾아보고는 있다만 갈 만한 데가 없지 않으냐…… 자꾸 안 좋은 생각이 든다."

나는 금방 집에 도착할 거라고 말하고 전화를 끊었다. 세상은 이미 어두웠다. 계기판 사이에 붙은 시계는 여덟시 사십분을 가리키고 있었다. 자꾸 안 좋은 생각이 든다는 어머니의 말이 가시처럼 걸렸다. 나는 속도를 내서 앞차를 추월했다.

어머니는 현관 앞에서 서성거리고 있다가 내가 들어서는 걸 보고는 와락 눈물을 터뜨렸다. "내 탓이다. 내 탓이야. 우현이 그애가 내색을 안 하더니, 내색을 안 해서 괜찮은 줄 알았더니, 그렇지 않았던 모양이다. 충격을 받은 거야. 그렇지? 나 때문이지? 그렇지? 어쩌면 좋으냐? 아무리 생각해봐도 갈 데가 없는데, 어디로 갔을까? 짐작 가는 데가 혹시 있냐?" 늘 침착하고 냉정하기까지 하던 평소 성품에 비추어볼 때 어머니의 그런 반응은, 형의 사라짐이 뜻밖인 것처럼 뜻밖이었다. 어머니가 받은 충격의 강도를 가늠해보기에 족했다. 그 충격 속에는, 스스로의 입으로 밝힌 것처럼, 자신이 이 사태의 원인을 제공했다는 일종의 자책감이 자리잡고 있었다. 그러나 그 자책감은 어머니 스스로 만든 것일 뿐, 사태의 진실과는 전혀 관련이 없거나 아주 조금밖에 관련되어 있지 않을 가능성이 컸다.

"아버지는 지금 연꽃시장에 가셨다. 혹시 거길 갔을지 모른다는 생각이 들어서 내가 가보라고 했다." "형이 소란을 피웠어요?" 내 말은 형이 발작을 일으켰는지를 묻는 것이었다. 어머니는 고개를 끄덕였다. "낮에…… 그랬다는구나. 그러고는 자기 방에서 꼼짝을 하지 않고 있었다는구나. 아줌마 말이 해 질 무렵까지도 방

236

에 있는 것 같았다는구나. 밖으로 나가는 걸 보지 못했다는 거야. 저녁밥 먹으라고 불렀는데, 대답이 없어서 방문을 열어봤더니 없더라는 거야. 어디로 갔을까? 이 녀석이 어디로 갔을까? 아버지는 왜 여태 전화도 없는 건지 모르겠다." 어머니는 불안하게 왔다갔다했다.

나는 연꽃시장은 갔을 것 같지 않다고 말했다. 연꽃시장에 간다는 것은 여자를 만나러 간다는 뜻일 텐데 발작을 일으키기 전이라면 몰라도 발작을 일으킨 후에 그곳에 갈 이유가 없다는 판단이었다. "그렇긴 하다만, 그래도 그애가 무슨 생각을 하고 나갔는지 어떻게 알겠니?" 어머니의 음성에는 조급한 심정이 그대로 묻어났다. 그 말에 이어서, 혹시 모르니까 형이 여자를 만나는 장소로 이용하는 변두리의 모텔에도 가보는 게 좋겠다고 한 것도 어머니가 안절부절못하고 있다는 증거였다. 나는 어머니의 심정을 충분히 이해할 수 있었다. 그러나 조급하게 구는 것이 능사는 아니었다.

"답답했던가보지요. 시내에 무슨 볼일이 있었을 수도 있고요. 도움을 청할 사람도 없었을 테고…… 곧 들어올 거예요. 걱정하지 마세요." 나는 어머니를 진정시키기 위해 그렇게 말을 하긴 했지만, 나라고 걱정이 안 되는 건 아니었다. 발작을 일으킨 다음이나 여관에서 돌아오는 길에 노골적으로 드러내 보이곤 하던 형의 자기모멸감이 떠올라서 가슴을 덜컹 내려앉게 했다. 최근 들어 형은 거의 말을 하지 않고 지냈다. 형의 마음속에 무엇이 들어 있는지 짐작하기가 쉽지 않았다. 그래서 늘 불안했다. 그가 극단적인 생각을 하지 않으리라는 보장은 아무데도 없었다. 나는, 형 방에 들어가보았느냐고 물었다. 어머니가 우려하는 대로 형이 작정하고 집을 나간 것이라면 무언가 식구들에게 단서가 될 만한 것을 남겼을 가능성이 있지 않을까? "들어가봤는데, 특별한 건 없더라." 어머니의 말을 뒤로 한 채 나는 형의 방으로 들어갔다.

무엇에 이끌렸는지 내 손길은 자연스럽게 책상 한쪽에 놓인 파일들에게로 갔다. 파일들은 두꺼운 봉투 속에 들어가 있었다. 나는 마치 그것을 찾기 위해 그 방에 들어온 것처럼, 아니, 그것을 찾기 위해 남천에서부터 달려오기라도 한 것처럼 주저하지 않고 봉투를 열었다.

그 안에 들어 있는 내용들에 대해 알고 있었다. 거기에는 아폴론을 피해 월계수로 변신한 요정 다프네 이야기가 들어 있고(자유롭고 매력적인 요정 다프네는 헝클어진 머리를 입김으로 어루만지며 쫓아오는 아폴론으로부터 달아나기 위해 강의 신인 아버지에게 호소한다. "나를 변하게 해주세요! 나를 괴롭히는 이 아름다움을 거둬가주세요!" 그러자 그는 나무로 변한다), 판 신의 사랑을 받았던 피튀스가 소나무로 변한 이야기가 들어 있고(판과 보레아스가 동시에 피튀스를 사랑했다. 보레아스는 북풍의 신이다. 피튀스가 자기보다 판 신을 더 사랑한다는 사실을 안 보레아스는 질투에 사로잡혀 피튀스를 절벽 아래로 밀어버린다. 판 신은 죽어가는 피튀스를 찾아내어 검은 소나무가 되게 한다), 상사병과 오해 때문에 죽어간 한 여인이 편도나무로 변신한 이야기가 들어 있고(트라키아의 공주인 필리스는 트로이전쟁에 출정한 애인을 기다린다. 그가 탄 배가 난파되는 바람에 귀환이 늦어지자 필리스는 슬픔을 이기지 못하고 죽어버린다. 그녀를 가엾게 여긴 여신 헤라는 그녀를 편도나무로 변하게 한다), 비너스의 간계로 사랑을 잃고 오랑캐꽃으로 변한 이아의 이야기가 들어 있다(이아는 아티스라는 양치기와 사랑하는 사이였다. 그러나 아티스를 총애했던 비너스는 큐피트로 하여금 사랑을 잊게 하는 납화살을 아티스의 가슴에 쏘게 한다. 아티스는 이아에게 냉담해진다. 그 슬픔을 견디지 못하고 이아가 죽자 비너스는 그 불쌍한 여자를 오랑캐꽃으로 변하게 한다). 그가 수집한 변신 이야기는 내가 알고 있는 식물의 숫자보다 많다. 그리고 그것들은 모두 좌절된 사랑에 대한 이야기다.

누구도 시키지 않았지만 형은 몇 년 동안 그 일에 매달렸다. 그 일에 나름대로 부여한 의미가 있었을 것이다. 그 파일들을 봉투 속에 넣어둔 것은 그 작업이 일단락지어졌다는 뜻일까? 나는 파일들을 주루룩 넘겼다. 내 생각이 맞았다. 마지막 페이지는 253페이지였고, 그 페이지의 마지막 글씨는 '끝'이었다. 끝이라는 글씨가 불길한 무슨 징후처럼 도드라져 보였다.

그 긴 작업에 종지부를 찍고 형은 어디로 간 것일까? 나는 희미한 단서라도 발견되기를 바라는 마음으로 건성건성 파일들을 넘겨보았다. 내 눈길을 붙잡은 것은 '때죽나무와 소나무'라는 마지막 항목의 제목이었다. 그 제목을 보는 순간 헉, 하고 가쁜 숨이 차올랐다. 거기 적힌 때죽나무와 소나무는 흡사 암호와도 같았다. 하지만 이어지는 본문은 이미 암호도 아니었다. '이 이야기의 남자 주인공은 우현이고 여자 주인공은 순미다.' 첫 문장이 그렇게 시작하고 있었다. 첫 문장을 그렇게 시작함으로써 그는 그 항목이 이제까지 나열한 나무들의 변신 이야기와는 달리 신화나 전설이 아니라 실화라는 사실을 분명하게 밝히고 있었다. 그렇게 시작함으로써 그는 때죽나무와 소나무의 변신 이야기가 수집된 것이 아니라 창작된 것임을, 혹은 고백된 것임을 내세우고 있었다. 나는 눈으로 빠르게 훑어나갔다.

우현은 사진을 찍는다. 그는 사진을 통해 세상을 본다. 그에게 사진은 취미도 아니고 예술도 아니다. 사진은 그에게 객관적 사실과 시대의 진실을 증거하는 기록이다. 사진은 그때 그곳에서 무슨 일이 일어났는가를 보는 가장 정확한 눈이고, 그때 그곳에서 무슨 일이 있었는지를 전하는 가장 정직한 입이다. 그는 사진을 통해 시대의 증거자이기를 원한다. 순미는 그의 애인이다. 그녀는 기타를 치고 노래를 부른다…… 그러나 그들의 사랑은, 모든 아름답고 고귀한 사랑이 그런 것처럼 위기를 맞는다. 우현은 더이상 사진을 찍을 수 없게 된다. 우현은 시대를 증거하기 위해 찍은 자기 사진 때문에 악한 권력에 맞서 싸우던 동료들과 함께 그 악한 권력의 개들에게 붙잡힌다. 그는 조사를 받고 고문을 받는다. 조사는 형식적이고 고문은 가혹하다. 무엇을 알아내려는 것이 아니라 분풀이를 하고 있다고 우현은 느낀다. 그리고 그는 군대에 끌려간다. 군대는 그의 다리를 빼앗는다. 매설된 폭발물이 터지면서 그의 몸을 공중으로 날린다. 공중에 뜬 채 그는 자기 다리가 넝마처럼 찢겨져 날아가는 걸 보고, 그 순간 자기 사랑이 끝났다는 걸 느낀다……

그것은 바로 그들의 이야기였다. 그러나 그 이야기는 거기서 끝나지 않았다. 그 이야기의 끝 부분에서 현실은 교묘하게 신화와 뒤섞이고 있었다.

사랑을 잃고 생에 대한 의욕도 잃은 우현은 숲으로 들어가서 나무가 되게 해달라고 빈다. "이 몸 안의 욕망과 여전히 남은 찌꺼기 같은 사랑의 감정이 거추장스럽습니다. 이 몸 안의 욕망과 여전히 남은 찌꺼기 같은 사랑의 감정을 제발 거둬가주십시오." 숲의 신은 그를 불쌍하게 여겨서 그의 부탁을 들어준다. 그의 몸은 금세 딱딱한 수피로 덮인다.

애인이 자기가 싫어져서 떠난 것이 아니라 불구의 몸을 보이고 싶지 않아서 피했다는 사실을 뒤늦게 알게 된 순미가 우현을 찾아왔을 때, 우현은 이미 나무가 된 후였다. 그녀는 울면서 우현이 자주 산책을 다녔던 숲으로 들어간다. 그녀는 울면서 자기가 사랑했던, 한순간이라도 사랑을 멈춰본 적이 없는, 그러나 이미 이 지상에는 없는 애인을 위해 노래를 부른다. 그녀가 노래를 부를 때 한 나무의 가지가 흔들린다. 처음에는 바람이 불어 흔들리는 줄로만 알았다. 그런데 그것이 아니었다. 그녀가 노래를 계속하자 뿌리와 가지가 미끄러지듯 그녀에게 다가와서 그녀의 몸을 감았다. 그녀는 그 나무에서 자기가 사랑했던 남자의 체취를 맡았다.

사랑하던 남자가 소나무가 되어 있음을 알게 된 그녀는 숲의 신에게 애원한다. "이 사람처럼 나도 나무가 되게 해주세요. 이 사람 옆에 붙어서 이 사람과 함께 이 숲속에서 살게 해주세요." 연인들에게 우호적인 숲의 신은 그의 부탁을 들어주었던 것처럼 그녀의 부탁을 들어준다. 그녀는 매끄러운 몸을 그대로 유지한 채 나무가 된다.

순미가 변해서 된 나무는 우현이 변해서 된 나무에 달라붙는다. 가지가 사람의 손처럼 상대방의 줄기를 끌어안고 뿌리가 사람의 발처럼 상대방의 뿌리에 엉킨다. 나무가 된 뒤에도 그들은 욕망과 사랑의 감정을 지워버릴 수 없다. 나무가 된 뒤에도 그들의 욕망과 사랑의 감정은 사라지지 않는다. 아니, 나무가 된 뒤에야 비로소 그들은 그들의 욕망과 사랑의 감정을 스스럼없이 표출할 수 있게 되었다. 나무가 됨으로써 그들은 사람으로 있을 때는 이룰 수 없었던 사랑을 이루었다. 나무는 욕망하고 사랑한다. 나무는 누구보다 더 크게 욕망하고 누구보다 더 간절하게 사랑한다. 큰 욕망과 간절한 사랑이 그들을 나무가 되게 했다.

거기까지 읽자 문득 형이 어디에 있을지 알 것 같은 생각이 들었다. 나는 파일을 제자리에 두고 형의 방을 급히 나오면서 어머니에게 소리쳤다. "한 군데 짚이는 데가 있어요." 어머니는 형이 어디 있다는 거냐고, 자기도 같이 가겠다고 따라나왔지만, 나는 신발장에서 랜턴을 찾아들고 뛰었다. 확신할 수는 없었다. 때죽나무와 소나무에 얽힌 사연을 마지막으로 그 작업을 마쳤다는 것만으로 그가 거기 갔을 거라고 추측할 수는 없었다. 설령 그가 그 벅찬 일을 끝낸 뒤의 공허감을 달래기 위해 때죽나무와 소나무가 있는 산책로까지 갔다고 해도 이 늦은 밤 시간까지 거기 있을 거라고 장담한다는 것은 무리였다. 그런데도 마음은 그가 거기 있을 거라는 쪽으로 기울었다. 그는 스스로 자기 자신이 소나무가 되었다고 쓰지 않았는가.

그의 휠체어를 밀고 그 길을 갔던 날 밤이 떠올랐다. 나는 그를 여관에서 데려오는 길이었다. 형은 나에게 왕릉의 울타리를 따라 길게 뻗은 울퉁불퉁하고 꼬불꼬불한 산책길로 데려다달라고 부탁했었다. 거기서 그는 나에게 어둠 속에 서 있는 때죽나무와 소나무에 대해 말했다. 소나무의 굵은 줄기를 끌어안고 있는, 여자의 피부처럼 매끄러운 때죽나무에 대해 말했다. 그리고 그는 또 말했다. "여기 서서 저 울타리 너머의 빽빽한 숲속을 상상해. 하늘을 먼저 차지하려고 경쟁적으로 발돋움하는 키 큰 나무들과 저 안 어딘가에 있을 깊은 동굴을 상상해. 몸 비비며 어우러져 사는 나무와 풀 들, 새들과 벌레들, 흙과 짐승들을 상상해. 들어가고 들어가면 나도 그 나무를 볼 수 있을까……? 나도 저 속으로 들어가고 싶다고 중얼거리곤 하지. 저 속으로 들어가서 나도 저들 가운데 무엇인가가 되고 싶다고 생각하곤 하지. 저 속으로 들어가서 하늘만 아니라 시간까지도 떠받치고 있는, 태고부터 있어왔던 그 거대한 물푸레나무를 만져보고 싶다는 꿈을 꾸곤 하지." 그 말을 할 때 형은 혼잣말을 하는 것 같았다. 무엇인가에 대한 간절한 염원 같은 것이 느껴졌지만 그것이 무엇인지는 분명하게 알 수 없었다. 그때는 무엇인지 알 수 없었던 그의 간절한 염원을 이제는 알 것 같아졌다.

나는 어둠에 잠긴 밤의 숲이 무섭다. 밤의 숲은 논리 밖의 세계이고 정령들과 마녀들의 공간이다, 라고 나는 생각한다. 그 숲속에 혼자 들어가본 적이 없었다. 랜턴 불빛에 의해 걷힐 어둠이 아니라면 랜턴 불빛에 의해 걷힐 두려움도 아니다. 어두운 숲을 향해 달려가면서 내가 형의 이름을 부른 것은 두려움 때문이었고, 우현이 형, 을 외치는 내 목소리가 별로 크지 않은 것도 두려움 때문이었다. 나는 내 목소리가 어둠이 만든 두려움을 쫓아낼 거라고 기대했고, 그러면서도 내 큰 목소리가 어둠이 만든 두려움에 두려움을 더할지 모른다고 우려했다.

때죽나무가 서 있는 지점에 이르러서 마침내 나는 멈춰 섰다. 더 앞으로 들어가지 못하게 울타리가 앞을 가로막고 있었다. 울타리 안쪽의 숲은 깊은 어둠에 빠져 있었고 괴기스런 정적에 잠겨 있었다. 어둠은 그 숲의 지배자였다. 검은 입을 크게 벌리고 있는, 그것은 흡사 거대한 블랙홀처럼 보였다. 다만 어둠뿐, 때죽나무도 소나무도 보이지 않았다. 나는 그 앞에 서서 랜턴으로 울타리 안쪽을 비추며 형을 불렀다. "형, 우현이 형!" 랜턴 불빛은 촘촘한 어둠의 조직을 전혀 흩뜨려놓지 못했고, 내 목소리는 숲에 삼키웠다. 가까운 곳에서 푸드덕거리며 새가 한 마리 날아올랐을 뿐이었다. 나는 움찔 놀라 뒤로 한 발짝 물러났다. 랜턴 불빛이 만든 나무들의 길고 치렁치렁한 그림자들이 오히려 괴기스러운 느낌을 더했다. 나는 얼른 랜턴을 다른 곳으로 옮겼다.

춤을 추듯 흔들리는 랜턴 불빛에 언뜻 반짝이는 은빛 물체가 잡히지 않았다면, 그리고 그것이 아마도 형의 휠체어일 거라는 생각이 들지 않았다면 나는 그만 그곳을 내려와버렸을 것이다. 나는 은빛 물체가 있는 곳으로 조금 가까이 다가갔고, 그것이 형의 휠체어라는 걸 확인했다. "형!" 그러나 대답이 없었다. 휠체어만 고랑에 한쪽 바퀴가 빠진 채 비스듬히 쓰러져 있었다. "형!" 나는 고랑에서 휠체어를 끌어내며 다시 한번 형을 불렀다. 형은 없었다.

어디로 갔을까, 그는? 형이 거기까지 왔다는 건 확인된 셈이었다. 형이 혼자서 거기까지 왔다는 사실도 믿어지지 않았지만, 거기까지 와서 휠체어를 버리고 어딘가로 사라졌다는 사실은 더욱 믿어지지 않았다. 나는 산책길과 숲을 나누고 있는 울타리를 노려보았다. 들어가고 들어가고 들어가서 숲속의 무엇인가가 되고 싶다고 했던 형의 말이 떠올랐다. 저 속으로 들어가서 하늘만 아니라

시간까지도 떠받치고 있는, 태고부터 있어왔던 그 거대한 물푸레
나무를 만져보고 싶다는 꿈을 꾸곤 하지, 하고 그는 말했었다. 나
는 나를 설득하듯 설마, 하고 속삭이고 혀로 입술을 축였다. 갈증
이 났다. 입안이 타들어간다는 느낌은 울타리 안쪽의 숲으로부터
오는 유인을 피할 수 없다는 증거였다. 울타리는 쇠기둥과 가시줄
로 되어 있었다. 틈새를 벌리면 안으로 들어갈 수는 있겠지만 그건
정상인에게도 쉬운 일 같진 않았다. 다리가 없는 형이 가시줄을 들
추고 그 안으로 들어갔을지는 의문이었다. 그러나 그곳이 아니면
어디란 말인가. 그곳말고 달리 갈 만한 데가 없었다.

　가시줄 사이로 몸을 밀어넣기 전에 나는 으스스한 기분을 털어
내듯 헛기침을 한번 했다. 그래도 으스스한 기분은 털어지지 않고
그냥 붙어 있었다.

33

　불을 꺼라, 하고 아버지가 말했다. 아버지가 거기 있으리라는
생각을 하지 않았으므로 처음에 나는 그것이 아버지의 목소리인
줄 몰랐다. 거기까지 오는 동안 내 발 앞을 비춰주었던 랜턴 불빛
을 죽이고 나는, 누구야, 형이야? 하고 물었다. "지금 막 잠이 들
었다." 그제야 그곳에 웅크리고 있는 그림자가 아버지라는 걸 알
아볼 수 있었다. "아버지세요?" 내 목소리에는 놀람과 반가움이

반씩 섞였다.

숲속은 조용했다. 간혹 청승맞게 새가 울고 내 어깨에 걸린 마른 가지들이 부러졌지만 그것들은 숲속의 고요를 방해하지 못했다. 걸음을 옮길 때마다 발밑에서 들려오는 바스락 소리도 마찬가지였다. 그런 소음들에 의해 숲속의 고요가 한층 선명하게 도드라지는 인상이었다. 그 고요는 창백하고 불안했다.

가시줄을 벌리고 울타리 안쪽의 어둠 속에 어렵게 발을 들여놓으면서 나는 태초의 침묵 속으로 걸어들어간다는 상상을 했다. 그러나 두려움은 여전했으므로 나는 작은 소리로 형의 이름을 부르며 천천히 앞으로 나아갔다. 숲은 내 목소리를 습자지처럼 빨아들였다. 검은 숲의 고요는 그곳으로 걸어들어온 애초의 목적을 잊어먹게 할 정도로 압도적이었다. 숲 자체가 하나의 거대한 물푸레나무였고, 숲 자체가 이미 깊고 어두운 동굴이었다. 그랬으므로 나를 향해 말하는 것이 분명한 누군가의 목소리를 들었을 때 나는 잠깐 의식이 굴절되는 현상을 경험해야 했다.

아버지는 밑동이 굵은 나무에 기대앉아 있었다. 형은 그의 무릎 위에 머리를 대고 누워 있었다. 아버지는 형의 머리카락을 쓰다듬었다. 영화 속의 정지 화면과도 같은 고요와 긴장이 그 그림에서 감돌았다. 돌연한 침묵과 숨 막히는 숙연함…… 그들은 진공 속에 들어가 있는 것처럼 보였다. 그 안으로 들어갈 수 있을 것 같지가 않아서 나는 그 자리에 우뚝 멈춰 섰다.

아버지는 형의 머리카락을 쓰다듬으면서 무슨 말인가를 하고 있었다. 무슨 말인지 들리진 않았지만 나는 그가 입술을 움직이고 있다는 걸 직감으로 알았다. 무엇에 대해 자상하게 설명하고 있거나 애정 어린 충고를 하고 있는 것 같았다. 어쩌면 자장가를 불러주고 있는지도 모르는 일이었다. 형의 표정은 보이지 않았지만 틀림없이 평화로운 얼굴을 하고 있을 거라고 나는 미루어 짐작했다. 그 장면은 낯설지 않았다. 나는 정원에서 식물들의 잎을 어루만지던 아버지의 모습을 어렵지 않게 떠올렸다. 아버지는 식물들을 향해 진실한 마음을 가져야 한다고 충고했었다. 진실한 마음으로 사랑한다고 말하라고 했었다. 사람이 거짓을 말하는지 진실을 말하는지 식물들은 본능적으로 알아차린다고 아버지는 말했었다. 거짓 사랑은 반응을 불러일으킬 수 없다. 사람과 마찬가지로 식물과 교감하기 위해서도 진실해야 한다, 하고 말하는 아버지의 새로운 목소리를 들은 것 같았다. 그날 아버지의 정원에서 식물들과 교감하고 있는 그를 기다려야 했던 것처럼 그 숲속에서도 나는 형과 교감하고 있는 그를 기다려야 했다.

랜턴 불빛에 더이상 의지하지 않게 되자 어둠 속의 물체들이 희미하게 빛을 내기 시작했다. 나무들은 지면을 향해 가지를 늘어뜨리고 있었다. 나뭇가지들은 흡사 우산처럼 아버지와 형을 감싸고 있었다. 나무들은 아버지와 형을 보호하는 것처럼 보이기도 하고 감금하는 것처럼 보이기도 했다.

"나무가 되고 싶다고 했다." 아버지의 목소리는 아득히 먼 곳으로부터 들려오는 것 같았다. 그 말을 듣는 순간 나는 언젠가부터 내가 그 말을 하고 싶어했다는 사실을 깨달았다. 형은 나무가 되고 싶어한다. 그것이, 아마도, 그를 나무들의 변신 이야기에 몰두하게 만든 참된 동인이었을 것이다.

비로소 형과 아버지가 만든 영역 안으로의 입장이 허용된 것을 다행으로 여기며, 아버지가 형을 데리고 들어오셨어요, 이 숲속으로? 하고 내가 물었다. 나는 아버지가 형을 찾으러 나갔다는 말을 어머니에게서 들었다. 형이 아버지와 함께 집을 나간 게 아니라는 사실을 알고 있었던 것이다. 그런데도 그런 질문이 나온 것은 형이 누군가의 도움 없이 여기까지 들어오는 게 불가능했을 거라는 기왕의 판단 때문이거나 두 사람이 발산하는 특별한 친밀감 때문이었다. 아니다, 하고 아버지는 나지막하게 대답했다. "연꽃시장에 가보려고 집에서 나왔는데, 우현이가 이 산책길을 좋아한다는 생각이 언뜻 났다. 그래서 혹시 하고 여길 먼저 와봤는데, 길이 끝나는 곳에 우현이의 휠체어가 버려져 있더라. 혼자서 울타리를 넘어갈 수 있었을까 하는 의문은 들었지만 그러나 울타리를 넘어가지 않았을 거라고 생각할 수도 없었다. 우현이는 이 자리에 쓰러져 있었다. 몸이 멍투성이고 피투성이다. 울타리를 어떻게 넘었는지, 여기까지는 또 어떻게 올 수 있었는지…… 수수께끼다. 아마도 우현이는 되도록 사람들이 보이지 않는 곳으로 들어가려고 했던 것 같다. 할 수 있는 한 사람들의 출입이 금지되어 있는 이 산속 가장 깊은 곳으로 들어가려고 했던 것 같다." 나에게 사정을 설명하면서도 아버지는 정원의 식물들에게 하듯 연신 형의 몸을 쓰다듬었다.

형에 대한 연민이 왈칵 솟구쳐올랐다. 나는 형의 괴로움과 슬픔을 충분히 이해한다고 생각해왔다. 그러나 나의 이해는 부분적이고 빈약했다. 형이 이 세상에서 자기 자리를 찾는 일을 포기했다는 것은 아주 나쁘지 않았다. 정말로 나쁜 것은 그가 이 세상에서의 자리 찾기를 포기한 자신을 견딜 수 없어하고 괴로워한다는 점이었다. 그가 진정으로 소망한 것은 이 세상에서의 자리 찾기를 포기하고 만 자신을 괴로워하지 않을 수 있는 초월의 정신이거나 무감각이었을 거라는 생각은 나를 당혹스럽게 만들었다. 그것은 존재의 변신을 통해서만 가능한 일이 아닌가. 지금의 존재를 버리고 전혀 다른 존재가 되기를 바라는 그의 변신에 대한 꿈은 얼마나 크고 절망적인 욕망인가. 존재를 건너뛰려는 욕망만큼 큰 욕망이 어디 있는가. 욕망을 지우려는 욕망만큼 절망적인 욕망이 어디 있는가.

나무가 되고 싶다고 했다, 하고 아버지가 다시 말을 이었다. 아버지의 목소리는 숲의 어둠 속으로 꽃처럼 떨어졌다. "내가 품에 안자 우현이는 몸을 떨며 눈물을 흘렸다. 나는 그의 눈물을 닦아주지 않았다. 나는 눈물을 흘리게 내버려두었다. 눈물이 그를 정화하기를 기대했다. 그의 슬픔과 고통과 갈망이 눈물과 함께 그의 몸밖으로 빠져나가기를…… 눈물이 잦아들자 우현이가 말했다. 나무가 되고 싶어요. 내 품에 안겨서 그 말을 되풀이했다. 나무가 되고 싶어요…… 나는 말해줬다. 너는 이미 나무다. 나무를 꿈꾸는 사람은 나무의 영혼을 가진 사람이고, 나무의 영혼을 가진 사람은 이미 나무인 것이다." 그렇게 말할 때 나는 아버지가 진심으로 형을 사랑한다는 걸 느낄 수 있었다.

"내가 업을게요. 가요, 집으로." 나는 겨우 그렇게 말했다. 내 말은 천박하고 빈궁했다. 내 말은 정신의 초월도 무감각도 꿈꾸지 않는 자의 말이었다. 혹은 정신의 초월이나 무감각을 꿈꿀 만큼 고통스러워본 적이 없는 자의 말이었다. 나의 사고와 행동은 현실의 빗금을 넘어본 적이 없었다. 그것이 내가 형과 아버지에 대해 느끼는 열등감이고 소외감의 내용이었다. "아마 잠을 깊이 잘 거다. 내 생각에는 깰 때까지 이대로 좀더 있었으면 좋겠다." 아버지는 나에게 더 있으라거나 집으로 가라고 말하지 않았다. 나는 걱정을 하고 있을 어머니가 신경쓰였으나 아버지와 형을 두고 그곳을 떠나야 할지 얼른 마음을 정할 수가 없었다. 그래서 나의 자세는 어정쩡했다. 다시 아버지의 중얼거리는 소리가 들렸다. 아버지의 말대로 형은 깊은 잠에 빠져든 것 같았다. 아버지는 형의 몸을 쓰다듬으면서 무슨 말인가를 끊임없이 하고 있었다. 형의 꿈속으로 들어가 대화를 나누는 것인지도 모르겠다는 생각이 든 것은 아무래도 내 소외감이 그만큼 깊었기 때문인지 모르겠다.

　밤의 숲은 더이상 무섭지 않았다. 어두운 숲속에 오래 들어앉아 있는 사람에게 어둠은 발광체였다. 어둠은 제 스스로 빛을 뿜어내어 어둠 속에 스며 있는 공포감을 내몰았다.

　나는 아버지 옆에 앉았다. 아버지의 겉옷이 형의 몸 위에 덮여 있다는 사실을 그 옆에 앉고서야 발견했다. 나는 내 겉옷을 벗어 아버지의 빈약한 어깨 위에 걸쳐주었다. 살집이 잡히지 않는 아버지의 어깨는 마른 나뭇가지를 만지는 것 같은 느낌을 주었다. 나는 내가 형을 좀 안고 있겠다고 말했지만, 아버지는 아니다, 하고 거절했다. 그리고 다시 침묵이 흘렀다. 어둠은 친근해졌지만 침묵은 여전히 좀 불편했다.

　한참 후에, 너희 어머니는 순결하다, 하고 아버지가 입을 열었을 때 나는 움찔했다. 내 입안에는 언제부턴가 밖으로 나올 준비를 하고 있는 말들이 있었다. 그러나 그 말들을 밖으로 내보내지 않으려는 내부의 억제력이 입술을 앙다물게 하고 있었다. 정작 무슨 말인가를 하고 싶은 사람은 아버지였다는 사실을 그때까지 나는 알지 못했다. 아버지의 목소리는 숲의 어둠 속으로 천천히 스며들었다. 너희 어머니는 순결하다. 아버지는 왜 갑자기 그 말을 한 것일까. 그럴 리가 없다고 자주 머리를 젓기는 했지만, 그래도 나는 아버지에 대한 불순한 의혹을 완전히 떨쳐버리진 못하고 있었다. 나에게 어머니의 뒷조사를 맡긴 사람이 아버지일지도 모른다는 그 의혹은, 우연한 기회에 무슨 계시처럼 불쑥 나를 찾아온 후 끈질기게 달라붙어 있었다. 아버지에게 직접 확인을 해볼까, 하고 기회를 엿보기도 했었지만 마지막 순간에 가서 나는 번번이 용기를 접었다. 그런데, 이 밤에, 이 숲속에서, 아버지는 스스로 그걸 고백하려고 하는 것일까. 하지 말아요, 아버지, 하고 나는 외쳤다. 아버지는 내 목소리를 듣지 못했다. 왜냐하면 내가 속으로만 외쳤기 때문이다.

"너의 어머니를 미행하라고 시킨 사람은 내가 맞다." 아버지는 속삭이듯이 말했다. 아버지의 시선은 형에게 향해 있고, 아버지의 손은 형의 머리카락을 쓰다듬고 있었기 때문에 겉으로는 형에게 말을 하는 것처럼 보였다. 아니, 어쩌면 실제로 나보다도 형에게 더 말을 하고 있는 것인지 몰랐다. 그 자리에서 어떤 반응인가를 보이면 추궁하는 것처럼 들릴 것 같아서 나는 아무 말도 할 수 없었다. 가슴이 쿵쿵 소리를 내며 뛰었지만 나는 가만히 듣기만 했다.

얼마 전에 한 남자가 나를 찾아왔었다, 하고 아버지는 말을 이었다. "머리가 하얗게 세고 허리도 꾸부정한 노인이었다. 나는 그가 자기를 소개할 때까지 누구인지 알아보지 못했다. 그 노인은 오래전에 너희 어머니가 사랑했고, 그 이후 한 번도 그 사랑을 거둬본 적이 없는 한 남자의 부하 직원이었다. 그 노인이 말했다. 그 사람이 한국에 와 있다고. 병이 깊어서 오래 살지 못할 거라고. 말로 표현은 안 하지만 너희 어머니와 너희 어머니가 낳은 아들을 몹시 보고 싶어하는 듯하다고. 나는 거절하고 싶었다. 너희들에게, 특히 우현이에게 그 이야기를 어떻게 해야 할지 난감했다. 새삼스럽게 옛날 이야기를 끄집어내서 상처와 충격을 주는 건 옳은 일이 아닌 것처럼 여겨졌다. 그런 이야기, 죽을 때까지 하지 않을 작정이었다…… 이제 와서 다른 아버지의 존재를 알게 해서 우현이에게 좋을 게 무어냐. 하지만 나는 사흘간의 고민 끝에 그 노인의 요구를 수용했다. 그 대신 상황을 이해시킬 때까지 시간을 달라고 했다. 그 무렵 기현이가 '벌과 개미'를 차렸었지. 훌륭한 생각은 아니었다만, 그때 문득 그 방법이 떠올랐다. 나는 너희들이 우리 가족의 비밀을 스스로 알게 되기를 바랐다. 너희 어머니는 남천에 갈 것이고, 그러면 기현이는 어머니와 그 사람에 대해 알게 될 것이고, 결국 너희들은 나나 어머니에게 사실을 확인해올 거라고 생각했다. 그런 과정을 통해 자연스럽게 진실에 접근하게 될 거라고…… 그래서 그 노인에게 그런 전화를 하게 했다. 이젠 전화하지 않을 거다. 그럴 필요가 없어졌다는 건 너희도 알 거다. 그 사람이 그렇게 위독한 줄은 몰랐다. 내가 잘못했다……"

형은 아버지의 목소리를 듣고 있을까. 근거는 없지만 나는 그럴 거라고 생각했다. 근거는 없지만 형은 이미 깨어 있을지 모른다는 생각도 했다. 아니면, 형은 이미 그 모든 사연들을 아버지로부터 들었을지 모르는 일이었다. "모든 걸 다 알고 계셨어요? 어머니와 그 남자의……" 나는 말끝을 흐렸다. 혹시라도 아버지의 마음을 불편하게 하는 질문은 하고 싶지 않았다. 그러나 아버지는 나와 형에게 자신의 모든 것을 드러내기로 작정한 사람 같았다. 여느 때의 아버지가 아니었다.

너희 어머니를 처음 보았을 때, 그때 나는 스물다섯이었고, 너희 어머니는 스물하나였다, 하고 아버지는 고백하듯 말했다. 아버지는 망설임이 없었다. 너희 어머니가 민들레에 나오기 전부터 나는 민들레에서 일하고 있었다. 요리사였지, 하고 아버지는 말했다. 너희 어머니를 처음 보는 순간, 내 가슴이 덜덜 떨렸다, 그런 기분은 처음이었다. 그녀를 사랑하게 될 거라는 사실을 처음 만나던 날 예감했었다, 하고 아버지는 눈치채지 못할 만큼 떨리는 목소리로 말했다. 그리고 그때부터 지금까지 단 한순간도 너희 어머니를 사랑하지 않은 적이 없다, 그것은 너희 어머니가 그 사람을 그때 이후로 단 한순간도 사랑하지 않은 적이 없는 것과 같다, 하고 아버지는 쓸쓸하게 말했다. 내 눈에 다른 사람이 보이지 않은 것처럼 너희 어머니 눈에는 내가 보이지 않았다, 하고 아버지는 밑으로 가라앉는 듯한 목소리로 말했다. 그렇지만 그런 건 상관없었다, 왜냐하면 그녀에 대한 내 사랑만으로 나는 충분히 행복했으니까, 하고 아버지는 말했다. 너희 어머니는 나에게 사랑하는 행복을 알게 해준 첫번째 사람이고, 유일한 사람이다, 그 이유만으로도 너희 어머니는 나에게는 너무나 소중한 사람이다, 하고 아버지는 말했다. 아는지 모르겠다만, 너희 어머니가 우현이를 낳은 것은 남천, 그 절벽 위에 세워진 그림 같은 집에서였다, 하고 말한 후 아버지는 옛일을 떠올리는 듯 잠깐 쉬었다가, 너희 어머니가 거기서 아이를 낳겠다고 했다, 나는 그곳까지 만삭인 너희 어머니를 태우고 갔었다, 하고 덧붙였다. 그곳에서 핏덩이 우현이를 내 손으로 받았다, 하고 아버지는 말했다. 너희 어머니는 원하지 않았지만 나는 원했다, 너희 어머니는 나를 쫓아냈지만 나는 한사코 떠나지 않았다, 떠날 수 없었기 때문이다, 한 달 동안 너희 어머니의 몸조리를 한 사람도 나였다, 하고 아버지는 말했다. 바닷가에는 해산물이 풍부했고, 나는 솜씨 좋은 요리사였고, 그곳에는 우리말고는 아무도 없었다, 하고 아버지는 말했다. 너희 어머니를 위해 음식을 만들고 상을 차리면서 나는 내가 세상에서 가장 행복한 사람이라고 느꼈었다, 하고 아버지는 말했다. 남천은 잊을 수 없는 곳이다, 너희 어머니에게도 그러하고 나에게도 그러하다, 너희 어머니의 기억 가운데 가장 행복했던 시간이 그곳에 있고, 나의 기억 가운데 가장 행복했던 시간도 그곳에 있다, 하고 아버지는 말했다. 너희 어머니는 나를 받아들이지 않았지만 그후에도 나는 너희 어머니 주변을 맴돌았다. 그것은 너희 어머니를 지켜주는 것이 내 사명이라고 느꼈기 때문이고, 또 그것이 내 기쁨이었기 때문이다, 어머니가 나를 사랑하지 않는다는 것은 내가 그녀를 사랑하지 않을 이유가 될 수 없었다, 하고 아버지는 비장한 목소리로 말했다. 나중에 나는 혼자서 남천에 가곤 했다, 너희 어머니는 가지 않았지만 나는 갔다, 너희 어머니는 그곳에 가면 괴로웠을 테지만 나는 그곳에 가면 행복했다. 그래서 너희 어머니는 가지 않았고 나는 갔다, 하고 아버지는 말했다. 언제였을까, 그 절벽 위에 야자나무가 한 그루 자라나기 시작했다, 기후와 토양의 조건을 극복하고 그 땅에 싹을 틔운 야자나무는 기적과 같았다, 하고 아버지는 말했다. 나는 그 기적을 보기 위해서라도 그곳에 가지 않을 수 없었다, 내 무릎 정도밖에 되지 않던 야자나무는 금방 내 키만해지고 내 키의 두 배만해지고 세 배만해지고, 네 배만해졌다, 하고 아버지는 말했다. 나는, 아마도, 그 야자나무를 보면서 나에게 나타날 어떤 기적을 기대했던 것 같기도 하다, 하지만 지금은 그것이 부질없는 짓이었다는 걸 안다, 하고 아버지는 말했다. 어머니와 살기 전부터 나는 어머니만을 사랑했고, 나와 살기 시작한 후로도 어머니는 그 남자만을 사랑했다, 하고 아버지는 희미하게 웃음을 띠며 말했다. 숨을 고르는 듯 잠깐 동안 말을 중단했던 아버지는, 그렇지만 너희 어머니는 순결하다, 하고 덧붙였다. 이해하지 못하겠지만, 나는 너희 어머니의 그 순결을 사랑하는 것인지 모른다, 하고 아버지는 거듭 말했다.

어머니의 순결을 강조해서 말하는 아버지의 의중을 속속들이 헤아리기는 쉽지 않았다. 아버지가 말하는 어머니의 순결이 정확하게 무엇을 뜻하는지도 솔직히 이해되지 않았다. 그런데도 나는 아버지를 다 이해할 수 있을 것 같았다. 사람에 대한 이해는 단어의 뜻을 이해하는 것과는 같지 않았다. 누군가를 이해하기 위해 그 사람이 사용하는 단어의 뜻을 이해해야 하는 것은 아니었다. 전에 나는 아버지에 대해 불쌍하다는 생각을 한 적이 있었다. 특별히 어머니와의 관계에서 그다지 행복하게 보이지 않은 아버지의 처지를 동정한 적이 있었다. 나는 그때 아버지가 바다를 품고 있는 남천의 그 큰 나무처럼 넓고 크다는 사실을 알지 못했다. 아주 막연하게 예감은 했었지만 그것은 희미하고 흐릿했다. 그것은 앎이라고 할 수는 없었다. 나는 그때 이미 아버지가 나무의 영혼을 가지고 있다는 사실을 알지 못했다.

"아버지!" 나는 어느 때보다 다정하게 아버지를 불렀다. 아버지는 한쪽 팔을 들어 내 머리에 올렸다. 마치 무성한 잎을 달고 있는 나뭇가지가 머리에 닿는 느낌이었다. 그 손길을 기다리기라도 했던 것처럼 내 몸통이 스르르 아버지의 가슴으로 쓰러졌다. 잎 무성한 나뭇가지와도 같던 아버지의 손이 내 머리카락을 쓰다듬었다. 그 순간 나는 아까부터 아버지의 손길을 기다리고 있었다는 걸 깨달았다. 격정에 사로잡힌 내 심장은 덜컹거리며 뛰었다. 아버지의 품에 얼굴을 묻은 채 나는 나의 심장소리만이 아니라 아버지와 형의 심장소리도 들었다. 밤의 숲은 더이상 두렵지 않았다. 숲은 친근했고 밤은 아늑했다. 나는 하늘을 떠받치고 있는, 하늘만 아니라 시간까지도 떠받치고 있는, 태고의 거대한 물푸레나무를 이미 보아버렸다는 생각을 했다. 형이 숲속으로 들어가서 보고 싶다고 했던 그 거대한 물푸레나무는 그 숲속 어딘가에 심어져 있는 것이 아

니라 사람의 마음속에 심어져 있는 것이라는 생각을 했다. 숲속 어
딘가에 심어져 있는 물푸레나무를 어느 순간 우리가 발견하는 것
이 아니라 우리 스스로 물푸레나무가 되는 것이라는 생각을 했다.
덜컹거리던 나의 심장은 조금씩 안정을 찾아갔다.

35

형은 이틀 동안 누워 있었다. 의사는 안정을 취하는 것이 좋겠
다고 했다. 어머니는 형의 침대 곁을 떠나지 않았다. 어머니가 외
출하지 않고 이틀 동안 집을 지킨 것은, 내 기억에 의하면 그때가
처음이었다.

나는 남천에 있는 순미 때문에 마음이 급했다. 계획대로라면 형
을 차에 태우고 남쪽으로 내달려야 했다. 그러나 누워 있는 사람을
데리고 갈 수는 없었고, 나 혼자 가는 것은 무의미했다. 어느 순간
그 집에 전화가 있다는 생각이 났다. 어머니는 나에게 남천에 도착
해서 전화하라며 전화번호를 일러준 적이 있었다. 그 집에 아직 전
화가 있으리라고 확신할 수는 없었다. 거기다가 그 번호를 적어둔
쪽지도 찾을 수 없었다. 나는 하는 수 없이 어머니에게 남천의 전
화번호를 알고 있느냐고 물었다. 어머니는, 그건 왜? 하고 되물었
다. "그냥이요." 내 대답은 만족스럽지 못했다. "그냥?" 어머니는
의혹에 찬 시선으로 나를 쳐다보았다. "거기 누가 있을까?" 어머

니는 혼잣말처럼 그렇게 중얼거리면서도 나의 얼굴에서 눈을 떼지 않았다. "아시는 거예요, 모르시는 거예요?" 나는 어머니의 추궁을 사전에 차단할 심산으로 몰아붙였다. 알고는 있다만, 받는 사람이 없을 거다, 그 노인도 올라왔다고 하더라, 하고 말하면서 어머니는 부엌으로 들어갔다.

어머니는 차를 끓였다. 나는 식탁에 앉아서 어머니가 차를 끓이는 모습을 지켜보다가, 아버지 것도 끓이세요, 하고 충동적으로 말했다. 말을 하는 사람이 내가 아닌 것 같았다. 내 안의 누군가가 나에게 말을 시키고 있는 것 같았다. 어머니가 아버지를 위해 차를 끓이는 모습을 본 기억이 없었다. 두 사람은 차를 같이 마시지 않았다. 밥도 따로 먹었고 잠도 따로 잤다. 그런데 아버지 몫의 차를 끓이라고 하다니.

"아세요? 아버지는 어머니를 위해서 음식을 만들고 상을 차렸던, 수십 년 전의 남천에서의 한 달을 인생에서 가장 행복했던 시간으로 간직하고 있다는 걸." 내 말은 생각을 앞질러 나갔다. 어머니는 반응을 보이지 않았다. 뒤를 돌아보지도 않았다. 차 스푼이 찻잔에 부딪치며 내는 딸그락 소리만 들렸다. 어머니가 당혹스러워하리라는 건 분명했지만, 나는 내 속에서 나오는 말을 억제할 수가 없었다. "아버지는 어머니를 진심으로 사랑했고 지금도 사랑하고 있어요." 가스레인지 위에 놓인 주전자가 물 끓는 소리를 냈다. 나는 공연한 말을 한 것이 아닌가 후회가 되었다. 그러나 이미 사태를 되돌릴 수는 없었다.

잠시 후에, 너는 마치 내가 너희 아버지를 미워하기라도 하는 것처럼 말하는구나, 하고 어머니는, 싱크대에서 몸을 돌리지 않은 채로 조용히 말했다. "아니에요, 그런 뜻이……" 손을 저으려는데, 어머니가 하던 말을 계속했다. "나도 안다. 너희 아버지, 놀라운 분이다. 너희 아버지를 만나지 않았다면 내 인생이 어떻게 되었을지…… 나는 아마 살아 있지 못했을 거다. 너희 아버지는 내 은인이다. 나는 종종 하나님이 나를 지키기 위해 그분을 내게 보낸 것이 아닌가 하는 생각을 한다. 아버지를 미워하는 것이 아니라 어려워하는 것이다. 아버지를 피하는 것이 아니라 차마 접근하지 못하는 것이다. 그리고 그것이, 이해를 못할지 모르겠다만, 나와 아버지 사이의 사랑의 방식이다." 어머니는 몸을 돌려서 이해하겠니? 하고 묻는 듯한 눈빛으로 내 눈을 똑바로 쳐다보았다. 나는 어머니의 시선을 피했다. 어머니는 찻잔을 내 앞에 내려놓고 아버지에게 갖다드려라, 하고 말했다. "어머니가 직접 가지고 가면 좋아하실 거예요." 나는 찰랑거리는 녹색의 차를 바라보며 말했다. 어머니는 살며시 눈을 감았다가 떴다. 내가 좀 가혹했을지 모른다는 생각은 들었지만 잘못하고 있다는 생각은 들지 않았다.

너희 아버지 앞에서 나는……, 하고 어머니는 눈을 뜬 채 말했다가 다시 눈을 감고 나머지 말을 마저 했다. "고개를 들지 못한다. 나는 아버지 얼굴을 똑바로 쳐다보지 못하고 평생을 살아왔다. 누구에게도 떳떳하지 않은 것이 없는데, 너희 아버지에게만은 떳떳한 것이 도무지 없다." 어머니와 아버지 사이의 사랑의 방식이라는 것의 실체가 어렴풋하게나마 손에 잡히는 듯했다. "어머니!" 나는 어머니를 불러놓고 다음 말을 잇지 못했다. 말하는 대신 찻잔을 들었다. 사랑은 다 다르다, 하고 나는 나에게 말했다. 사랑한다는 내용은 같아도 사람들이 사랑을 하는 방식은 하나도 같지 않다. 백 명의 사람들은 백 가지 방식으로 사랑한다. 그러니까 특별하지 않은 사랑은 하나도 없다. 아버지 방에 찻잔을 가지고 들어가면서 나는 그런 생각을 했다.

아버지 방에서 나왔을 때 어머니는 식탁 앞에 앉아 차를 마시고 있었다. 나는 어머니와 마주보고 앉았다. "거기 전화번호를 왜 물었는지 말해주겠니?" 말없이 차를 마시던 어머니가 찻잔을 손에 감싸쥐며 물었다. 처음에 나는 내 계획을 아무에게도 말하지 않으려고 했다. 아무에게도 말하지 않고 형을 그곳으로 데리고 가려고 했었다. 그러나 그럴 필요가 있을까? 굳이 어머니에게 감출 이유가 있을까?

거기, 누가 있어요, 하고 나는 말해버렸다. 어머니는 의혹에 찬 시선으로 나를 바라보며 누가 있단 말이냐고 물었다. "어머니도 아는 사람 윤순미……" 내 입에서 나온 순미라는 이름이 어머니를 혼란스럽게 만들었음에 틀림없다. 그녀는 눈을 동그랗게 뜨고 어떻게 된 일인지를 추측해보려고 애쓰는 듯한 표정을 지었다. 그

러나 아무것도 추측할 수 없다는 사실을 시인이라도 하듯 어머니
는, 그애가 거기 왜? 어떻게? 하고 물었다. 어리둥절한 표정이 역
력했다. "형을 기다리고 있어요. 내가 그녀를 데리고 거기까지 갔
어요." 어머니는 왜? 하고 추궁하지 않았다. 그 대신 매우 당혹스
런 눈빛으로 나를 쳐다보다가 가만히 일어나서 전화번호가 적힌
쪽지를 가지고 왔다.

내가 쪽지를 받고 식탁을 떠나려고 할 때 어머니는 괜찮을까? 하
고 조심스럽게 물었다. 나는 그녀의 질문이 무엇을 뜻하는지 알아
들었다. 나는 괜찮을 거예요, 하고 일부러 밝은 목소리로 대답했다.

그 즉시 전화를 걸었다. 두어 번 신호가 가다가 결번이라는 안
내 방송이 나왔다. 다시 통화를 시도했지만 마찬가지였다. 뒤에서
나를 지켜보고 있던 어머니가 무슨 일이냐고 눈짓을 보내왔다. 나
는 전화가 안 돼요, 하고 말했다. "어떻게 하니?" 어머니가 실망스
런 낯빛으로 물었다. "내일, 형을 데리고 가도 될까요?" 내가 물었
다. "글쎄다." 어머니는 자신 없게 대답했다.

36

아버지는 요리를 했다. 아버지에게 직접 요리를 부탁한 사람은
없었다. 내가 한 일은 직접 음식을 만들겠다고 소란을 떨고 다닌
것이 전부였다. 집안일을 맡아 하는 아주머니는 삼 일간 휴가를 받

왔다. 어머니가 형이 회복될 때까지 민들레에 나가는 것을 포기하고 집에 있기로 하면서 내린 조치였다. 나는 시장에 가서 장을 봐오고, 요리책을 꺼내놓고 뒤적거리고, 아버지 방을 들락거리며 라조기를 만들려고 하는데 표고버섯을 물에 어느 정도 담가두어야 하는지, 닭고기는 얼마만한 크기로 잘라야 하는지, 튀김 온도는 어느 정도가 알맞은지를 물었다. 결국 아버지는 부엌으로 나와 앞치마를 둘렀고, 본격적으로 요리를 하기 시작했다.

내 계산은 들어맞았다. 나는 우리 가족들이 마음으로는 다들 원하면서도 선뜻 행동으로 옮기지 못하고 있는 일이 무엇인지를 확신했고, 그 일을 할 수 있는 사람이 나밖에 없다는 사실도 확인했다. 어쩌면 식구들 모두 내가 그 역할을 맡아주기를, 겉으로 표현은 하지 않지만, 속으로는 간절하게 바라고 있을지 모른다는 생각도 들었다. 만일 그렇다면 굳이 시간을 미룰 필요가 없었다. 마음들을 열고 가슴속에 묻혀 있던 사연들을 노출한 것은 이번이 처음이었다. 더 좋은 기회는 오지 않을 것이었다. 이번 기회를 놓치면 그 기회는 영원히 오지 않을 수도 있었다. 나는 아버지의 요리 솜씨를 이용하기로 했다. 아버지가 만든 요리가 우리 가족을 하나로 묶어줄 거라는 쪽에 기대를 걸어보기로 했다.

아버지는 내가 장을 봐온 재료들을 둘러보고는 무슨 음식을 만들 계획이었느냐고 물었다. 나는 라조기와 팔보채의 요리법이 적혀 있는 요리책을 보여주었다. 아버지는 웃는 것 같았다. 그러고

264

는 종이에 몇 가지 더 사올 재료를 적어주었다. 아버지는 내가 사온 재료와 냉장고 안의 재료들을 꼼꼼하게 확인한 후 두부와 소고기와 느타리버섯과 미나리와 민어와 브로콜리와 콜리플라워와 껍질콩과 굴과 우유를 사오라고 했다. 나는 그것들을 사러 차를 몰고 백화점 식품 매장까지 갔다 왔다. 포도주도 한 병 샀다. 아버지의 손은 빠르고 능숙했다. 아버지는 미나리를 다듬고 마늘을 찧는 것 같은 단순한 일을 나에게 시켰을 뿐 모든 요리를 손수 만들었다. 어머니는 부엌에서 무슨 일이 벌어지고 있는지 모르지 않았을 것이다. 그러나 들여다보지 않았다.

저녁은 만찬이었다. 아버지가 만든 음식들이 식탁 위에 놓였을 때 나는 음식들이 참 아름답다는 생각을 했다. 아버지는 라조기와 민어찜과 두부전골과 굴탕을 만들었다. 그것들은 먹으라고 진열되어 있는 것이 아니라 감상을 하라고 전시되어 있는 것처럼 보였다. 그것들은 음식이 아니라 예술품들처럼 보였다. 어머니와 형도 나와 생각이 같은 듯 식탁 앞에서 한동안 입을 열지 못했다. 나는 어머니의 얼굴에 순간적으로 나타난 감격의 표정을 놓치지 않았다.

"자, 다들 앉아서 세계적인 요리사가 만든 음식을 즐기십시오."
나는 일부러 호들갑스럽게 소리치며 네 개의 유리잔에 포도주를 따랐다. "샤토 오존입니다. 아시는 분은 아시겠지만, 이 와인은 프랑스 보르도 지방의 생테밀리용에서 나온 포두로 만든 술입니다. 이 와인의 이름에 시인이며 제정 로마 시절의 총독이었던 오존의 이름이 붙은 것은 한때 그가 이 지역을 차지한 적이 있었던 데서 유래했다고 합니다." 나는 잔을 들고 건배를 제의했다. 식구들은 머뭇머뭇하면서 나를 따라 잔을 들었다.

나는 내친김에 아버지에게 한말씀하시지요, 하고 말했다. 아버지는 쑥스러운 듯 얼굴을 붉혔다. 그러나 우리는 아버지가 무슨 말인가를 할 때까지 기다렸다. 형도 어머니도 아버지의 말을 기다렸다. 아버지는 무슨 대단한 연설이라도 할 것처럼 잔기침을 두 번 하더니 사랑한다, 하고만 말했다. 아버지는 나지막하게 말했지만 그 말은 우리 집안 곳곳을 울리고 다녔다. "이번엔 어머니 차례예요." 나는 어머니를 바라보며 말했다. 이건 꼭, 무슨 행사를 하는 것 같구나, 하고 멈칫거리던 어머니는, 좋구나, 뭐라고 해야 할지 모르겠다만, 앞으로는 되도록 가족들이 함께 밥을 먹도록 하자, 하고 말했다. 어머니의 마지막 말은 안으로 잦아들어서 거의 들리지 않았다. "형도 한마디하지." 나는 형을 재촉했다. 형은 아버지와 어머니와 나의 얼굴을 천천히 둘러보더니 가만히 눈을 감았다. 닫힌 그의 눈에서 한줄기 눈물이 삐죽 밖으로 빠져나왔다.

나는 식탁의 분위기가 더이상 심각해지는 것을 원하지 않았으므로 서둘러 사태를 진화했다. "손이 무겁습니다. 이건 들고 있으라고 따라진 게 아닙니다. 건배합시다." 서로의 잔을 부딪쳤다. 나는 아버지의 잔에 내 잔을 부딪치고 어머니의 잔에 부딪치고 형의 잔에도 부딪쳤다. 아버지와 어머니도 서로의 잔을 부딪쳤다. 포도

주는 찰랑찰랑 흔들렸고, 유리잔은 쩽그랑 경쾌한 소리를 냈다.

"이건 민어찜이고 저건 라조깁니다. 요 앞에 있는 것은 두부전골이라는 음식이고, 그리고 각 사람 앞에 놓인 것은 굴탕입니다. 아버지가 만든 이 예술품들은, 그러나 감상하라고 만들어진 것이 아니라 우리의 입으로 들어가기 위해서 만들어진 것입니다. 남기지 말고 드십시오." 식구들은 소리 안 나게 웃었다. 그들은 내 노력을 높이 평가하고 있는 중이었다. 조금도 웃기지 않은 내 대사에 억지웃음을 지으려고 애쓰는 그들의 노력도 높이 평가해야 한다고 나는 생각했다. 어쨌든 그것들은 우리 식구들이 노력을 하고 있다는 분명한 증거였다.

맛이 어땠는지는 모르겠다. 아무도 맛에 대해 말하지 않았고, 나도 말하지 않았다. 나에게 식탁에 차려진 음식들은 그저 상징에 지나지 않았다. 음식의 맛은 분별되지 않았고 그럴 필요도 없었고 그럴 여유도 없었다. 미각은 다른 감각을 위해 자리를 내주었다. 나에게 그것은 기대감이었고 어머니에게 그것은 기억이었다. 과거의 결정적인 한 시간에 대한 기억이 굴탕을 뜨던 어머니의 손을 느려지게 하고 눈시울을 축축이 젖게 하는 모습을 나는 보았다. 요리를 하면서 아버지가 들려준 바에 의하면, 굴탕은 어머니가 몸조리를 하느라 남천에 머물러 있을 때 아버지가 한 달 동안 거의 매일 거르지 않고 만든 음식이었다. 어머니가 굴탕을 무척 좋아했었다고 아버지는 기억했다. 어머니가 좋아했기 때문에 아버지는 바닷물이 빠져나가면 손수 바위에 붙은 굴을 채취하러 바닷가로 나가곤 했었다. 어머니의 마음속에 밀물처럼 차오르고 있을 감회를 나는 어렵지 않게 짐작할 수 있었다.

37

날이 밝으면 나는 형을 데리고 남천에 갈 것이다. 남천에는 순미가 있다. 그녀는 내가 사랑하는 여자다. 아버지가 어머니를 사랑하는 것처럼 나는 그녀를 사랑한다. 그러나 그녀는 형을 사랑한다. 어머니가 그 사람을 사랑하는 것처럼 그녀는 형을 사랑한다. 그러나, 그렇다고 해서 어머니가 아버지를 사랑하지 않은 것이라고 말할 수 없는 것처럼 순미가 나를 사랑하지 않은 것이라고 말할 수도 없다.

밤새 나는 잠을 이루지 못했다. 내 마음은 약간 흥분해 있었다. 진정하려고 해도 잘 되지 않았다. 이런저런 생각들이 어지럽게 출몰했다. 요 며칠 동안의 시간이 문득 천년처럼 길게 느껴졌다. 꼭 한 천년쯤 살아낸 것 같은 기분이었다. 천년의 퇴적물들이 내 가슴과 머릿속에 가득 쌓인 것만 같았다. 새벽녘에야 겨우 잠이 들었는데 나는 실제처럼 선명한 꿈을 꾸었다. 내 꿈은 다음날 있을 일에 대한 예고편과도 같은 것이었다.

남천이 무대다. 바닷물은 쉼없이 벼랑을 핥았다. 벼랑 위에는 하늘을 떠받치고 있는, 하늘만 아니라 시간까지도 떠받치고 있는, 태초부터 그 자리에 서 있었던 것 같은 야자나무가 한 그루 있다. 야자나무 아래 한 여자가 서 있다. 여자는 옷을 입지 않았다. 옷을 벗은 순수, 그녀의 이름은 순미다. 그리고 형이 그 앞에 있다. 형은 내가 사준 사진기를 들고 있다. 내가 형에게 카메라를 사준 것은 형의 카메라를 팔아치운 사람이 나이기 때문이고, 형의 손에서 카메라를 빼앗은 사람이 나이기 때문이고, 형으로 하여금 다시는 카메라를 들지 않겠다고 결심하게 한 사람이 나이기 때문이다. 나는 형이 다시 카메라를 들어야 한다고 생각했고 그렇게 하려고 노력해왔다. 그것은 형을 회복시켜 다시 세상 속으로 들어오게 하려는 기도였지만, 꼭 그것만은 아니었다. 그것보다 더 큰 동기는 형에 대한 내 죄의식이었다. 형이 카메라를 들고 다시 사진을 찍는다면 내 죄의식이 조금은 줄어들 것 같았다. 그러나 어떤 경우에도 완전한 자유란 없다는 사실을 나는 또한 뼈저리게 절감하고 있다. 원죄는 문신과 같아서 지워지지 않는다. 카메라를 든 형의 얼굴은 모처럼 밝고 환하다. 옷을 벗은 순수, 순미의 몸이 형의 카메라 안에 담긴다. 형은 다시 카메라를 통해 세상을 본다. 이제 형은 카메라에 들어오는 순미를 통해 세상을 본다. 그 세상은 사랑의 세상이다. 그곳에서 조금 떨어진 둔덕의 나무 뒤에서 나는 언젠가처럼 숨을 죽인 채 그 모습을 지켜보고 있다. 내가 원하던 광경이다. 그런데도 형이 셔터를 누를 때마다 내 심장이 찰칵 소리를 낸다. 하늘만 아니라 시간까지도 떠받치고 있는 야자나무는 바람이 불어도 흔들리지 않는다. 햇살은 바다 위에 떨어져서 눈물이 된다. 보석처럼 빛나는 눈물. 그러나 나는 결코 눈물을 흘리지 않는다.

세속 시대의 성소^{聖所}를 찾아서

—『식물들의 사생활』을 다시 읽으며

신형철(문학평론가)

90년대의 사랑 담론으로부터

근대는 세속적인secular 시대다. 삶의 초월적 토대를 잃어버린 근대인들이 비어 있는 신의 자리에 들여놓은 여러 가치들 중 가장 위력적인 것은 바로 '사랑'일 것이다. 1700년대 중후반의 계몽주의에 대한 반발로 1800년을 전후하여 낭만주의가 유럽사회를 휩쓸기 시작하면서 '낭만적 사랑'이라는 관념은 꼴을 갖추게 되었다. 한국에서도 90년대 이래로 꽤 널리 읽힌 것으로 짐작되는 재클린 살스비의 저서에 따르면 낭만적 사랑에는 두 가지 유형이 있는데, 그중 하나는 남녀가 온갖 우여곡절 끝에 결혼에 골인하는 서사를 통해 그 사랑이 운명적인 것임을 소급적으로 입증하는 순응적 판본이고, 다른 하나는 외부 세계의 방해나 누군가의 죽음으로 사랑의 관계가 파국에 이르지만 그를 통해 사랑이라는 특별한 열정이 통제 불가능한 인간 자유의 발산임이 입증되면서 사랑의 파국이 역설적이게도 사랑의 완성이 되고 마는 비극적 판본이다.[1] 어느 쪽이건 이런 패턴의 사랑 서사는 대중적으로 널리 유행하게 되었고 이와 더불어 사랑은 개인이 자기 자신에게 부여할 수 있는 최대한의 자유의 형식이자 삶의 의미를 창출하는 가장 유력한 근원 중 하나로 평가되기에 이르렀다. 이런 분위기 속에서 근대사회에서의 사랑이 "세속적 종교"[2]의 지위를 차지하게 된 것은 이상한 일이 아니다.

그러나 어떤 가치에 대한 과도한 숭배는 어느 시점에 이르면 일종의 억압으로 전환되기 마련이다. 그런데 문학이란 언제나 억압적 이데올로기의 작동을 교란시키는 데서 자신의 존재 이유를 찾는 것이 아니던가. 낭만적 사랑이라는 이상理想이 다종다양한 사랑의 관계들이 생육하는 데 장애물로 작동하기 시작하면 그에 대한 반발로 문학이 낭만적 사랑의 이상을 조롱하고 해체하는 일에 나서는 것은 지극히 자연스러운 일이다. 돌이켜보면 사랑이라는 세속적 종교에 대한 이단적 도발은 90년대 한국소설의 각별히 의미심장한

---

1) 재클린 살스비, 『낭만적 사랑과 사회』, 박찬길 옮김, 민음사, 1985.

2) 울리히 벡·엘리자베트 벡-게른샤임, 『사랑은 지독한 그러나 너무나 정상적인 혼란』(강수영 외 옮김, 새물결, 1999) 7장 '사랑, 우리의 세속적 종교'를 참조할 것.

경향 중 하나였다. 90년대 중반에 등장하여 낭만적 사랑을 해체하는 예리한 통찰력을 보여준 은희경의 첫 장편과 첫번째 소설집이 평론가들과 독자들에게 공히 높은 평가를 받은 것은 그 상징적 사례일 것이다. 불륜을 소재로 한 여성 작가들의 소설이 쏟아져나온 것 또한 이런 흐름을 거스르는 일이 아니었다. 그 소설들은 인간의 열정을 '사랑'이라는 말로 이상화하지 않고 (정신분석학에서 사랑과 엄밀히 구별되어 사용되는 용어들로 말해보자면) '욕망desire'이나 '충동drive'의 층위로 끌어내려 탐구하는 방식으로 이 흐름에 합류했다고 보는 편이 옳을 것이다. 좀 단순화해본다면, 사랑을 다룬 90년대 소설을 지배한 것은 '구축'이 아니라 '해체'의 에너지였다고 말할 수 있다. 그것들은 사랑을 해체하는 사랑소설이었다.

사랑에 대한 통념을 재생산하는 관습적 서사들이 여전히 쏟아져나오는 상황 속에서 그 통념을 해체하는 서사들의 분투는 다행스러운 것이지만 그런 서사들의 가치는 당연하게도 제한적이다. 자칫 사랑에 냉소적인 태도를 취하는 것이 자유로운 개인의 자기 증명이라도 되는 양 오해된다면 그것은 사랑에 대한 낭만적 통념 속에 매몰돼 있는 것보다 딱히 더 생산적인 상태라고 할 수도 없다 (물론 90년대 이래의 훌륭한 탈脫낭만적 소설들이 여기에 책임을 질 필요는 없을 것이다). 과도하게 낭만적인 사랑관과 과도하게 냉소적인 사랑관 사이의 관계는, 오늘날 종교를 대하는 두 개의 극단적 태도, 즉 '맹목적 일신주의'와 '냉소적 허무주의' 사이의 관계와 흡사할지도 모른다.[3] 우리가 종교의 층위에서 맹목적 일신주의와 냉소적 허무주의 모두를 거부해야 한다면, 사랑에 대해서도 마땅히 그래야 할 것이다. 사랑에 대한 성찰은, 그것이 최상의 수준으로 이루어질 때, 삶의 의미에 대한 성찰로 이어진다. 그리고 이런 성찰은 오늘날처럼 삶이 무의미한 것일지도 모른다는 회의가 강화될수록 더 심오해질 필요가 있을 것이다. 2000년대가 시작된 첫해에 출간된 이승우의 장편소설 『식물들의 사생활』이 십수 년이 지난 지금에도 무게를 잃지 않고 있는 것은 우리가 처해 있는 조건이 변하지 않았거나 더 악화되었기 때문일지도 모른다.

두 개의 사랑을 통해

대학생인 형 우현에게 열등감을 갖고 있는 삼수생 기현이 어느 날 형의 애인 순미에게 마음을 뺏긴다. 기현은 남자가 여자를 사랑하는 것은 어떤 경우에도 허물일 수 없다는 명제로 자기의 위험한 열정을 합리화하면서 형의 연애 속으로 개입해 들어간다. 형과 순미의 대화를 엿듣고, 형의 방에 몰래 들어가 순미의 체취가 묻어 있는 물건을 훔치고, 급기야 순미의 집으로 찾아갔다가 냉담한 문

---

3) 맹목적 일신주의와 냉소적 허무주의라는 우리 시대의 짝패에 대한 개괄적인 진단으로는 휴버트 드레이퍼스·숀 켈리, 『모든 것은 빛난다』(김동규 옮김, 사월의책, 2013)를 볼 것.

전박대를 당하는 등의 소동을 피우기까지 한다. 격분한 형의 욕설과 폭행을 고스란히 감당한 뒤 가출을 결행한 그는, 다시 돌아오지 않을 각오로 형의 카메라를 훔쳐 필름째 팔아버리는데, 이 일이 얼마나 큰 비극을 낳게 될지 기현은 전혀 예상하지 못한다. 카메라에 담겨 있었던 불온한 사진들 때문에 우현은 강제징집되고 군에서 사고로 두 다리를 잃는다. 이후 우현이 순미와도 결별하고 주기적인 발작에 시달리다 어머니의 등에 업혀 사창가를 전전하고 있을 무렵 기현이 집에 돌아오고, 그는 형에게 카메라를, 더 나아가 옛 연인을 되찾아줘야 한다는 생각에 순미를 찾아나서는데, 그녀를 만나고 나서야 우현과 순미의 결별이 기구한 우여곡절 끝에 벌어진 일임을 알게 되고, 그 과정에서 그녀의 형부가 모종의 농간을 획책한 것이 아닌지 의심하면서, 지금 형에게는 그녀가 필요하다는 사실을 순미에게 알린다.

　여기서 이 소설은 형제들에 대해 말하기를 멈추고 어머니의 옛 이야기를 들려주기 시작한다. 기현은 우현과 순미의 일을 해결해야 할 뿐만 아니라, 정체불명의 사내로부터 하필이면 어머니를 미행해달라는 의뢰를 받은 터라 그 석연치 않은 일까지 해야 할 상황이다. 갑자기 남천南天에 다녀오겠다는 어머니를 기현은 별수 없이 뒤쫓는데, 바다가 보이는 남천 어느 언덕에까지 이른 기현은, 아래로는 바다를 뚫을 듯하고 위로는 하늘에 닿을 듯한 웅장한 야자나무 아래에서, 어머니가 병색이 완연한 어느 노인과 함께 알몸으로 성스러운 의식儀式과도 같은 상봉을 하는 장면을 훔쳐보게 된다. 그리고 이튿날 우현과 함께 다시 남천을 찾은 기현은 어머니로부터 충격적인 이야기를 전해 듣는다. 현재의 남편을 만나기 전인 스물한 살 무렵 그녀는 한 남자를 만나 사랑에 빠졌는데 그와 함께 세상을 등지고 이곳 남천으로 도망쳐왔던 때가 있었다는 것. 당시 고위 권력층의 사위였던 그 남자는 그녀와의 사랑에 충실하기 위해 정치적 생명까지를 포기한 것이었는데, 결국 그가 발각되어 서울로 끌려간 뒤에 어머니는 그 남자의 아이인 우현을 낳아 기르는 동안 흉흉한 소문만 들었을 뿐 그 이후 그를 다시 만나지 못했다는 것. 그러다가 삼십 년 만에 어제 이곳에서 그와 재회했으며 그길로 그는 숨을 거두고 말았다는 것.

그러니까 이 소설은 전체 분량의 정확히 삼분의 이 지점인 이 대목에 이르기까지 기현이라는 교차점을 통과하는 이 대에 걸친 비극적 사랑의 드라마를 펼쳐놓은 셈인데, 이제 관건은 이 두 개의 사랑 이야기가 나머지 삼분의 일에서 어떻게 오버랩될 것인가 하는 데 있을 것이다. 이야기는 다시 우현과 순미의 현재로 돌아와 이어진다. 서울에서 다시 순미를 만난 기현은 그 자신의 예감대로 그녀의 형부가 우현과 순미를 떼어놓았다는 것과 그 이후 그 사내가 순미를 정신적·육체적으로 유린해왔다는 것을 알게 된다. 순미를 형부의 폭력으로부터 돌발적으로 구출해낸 기현은 그길로 자기도 모르게 남천으로 내달린다. 그곳으로 달려가는 동안 순미가 꾼 꿈의 내용은 흥미롭고 중요하다. 사랑을 이루지 못하고 죽은 연인이 바다를 가운데 두고 각각 나무가 되었는데 밤이 되면 두 나무의 뿌리가 바닷속을 달려가 서로를 애무하더라는 것. 이 '바다를 건너는 나무'의 이미지는, 놀랍게도, 우현이 사고 이후 노트에 적어둔 것들 중 '좌절된 사랑의 화신으로서의 나무' 이미지에 의해 촉발된 것이면서 동시에 그에 대한 응답으로서 남천의 저 신비로운 야자나무 이미지를 가리켜 보여주는 것처럼 보인다. 그렇다면 이 꿈은 우현과 순미가 '온 곳'과 '갈 곳'을 함께 보여주는 계시와도 같은 꿈이 아닌가.

이제 우리는 이 이야기가 어떤 방향으로 흘러가야 할지를 안다. 우현과 순미는, 삼십 년 만에 만난 슬픈 윗세대와는 달리, 지금 당장 남천에서 만나야 하지 않겠는가. 그러니 우현을 이곳 남천으로 데려와야 하지 않겠는가. 그렇게 이 이야기는 행복하게 마무리될 것처럼 보이지만 실상은 그렇지가 않은데 왜냐하면 아직 해결되지 않은 문제가 남아 있기 때문이다. 어머니는 삼십 년 만의 재회로 해원의 체험을 했고 그간 숨겨왔던 비밀을 두 아들에게 모두 이야기함으로써 마음의 짐을 내려놓았다. 또 순미는 우현과 자신에게 닥쳐온 불행의 진실을 알게 되었고 훼손된 사랑을 뒤늦게나마 되살려야 한다는 것을 깨달았다. 한편 기현은 형의 여자에게 품었던 그 오랜 고통스런 욕망을 이제는 나름대로 다스릴 수 있게 되었고 자신이 저지른 죗값을 치르기 위해서 자신이 해야 할 일이 무엇인지를 알게 되었다. 그러나 아직 서사구조 속에서 이와 같은 자기인식에 도달하지 못한 사람들이 있다. 비극의 가장 중심에 있는 우현과 비극의 가장 외곽에 있는 (것처럼 보이는) 아버지 말이다. 그래서 이 이야기는 남아 있는 문제들을 해결하기 위해 마지막으로 한번 더 위기의 국면을 맞이한다. 우현이 사라져버리고 만 것. 그는 지금 어디에 있는가.

나무의 신화들을 창조하고

우현이 지금 '어디에' 그리고 '왜' 있는지를 말하기 위해서는 이 소설의 서사구조를 이미지의 층위에서 다시 읽어볼 필요가 있다. 이 소설의 등장인물들은 모두 나무가 되고 싶어하는 터라 서로 다른 나무 이미지들이 소설의 서사구조와 긴밀히 결합돼 있다. 사고 이후 우현을 사로잡은 것도 나무였다. 두 다리를 모두 잃고 뜻대로 움직일 수 없는 처지가 되면서 자연스레 나무에 자신을 투사하게 되었을 것이다. 집 근처 산책로 울타리 너머 어두운 숲에서 우현을 특히 끌어당기는 것은 '소나무'와 '때죽나무'의 형상이다. 남성성을 상징하는 굵은 소나무를, 여성성을 상징하는 날씬한 때죽나무가 휘감고 있는 형상. 이 형상은 나무답지 않은 동물성을 에로틱하게 뿜어내고 있는데, 이 에로티시즘은 우현에게 양가적인 감정을 느끼게 한다. 그 나무들은 식물과 같은 상태가 된 우현 자신에게도 여전히 남아 있는 애욕과 집착을 대신 보여주는 것만 같아서 그를 비참하게도 하지만, 인간으로서의 비참한 현재를 견디느니 차라리 빨리 나무가 되어 사후의 보상이나마 얻고 싶다는 갈망을 또한 품게 한다는 점에서 동경의 대상이 되고 있기도 하다. 이처럼 나무를 '좌절된 사랑의 화신'으로 보는 우현의 발상은 아마도 오비디우스의 『변신 이야기』 같은 책에 힘입은 것이리라.

신화들 속에서 나무들은 흔히 요정이 변신한 것으로 나온다. 요정들은 신들의 욕정과 탐욕을 피해 육체를 버리고 나무가 된다. 신들은 권력을 가진 자이고, 권력을 가진 자들은 한결같이 탐욕스럽다. 그들의 욕망은 도무지 좌절되는 법이 없다. 그들의 절대욕망으로부터 달아나기 위한 유일한 방법이 변신이다. 탐욕스런 권력자인 신들의 욕망으로부터 자신들의 사랑을 지키기 위해 요정들은 어쩔 수 없이 나무가 된다. 나무들마다 이루어지지 않은 아프고 슬픈 사랑의 사연들을 하나씩 가지고 있는 것은 그 때문이다.(218~219쪽)

이런 관점에 근거해서 우현은 소나무/때죽나무를 대상으로 자기만의 신화를 써나가는데, 이것이 이 소설의 첫번째 나무 신화다. 물론 그것은 자기와 순미를 주인공으로 한 것이고 현실의 고통을 이야기로나마 초월하기 위한 것이다. 그 이야기 속에서 우현은 소나무가 되고 순미는 때죽나무가 되어 살아 있는 동안 이루지 못한 그들의 사랑을 비로소 완성한다. "나무가 된 뒤에도 그들의 욕망과 사랑의 감정은 사라지지 않는다. 아니, 나무가 된 뒤에야 비로소 그들은 그들의 욕망과 사랑의 감정을 스스럼없이 표출할 수 있게 되었다. 나무가 됨으로써 그들은 사람으로 있을 때는 이룰 수 없었던 사랑을 이루었다." 죽어 헤어진 연인이 나무가 되어 사랑을 이어가는 설정이 포함돼 있다는 점에서 트리스탄과 이졸데의 서사를 연상하게도 하는 이런 이야기를 완성해놓고 우현은 사라졌다.[4] 우현이 어디로 갔을지는 분명해 보인다. 그는 이제 스스로 나무가 되기 위해 집 근처 숲으로 갔을 것이다. 그를 사로잡은 것은 "존재를 건너뛰려는 욕망"이고 "욕망을 지우려는 욕망"이다. 그는 자신이 기록한 간절한 신화가 신비롭게도 순미에게 아름다운 꿈을 꾸게 하였다는 것을, 그래서 그녀가 지금 남천에서 그를 기다리고 있다는 것을 모른다. 즉 죽어서 나무가 되는 길 말고 살아서 나무가 되는 길도 있다는 것을 모르고 있다. 살아서 나무가

---

4) 1100년대 이래로 숱한 버전들이 있지만 여기서는 조제프 베디에(Joseph Bédier)가 쓴 1900년도 판을 택해 결말부만 옮긴다. "그러나 그날 밤, 트리스탄의 무덤에서, 푸르고 잎이 실하며 수려한 가지에 향기로운 꽃이 만발한 찔레 한 그루가 솟아오르더니 이즈(이졸데)의 무덤 깊숙이 박혔다. 사람들이 찔레나무를 잘라냈으나 다음날 역시 못지않게 푸르고 꽃이 만발한 줄기가 다시 솟아올라 이즈의 무덤에 가서 박힌다. 세 번이나 잘라냈으나, 헛일이었다. 하는 수 없이 마크 왕에게 그 사실을 고하였다. 왕은 찔레나무를 자르지 말라는 명령을 내렸다." (『트리스탄과 이즈』, 이형식 옮김, 궁리, 2001, 248~249쪽)

되는 길은 어디에 있는가.

물론 그것은 남천에 있다. 그리고 그곳에 이 소설의 두번째 나무 신화가 있다. 기현이 어머니의 뒤를 밟아 처음 남천에 도착했을 때로 되돌아가보자. 숲과 바다가 어우러진 신비로운 풍경을 보고 기현은 생각한다. "마치 야생의 숲이 자기 품을 활짝 열고 그 안의 바다를 꺼내 보인 것처럼 여겨졌다. 야생의 숲이 자신의 옷자락 속에 바다를 품고 있다는 내 생각은 어딘지 신비스럽고 설화적인 데가 있었다." 이런 경탄과 경외의 감정은 형이 의지하는 장소인 밤의 숲 근처를 거닐 때 기현이 느낀 공포와는 전혀 다르다. 남천이 지상에는 존재하지 않는 곳이자 시간이 흐르지 않는 곳이라고 묘사될 때 이곳은 거의 에덴과도 같다. 그리고 에덴에 ('선악의 나무' 뿐만 아니라) '생명의 나무'가 있었던 것처럼(창세기 2:9) 이곳 남천에도 '야자나무'가 있다. 삼십 년 만에 재회한 노년의 두 남녀가 바로 그 나무 아래에서 알몸으로 서로를 보듬을 때 작가는 이들의 모습을 플라톤의 『향연』에 나오는 자웅동체 인간과 에덴동산을 거닐었던 최초의 연인에 비유한다. 바다를 건너온 이국종 나무의 이와 같은 생명력은 살아서 서로를 다시 안는 데 성공한 남천의 남녀와 그 사랑의 생명력에 잘 어울린다. 그러니까 이 야자나무의 신화가 감동적으로 보여주는 것은 죽어서 나무가 되는 길 말고 살아서 나무가 되는 길도 있다는 사실이다. 소설 말미에서 기현이 우현에게 다급히 알려주려 한 것은 바로 이 가능성일 것이다.

기현이 우현을 찾아 숲으로 갔을 때 놀랍게도 우현의 곁에는 아버지가 있다. 식물과 교감하는 일 외에는 다른 어떤 일에도 별 관심이 없는, 이야기의 진전에도 이렇다 할 기여를 한 바 없는 아버지 말이다. 여기서 이 소설은 숨겨두었던 마지막 비밀을 우리에게 들려주면서 세번째 나무 신화를 창조한다. 삼십 년 전에 남자와 헤어지고 아이와 홀로 남은 어머니를 아내로 맞은 것이 바로 아버지였다는 것, 아내와 옛 남자의 마지막 상봉이 성사될 수 있도록 배려한 것도 아버지였다는 것, 그리고 기현으로 하여금 어머니를 미행하게 만들어 형제가 가족의 비밀을 자연스럽게 알 수 있도록 계획한 것도 아버지였다는 것. 그러니까 이 소설에 밤-죽음의 나무와 낮-생명의 나무가 있다고 말할 수 있다면, 이중 후자의 배후에는 언제나 아버지가 있어왔다는 것. 그렇기 때문에 지금 우현을 밤-죽음의 세계로부터 낮-생명의 세계로 이끌어내기 위해 그 자리에 있는 것도 아버지일 수밖에 없는 것이다. 여기서 작가는 이 소설의 마지막 비밀을 알려준다. '아버지는 물푸레나무다.' 신화에서 세계를 떠받치는 '우주목'이 물푸레나무라면,[5] 인간의 세계를 떠받치는 것은 바로 아버지가 실천한 그와 같은 헌신적 사랑일 것이다. 말하자면 아버지-물푸레나무는 인간이 살아서 될 수 있는 가장 숭고한 나무다. 이 전언이 요약돼 있는,

---

5) 이에 대해서는 자크 브로스, 『나무의 신화』(주향은 옮김, 이학사, 1998) 1장 참조.

감동적인 문장을 옮긴다.

　나는 하늘을 떠받치고 있는, 하늘만 아니라 시간까지도 떠받치고 있는, 태고의 거대한 물푸레나무를 이미 보아버렸다는 생각을 했다. 형이 숲속으로 들어가서 보고 싶다고 했던 그 거대한 물푸레나무는 그 숲속 어딘가에 심어져 있는 것이 아니라 사람의 마음속에 심어져 있는 것이라는 생각을 했다. 숲속 어딘가에 심어져 있는 물푸레나무를 어느 순간 우리가 발견하는 것이 아니라 우리 스스로 물푸레나무가 되는 것이라는 생각을 했다.(262쪽)

사랑의 한 논리를 탐구하다

　이 소설의 구조를 플롯과 이미지의 측면에서 살폈다. 주요 등장인물들이 모두 나무가 되고 싶어했으므로, 작가는 세 개의 나무-신화를 창조하지 않을 수 없었다. 소나무/때죽나무의 신화(우현과 순미), 야자나무의 신화(어머니와 그 남자), 그리고 물푸레나무의 신화(아버지)가 그것들이다(이 세 신화의 탄생현장을 모두 지켜본 것은 화자인 기현인데 앞의 세 구도에서 그의 자리를 찾아본다면 아마도 아버지의 옆자리가 될 것이다. 이에 대해서는 뒤에 다시 얘기하자). 결국 이것들은 모두 '사랑의 신화'다. '사랑의 신화'라는 말에 부정적인 어감을 담아 사용하는 사람들이 많은 시대에 이 작가는 뜻밖에도 '신화의 사랑'을 참조해서 가장 진지한 방식으로 '사랑의 신화'를 창조했다. 욕망의 서사와 충동의 서사는 많다. 이를테면 "이것을 하는 것은 금지돼 있다. 하지만 그럼에도 불구하고 나는 그것을 할 것이다"의 논리를 따르는 것이 욕망의 서사이고, "난 이것을 하고 싶지 않다. 하지만 그럼에도 불구하고 나는 그것을 하고 있다"의 논리를 따르는 것이 충동의 서사다.[6] 그러나 다음과 같은 질문을 던지는 진지한 사랑의 서사는 언제나 부족했고 여전히 그렇다. '욕망과 충동 등의 논리로 환원되지 않는 사랑 고유의 논리는 무엇인가?' 우리는 주위에 넘쳐나는 온갖 유사 사랑의 서사들 중에서 진정으로 사유할 만한 가치가 있는 사랑의 서사를 어떻게 구별해낼 수 있을 것인가.

이와 관련하여 자크 라캉의 소위 '성구분 공식'(『세미나 20』)을 보면 남성 주체에게서 출발하는 화살표는 하나뿐인데 여성 주체에게서 출발하는 화살표는 두 개다. 그러니까 여성에게만 허락돼 있는 또다른 가능성 하나가 더 있다는 말이다(그러나 이 공식에서 '여성'이라는 집합은 생물학적 여성의 집합과 완전히 일치하지는 않는다. 이 공식의 여성 편에 서는 주체는 그가 생물학적으로 남성이건 여성이건 여성적 주체성의 구조를 갖고 있는 것이라고 말하는 편이 더 정확할 것이다). 그 예외적인 화살표가 가 닿는 지점을 라캉은

---

6) 이에 대해서는 레나타 살레클, 『사랑과 증오의 도착들』(이성민 옮김, 도서출판b, 2003) 2장 '욕망과 충동 사이에서의 사랑'을 참조.

'S(𝒜)'라는 기호로 표기하고 이것을 가리켜 '기존 상징적 질서 내에는 존재하지 않는 것' 혹은 '기존 상징적 질서 바깥에 있는 것'을 가리키는 기호라고 설명한다. 그리고 흥미롭게도 라캉은 그 기호를 '사랑의 문자une lettre d'âmour'라고 부른다. 요컨대 사랑이란 (욕망이나 충동과는 달리) 기존 질서의 바깥을 지향하는 것이고, 달리 말하면, 기존 언어적 질서 내에서는 쓰일 수 없는 것을 쓰려는 노력이라는 것.[7] 우리는 여기서 이 소설의 두 사랑이 당대의 정치적 권력 질서와의 대립 속에서 형성되었고 결국 기존 질서가 가한 폭력 때문에 비극적 상황으로 치달았음을 떠올리게 된다. 그리고 이 사랑이 온전히 존재할 수 있는 곳은 기존의 세계 안에는 존재하지 않는 장소, 즉 남천뿐이라는 사실도 생각해보게 된다.

그러나 이런 설명도 참고할 만하겠지만 이것이 이 소설의 '사랑'을 충분히 고유하게 만들어주는 것 같지는 않다. 이쯤에서 다시 말하자면, 우리가 진정으로 눈여겨봐야 할 것은 이 대에 걸친 비극적 사랑의 당사자들이 아니라, 그들의 사랑을 지켜보면서, 기존의 질서 내에서는 '쓰일 수 없는' 그들의 사랑이 비로소 '쓰일 수 있도록' 남천이라는 '바깥'의 공간으로 이끈 사람, 즉 아버지와 기현의 사랑일지도 모른다. 당사자들(우현과 순미, 어머니와 그 남자)의 사랑은 외적 방해와 싸우며 더 강렬해진 사랑이었기 때문에 자

---

7) 라캉의 『세미나 20』에 대한 이와 같은 독해는 이종영, 『욕망에서 연대성으로』 (백의, 1998) 2장을 참조.

신의 사랑 그 자체와 싸울 필요는 없었지만, 아버지와 기현의 사랑은 자기 자신과 싸워야 하는 사랑이었으므로 또다른 고통 속에서 단련된 것이다. 그것은 본능, 욕망, 충동과 서로 섞이면서 그것들로부터 추진력을 얻는 사랑이 아니라 그런 힘들을 극복해냄으로써만 도달·실천할 수 있는 사랑이었다. 그러니 이것이야말로 고유한 논리를 갖는 (그런 의미에서 작은따옴표를 칠 만한) '사랑'이라고 해야 하지 않겠는가. 이것을 '사랑을 희생하는 사랑'이라 불러도 좋을 것이다. 이 사랑의 자기희생이 두 연인을 남천으로 데려갔기 때문에 이 대에 걸친 비극적 사랑이 단지 비극으로만 끝나지 않을 수 있었고 남천이 사랑의 성소로 오롯해질 수 있었던 것이 아닌가.

날이 밝으면 나는 형을 데리고 남천에 갈 것이다. 남천에는 순미가 있다. 그녀는 내가 사랑하는 여자다. 아버지가 어머니를 사랑하는 것처럼 나는 그녀를 사랑한다. 그러나 그녀는 형을 사랑한다. 어머니가 그 사람을 사랑하는 것처럼 그녀는 형을 사랑한다. 그러나, 그렇다고 해서 어머니가 아버지를 사랑하지 않은 것이라고 말할 수 없는 것처럼 순미가 나를 사랑하지 않은 것이라고 말할 수도 없다.(268쪽)

앞에서도 지적했듯이 이 소설에서 '아버지'와 '나'의 이와 같은 사랑은 물푸레나무의 이미지로 형상화돼 있는데, 본래 우주목으로서의 물푸레나무('이그드라실')는 지하와 천상을 저 자신을 통해 연결하는 것이 임무로 돼 있다.[8] 이 소설이 그려낸 물푸레나무로서의 사랑 역시 인간 삶의 부조리와 무의미를 성스러움의 영역으로 매개하는 사랑이라고 말해도 좋을 것이다. 보다시피 이승우의 신화적 사랑 이야기는 사랑에 대한 통념적 이미지를 재생산하여 독자들에게 환상적 위안을 주기 위해 쓰인 것이 아니라, 이 무상한 세속의 삶에 의미를 부여해주는 사랑의 고유한 논리와 가치를 재천명하기 위해 쓰인 것이다. 평론가 김윤식은 80년대 문학의 정치적 인간학과 90년대 문학의 생물학적 인간학을 각각 '인간은 벌레가 아니다'(김영현, 「벌레」)와 '인간은 은어다'(윤대녕, 「은어낚시통신」)라는 명제로 요약한 적이 있다. 이런 맥락에서 이제 우리는 이승우의 소설과 더불어 세속의 시대에도 여전히 필요하고 또 가능한 자기 초월적 인간학을 지칭하기 위해 '인간은 나무다'라는 명제를 추가해볼 수 있을 것이다. 가브리엘 마르셀Gabriel Marcell은 "사랑을 받는다는 것은 '당신은 죽지 않아도 된다'는 말을 듣는다

---

8) "이그드라실이 뿌리를 통해 중첩된 지하의 세 영역, 즉 신들의 영역과 선사시대 거인들의 영역과 인간 조상들의 영역을 지상으로 떠오르게 하면, 그 물푸레나무의 줄기는 하늘과 땅 사이에 있는 중긴층으로 인간이 사는 곳인 미드가르드를 가로지르게 되며, 그 나무의 꼭대기는 신들의 천상 거주지인 아스가르드에 닿는다."(자크 브로스, 앞의 책, 1장 참조)

는 것을 뜻한다"[9]라고 말한 바 있지만, 어쩌면 사랑을 준다는 것이야말로 '나는 죽지 않아도 된다'고 자기 자신에게 말할 수 있게 해주는 고귀한 행위다. 이런 사랑이 있는 한, 이 세상 어딘가에 있을 '남천'이라는 성소는 사라질 수 없을 것이고, 삶은 무의미하므로 세상은 멸망하는 편이 낫다는 식의 말도 우리는 결코 할 수 없을 것이다.

---

9) 울리히 벡 · 엘리자베트 벡-게른샤임, 같은 책, 308쪽에서 재인용. 원문의 출처는 밝혀져 있지 않음.

한국문학의 '새로운 20년'을 향하여

문학동네가 창립 20주년을 맞아 '문학동네 한국문학전집'을 발간한다. 1993년 12월 출판사 간판을 내건 문학동네는 이듬해 창간한 계간 『문학동네』와 함께 지난 20년간 한국문학의 또다른 플랫폼이고자 했다. 특정 이념이나 편협한 논리를 넘어 다양한 문학적 입장들이 서로 소통하는 열린 공간이고자 했다. 특히 세기말 세기초에 출현하는 젊은 문학의 도전과 열정을 폭넓게 수용해 한국문학의 활력을 높이는 데 이바지하고자 했다.

돌아보면 세기말은 안팎으로 대전환기였다. 탈이념화를 중심으로 디지털 기반 정보화와 신자유주의 세계화가 서로 뒤엉켰다. 포스트 시대의 복잡성은 광범위하고 급격했다. 오래된 편견과 억압이 무너지는가 싶더니 도처에 새로운 차이와 경계가 생겨났다. 개인과 사회를 하나의 개념으로 묶어내기 힘든 형국이었다. 많은 시대가 겹쳐 있었고, 많은 사회가 명멸했다. 과잉과 결핍이 롤러코스터를 타고 전 지구적 일극 체제를 강화했다.

지난 20년간 문학을 둘러싼 환경은 호의적이지 않았다. 새삼스럽지만, 문학의 위기, 문학의 죽음은 언제나 현재진행형이다. 그래서 문학의 황금기는 언제나 과거에 존재한다. 시간의 주름을 펼치고 그 속에서 불멸의 성좌를 찾아내야 한다. 과거를 지금-여기로 호출하지 않고서는 현재에 대한 의미부여, 미래에 대한 상상은 불가능하다. 한 선각이 말했듯이, 미래 전망은 기억을 예언으로 승화하는 일이다. 과거를 재발견, 재정의하지 않고서는 더 나은 세상을 꿈꿀 수 없다. 문학동네가 한국문학전집을 새로 엮어내는 이유가 여기에 있다.

이번 전집은 몇 가지 특징을 갖는다. 먼저, 한글세대가 펴내는 한국문학전집이라는 것이다. 문학동네는 전후 한글세대를 중심으로 1990년대 이후 한국문학의 주요 생태계를 형성해왔다. 이번 전집은 지난 20년간 문학동네를 통해 독자와 만나온 한국문학의 빛나는 성취를 우선적으로 선정했다. 하지만 앞으로 세대와 장르 등 범위를 확대하면서 21세기 한국문학의 정전을 완성해나가고자 한다.

문학동네 한국문학전집의 두번째 특징은 이번 문학전집이 1990년대 이후 크게 달라진 문학 환경에 적극 대응해온 결과물이라는 것이다. 문학동네는 계간 『문학동네』의 풍성한 지면과 작가상, 소설상, 신인상, 대학소설상, 청소년문학상, 어린이문학상 등 다양한 발굴 채널을 통해 새로운 문학적 징후와 가능성을 실시간대로 포착하면서 문학의 영토를 확장하는 데 기여해왔다. 그래서 이번 전집을 21세기 한국문학의 집대성을 위한 의미 있는 출발이라고 해도 좋을 것이다.

셋째, 이번 전집에는 듬직한 동반자가 있다는 것이다. 김승옥, 박완서, 최인호, 김소진 등 작가별 문학전(선)집과 세계문학전집, 그리고 한국고전문학전집이 그것이다. 문학동네는 창립 초기부터 한국문학의 해외 진출을 위해 지속적인 노력을 기울여왔다. 문학동네 한국문학전집은 통상적으로 펴내는 작품집과 작가별 전(선)집과 함께 한국문학의 특수성을 세계문학의 보편성과 접목시키는 매개 역할을 수행해나갈 것이다.

　새로운 한국문학전집을 펴내면서 '문학동네 20년'이 문학동네 자신의 역량만으로 이루어졌다고 자부하려는 것은 아니다. 문인, 문단, 출판계, 독서계의 성원과 격려가 없었다면 문학동네의 오늘은 불가능했을 것이다. 그러므로 오늘, 문학동네 성년식의 진정한 주인공은 문학인과 독자 여러분이어야 한다. 이 자리를 빌려 거듭 감사드린다. 창립 20주년을 맞아, 문학동네는 한국문학의 더 나은 미래를 위해 한국문학전집 1차분 20권을 선보인다. 문학동네는 해를 거듭할수록 그 가치를 더해갈 한국문학전집과 함께, 그리고 문학인과 독자 여러분과 함께 '새로운 20년'을 향해 한 걸음 한 걸음 나아가고자 한다. 많은 관심과 성원을 부탁드린다.

문학동네 한국문학전집 편집위원
권희철 김홍중 남진우 류보선 서영채 신수정 신형철 이문재 차미령 황종연

이승우

1959년 전남 장흥에서 태어나 서울신학대학을 졸업하고 연세대 연합신학대학원에서 수학했다. 1981년 한국문학신인상에 「에리직톤의 초상」이 당선되어 작품활동을 시작했다. 현재 조선대 문예창작과 교수로 재직중이다. 소설집 『구평목씨의 바퀴벌레』『일식에 대하여』『세상 밖으로』『미궁에 대한 추측』『목련공원』『사람들은 자기 집에 무엇이 있는지도 모른다』『나는 아주 오래 살 것이다』『심인광고』『오래된 일기』『신중한 사람』『모르는 사람들』『사랑이 한 일』, 장편소설 『가시나무 그늘』『따뜻한 비』『황금 가면』『생의 이면』『내 안에 또 누가 있나』『사랑의 전설』『식물들의 사생활』『그곳이 어디든』『한낮의 시선』『지상의 노래』『사랑의 생애』 등이 있다. 대산문학상 동서문학상 현대문학상 황순원문학상 동인문학상 이상문학상을 수상했다.

문학동네 한국문학전집 007
식물들의 사생활
ⓒ 이승우 2014

1판 1쇄 2014년 1월 15일
1판 11쇄 2024년 5월 23일

지은이 이승우

펴낸곳 (주)문학동네 | 펴낸이 김소영
출판등록 1993년 10월 22일 제2003-000045호
주소 10881 경기도 파주시 회동길 210
전자우편 editor@munhak.com | 대표전화 031) 955-8888 | 팩스 031) 955-8855
문의전화 031) 955-2696(마케팅) 031) 955-8864(편집)
문학동네카페 http://cafe.naver.com/mhdn
인스타그램 @munhakdongne | 트위터 @munhakdongne
북클럽문학동네 http://bookclubmunhak.com

ISBN 978-89-546-2329-2 04810
     978-89-546-2322-3 (세트)

www.munhak.com